走在追光的路上

一名女警察的『妈妈』手记

贾俊 著

图书在版编目（CIP）数据

走在追光的路上——一名女警察的“妈妈”手记/贾俊著. —武汉：武汉理工大学出版社，2017. 7（2017. 8 重印）
ISBN 978-7-5629-5570-2

Ⅰ. ①走… Ⅱ. ①贾… Ⅲ. ①纪实文学—中国—当代 Ⅳ. ①I25

中国版本图书馆 CIP 数据核字（2017）第 166211 号

项目负责人：楼燕芳　　**责任编辑**：楼燕芳
责任校对：雷　蕾　　**封面设计**：匠心文化
出版发行：武汉理工大学出版社
地　　址：武汉市洪山区珞狮路 122 号
邮　　编：430070
网　　址：http：//www. wutp. com. cn
经　　销：各地新华书店
印　　刷：武汉兴和彩色印务有限公司
开　　本：787×960　1/16
插　　页：4
印　　张：22. 75
字　　数：384 千字
版　　次：2017 年 7 月第 1 版
印　　次：2017 年 8 月第 2 次印刷
定　　价：39. 00 元

凡购本书，如有缺页、倒页、脱页等印装质量问题，请向出版社发行部调换。
本社购书热线：027－87523148　87664138　87785758　87165708（传真）

母爱不仅仅是母亲爱自己的孩子，

更是用母亲的情怀对待生活和生命。

——贾俊

序一

传递正能量的“警察妈妈”

人的出生是有运气的。美国畅销书《百万富翁的智慧》的作者，研究了大约一万个案例，最后的结论是：运气在人的一生中是很重要的。在他的研究结论中，虽然运气只占到成功的第27位的位置，但对一个孩子的健康成长而言，那是举足轻重的。如果一个孩子出生在既不知爱又不知教的家庭，孩子成长的第一颗扣子就会扣错位。

金凯（化名），不缺吃穿，但母亲离家，父亲暴力，既缺爱又缺教，未成年就进入高墙深处，进入人生的再社会化过程。

这样的孩子还有救么？在一些人看来，没戏！你还别说，这孩子出生的时候没遇上理想的爸爸和妈妈，可在未戒所（“未成年人强制隔离戒毒所”的简称），他遇上了一位传递正能量的“爱心妈妈”，这就是他的运气！

孩子健康成长的过程就是正能量的积累和传递过程。何为正能量？自然科学的解释是：以真空能量为零，能量大于真空的物质为正，能量小于真空的物质为负。在人的健康成长过程中，正能量指的是一切充分向上和充满希望、促使人不断追求、让生活变得圆满幸福的动力和情感。正能量是给人希望的能量。

金凯，家人有爷爷、奶奶、爸爸、姐姐，妈妈在他一两岁时就离家了，再也没有回来。爸爸在妈妈走了以后经常打他出气，他恨爸爸想妈妈。小时候，经常有人说他有娘生无娘教，他想起来都很难过。他的心灵因此被扭曲。他不爱学习，不爱读书，只上到小学五年级。十岁的孩子，一个人到河南去学武三年，没有父母的陪伴，一千多个日夜，妈妈不知道在哪里，爸爸又严厉地不让他回家。他的成长过程是孤独和冷漠的，没人给他情感，没人给他动力，更没有人给他希望，走向违法犯罪是必然的。

看完本书，我眼前一亮，孩子啊，你三生有幸，你遇到一位知爱知教、处处给你正能量的警察妈妈贾俊。

你知道吗，你从小缺少妈妈的关爱，为了给你妈妈的味道，贾俊妈妈是怎么想、怎么做的吗？那年“六一”儿童节前，她决定烤一炉饼干，饼干的名字就叫“妈妈的味道”。为了这个“妈妈的味道”，全家总动员。烤饼干的那天，中午吃过午饭，哄睡了宝宝，她直奔超市，购买了鸡蛋、面粉、玉米粉、牛奶等所需原料，还有所有的工具、模具，晚上正式制作。吃晚饭时，她召开“家庭会议”，对晚上的饼干制作工作进行了明确的分工，外婆负责照顾宝宝，先生负责晚餐后的洗碗清场工作，和她做完饼干后的清洗打扫工作。晚上七点半，饼干的制作拉开序幕，直到十二点还没做完。她是第一次使用模具做饼干，焙烤的过程中，有失败、有成功，不过总的来说是成功的，虽然浪费了一些原料。外婆一边看着宝宝，一边过来批评说：为什么不买东西送给别人，自己做花了大价钱、大精力，还不如外面买的好吃。可是你的贾俊妈妈说：也许他什么礼物都收到过，但是特别为他制作的饼干一定没收到过，并且所有的过程包含了一个妈妈对孩子的爱，这是花钱买东西所不能体现的。她所做的一切，都是为了你能够感受妈妈的味道，因为她懂得，只有妈妈的味道，才能点亮你的心灯。

你知道吗，为了点亮你的心灯，贾俊妈妈是怎样打开你心扉的吗？她是一位智慧的心理咨询师，她知道，和你沟通，首要的是共情，如果不能走进你的心灵世界，是无法影响你的内心世界的，因为她知道你的个性倔强，而且性急，所以对你的教育矫治方法要潜移默化，说教是无效的。例如，她引导你参加读书活动，给你挑书。她琢磨，你文化程度低，又不爱学习，要你看一本完整的书是很难的，所以她就从给你推荐好的文章开始，用一年的时间陪着你读十篇好的文章，不能一次贪多，避免让你对读书产生反感。她在网上收集了一些相关的文章，等到合适的时候，做成一本专门定制的文集送给你。为了你，她想自己设计一个特别的封面，起一个属于你的书名，她还打算在每一篇文章后面加上她和你对文章的理解和看法，共同学习。她知道，只要你爱读书了，你就走到“希望的田野”上啦！

在“爱心妈妈”活动日，“妈妈”和“孩子”有了第一次的正式接触，你在队长的带领下见到贾俊妈妈时，她首先看到了你内心的喜悦。当你们在学习室里坐下后，你在自我介绍中不愿谈及自己违法的原因和经过，她尊重你，没有追问，静静地听你聊家庭。当你哭着说“我想妈妈了！”并且眼泪哗哗流淌的时候，她和你一起流泪。孩子啊，她让你感受的是一颗慈母的心，是你需要的母爱。

你知道吗，为了让你重新扬帆，在你遇到挫折的时候，在你缺少信心的时候，贾俊妈妈是怎样给你力量的吗？你的贾俊妈妈知道，孩子需要母亲，不仅仅是因为母爱可以享受，还因为母爱可以教你怎样做人。你还记得吗？当你第一次违纪的时候，通过你的诉说，她看到了你的偏执和遇事的不冷静，教你学会用大脑思考问题，学会权衡利弊。当你还恨爸爸的时候，她引导你学会理解做爸爸的不容易，特别是你妈妈出走之后，他既当爹又当妈，而你又不听话。

你的贾俊妈妈还通过有故事的文章启发你，和你一起讨论怎样做个好爸爸，怎样做个好妈妈。当你说好妈妈一定要管孩子的时候，从看似平常的一句话中，她看到了你对妈妈离家出走是如何的不能释怀。她抓住时机对你说，虽然她不知道怎样才能做一个好妈妈，但是她希望能好好地做妈妈，不管是对于自己的孩子还是你，她都希望能好好地去做，而且她提出和你一起探讨，由你从儿子的角度帮她做好妈妈，同时也要求你从母亲的角度去思考如何做好儿子的参谋，要求大家都不许偷懒，要认真做好对方的参谋。这就是智慧的母亲和智慧的亲子沟通。你遇到的是一位有专业功底的警察妈妈啊！

本手记出自一位做了妈妈的警察，书写了一位女警察的角色自觉。读着一个个感人肺腑的故事，大爱在字里行间流淌，思想在高墙内闪光。它警醒人们，每一个问题孩子的后面，都有一个问题父母或者问题家庭。孩子是天赐瑰宝，为人父母，无论遇到多大困难，都要担起爱与教的责任来，经营温馨的家，传递正能量，让孩子健康成长。

对于奉献大爱的警察妈妈，她发自内心的声音，是想做一粒爱的种子，让高墙内的孩子们感受爱，从而爱自己，爱身边的人，爱生活，收获爱，付出自己的爱。她想做一粒快乐的种子，让高墙内的孩子们感受快乐，从而以快乐的心态面对人生，面对挫折，用强大的心力战胜气馁和沮丧。她想做一粒知识的种子，让高墙内的孩子们看到知识如何带给大家不一样的生活，知识如何改变命运，知识如何让大家的内心变得更强大。她想做一粒思想的种子，让高墙内的孩子们用与之前不一样的角度看世界，换位思考人生，让他们发现更宽阔的境界，更大的人生格局。

她知道，一个人能做的事情有限，但需要做的事情很多很多。生活上的关心只是一种最简单、最基础的表达，她要做的更多的是交流、沟通、理解、引导，是共同学习、共同分享、共同成长，从心理和思想上去给予、去影响、去改变，寓教于潜移默化，寓教于润物无声。这就是一位在平凡岗位上兢兢业业传递正能量的警察妈妈。

武汉大学社会学教授 周运清

2017年6月1日于珞珈山

序二

妈妈常有，专业的警花妈妈不常有

妈妈、孩子、爱心妈妈、违法青少年、手记、美丽重生，关键词不多，文笔少华丽，故事不复杂，情节也无跌宕起伏，初稿甚至还有一些错别字，记叙为主，偶尔议论，间歇抒情，既有引用也有链接，还夹杂着一些自我袒露和家庭背景介绍，但读下来仍然能感动人，不是因为善，不是因为美，而是因为真。真人、真事、真情、真爱、真改变、真成长，一切都是真的。

学校的大门越大，未戒所（“未成年人强制隔离戒毒所”的简称）的大门就越小；家庭越完整和谐，未戒所就越冷清。学校教育不可能完美无瑕，家庭教育也一样，问题是社会发展的常态，也是人生发展的常态，问题青少年、问题家庭、违法犯罪青少年、吸毒青少年，过去有，现在有，未来也还会有，中国有，外国也有。不能杜绝，唯有压降！孩子是父母的“镜子”，家庭是社会的“镜子”，监所是学校，学校也是监所。人的改造与回归是古今中外的共同难题，是制度，是科学，是技术，更是艺术，需要不断探索与创新。毋庸置疑，“爱心妈妈”是一种创新，让中年管教女民警与失足青少年结对帮扶，弥补监所内亲子关系的不足。

作者贾俊的所作所为谈不上壮举，也不罕见，毕竟还有大量的民警奋斗在教育矫治工作的第一线，但她的用心良苦、用情深切让人钦佩。她能把所学的心理学、教育学、社会学、法学、逻辑学、文学、佛学、艺术学、生涯规划与就业指导等相关知识运用于违法青少年金凯的教导之中，难能可贵，虽然显示不出有多么深厚的理论功底，但足见她的聪慧与专业精神，冰冻三尺非一日之寒，从工作到职业，从职业到事业，入业、乐业、敬业，值得广大管教民警学习。从当年4月20日到次年2月15日，延续了十个月，看起来时间不长，但把每周的“会见”坚持下来不容易，把交往过程和真情实感坚持记录下来不容易，在工作和记录中不断深入思考、不断提升自己更不容易，更何况作者还是一位哺乳期母亲，自己家里还有一个嗷嗷待哺的婴儿，这就非常非常需要毅力了，特别容易使人联想起“儿童心理学”之父普莱尔，这一职业精神值得各行各业学习，也值得我本人学习。

区区一袋自制饼干并不值多少钱，但众所周知，用钱能搞定的事情压根就不是难事情，所以这一袋饼干异常值钱，更何况它是“全家总动员”的产物，凝聚着一家老小的情愫和心血，加上有弥补“六一”儿童节之创意，以致很快地拉近了金凯与“爱心妈妈”的距离。教小学文化的金凯读书、写作文、讲故事已属不易，教会他运用逻辑思维自我质辩、教会他换位思考学会谅解和感恩就更难了，教会他人际沟通与人际交往技巧和培养他初步具备理性平和的心态则难上加难，但作为戒毒矫治系统的资深心理咨询师，贾俊做到了，因为她深知，共情、共鸣、共振，三者可以相互作用。

管不难，教很难；教不难，心理咨询很难；心理咨询不难，生涯辅导最难；防备一个管教对象不难，信任一个管教对象极难！生涯辅导的过程是辅导师以自己一个真实的生命在心理上体验另一个生命，协助其达到自我矫正、自我发展与自我完善的过程，这个过程既不是单纯的认知过程，也不是单纯的情感过程，更不是单纯的行为养成过程，而是辅导师全部人格与身心投入的过程，它是生命与生命的沟通，心灵与心灵的对话，智慧对智慧的启迪。社会多么需要更多的监所管教干警成为生涯辅导师啊！

金凯是不幸的，两岁不到妈妈就离开了他，在几乎没有母爱的环境中长大，以致人格部分扭曲；他又是幸运的，生活在一个好时代，遇到了很多好人，爸爸、后妈、爷爷、奶奶以及众多管教民警，都是好人，这其中当然也包括“爱心妈妈”贾俊！金凯的本质并不坏，很多违法青少年也一样，他们也是父母的“心头肉”，浪子回头金不换，陪伴是最好的教育，爱是最好的礼物，赞赏是最好的方法。

希望有专业精神的“爱心妈妈”越来越多！

希望迷途的孩子们都早日回归社会，“美丽重生”！

武汉理工大学心理健康与职业发展研究所所长　雷五明

2017年6月5日于马房山

目　录

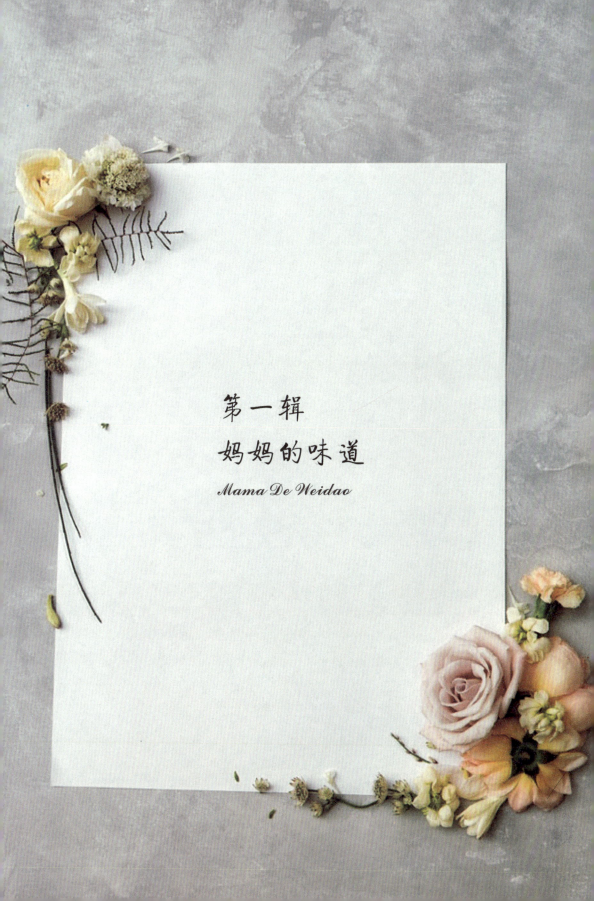

第一辑

妈妈的味道

Mama De Weidao

引言

如果一个孩子的记忆里，没有妈妈为他做的饭菜的味道，没有妈妈怀抱自己的甜蜜感觉，没有妈妈陪伴的幸福的日子，甚至连妈妈的样子都没有。

如果一个孩子的生活中，没有妈妈成为别人对他最多的嘲笑，妈妈是他永远企盼却再也得不到的温暖，那又如何忍心让他一味去理解和原谅妈妈对他的绝情，那又如何能仅用说教让他放下怨恨，让他对生活充满爱呢?

我只是他生命的过客，我无法倒转时光，重建他的童年，无法抚平幼小心灵上留下的创伤，可我想在他的记忆里留下“妈妈”的味道，尽管我的出现改变不了他生命的过往，可我仍想试着靠近、抚慰和陪伴他，这种动力不是来自于“爱心”，而是一种“不忍”和对生命艰难的理解。

我记下了陪伴他的点滴，有变化、有成长，更多的是反思。

初见

4月20日

这样的环境多年来身处其中，这样的面庞看了不知多少遍，而今天再进入，已不似从前。

从十八岁步入这特殊的环境成为一名人民警察，我当过管教民警、心理咨询师、老师，与失足少年结下了不解之缘，曾经为他们的年少无知而惋惜，曾经为他们的坎坷经历而心痛，曾经为他们的思想转变而用尽心思，与他们有过共同的欢笑，共同的成长，共同的记忆，而此刻站在这儿的不再仅仅是一位师者，因为我已成为一名母亲，并且成为“爱心妈妈”中的一员。

还是这群特殊孩子的面庞，如今看来更让人痛入胸口，那种痛不是用惋惜便可以描述，不是用语言便可以表达，不是用明确的词语便可以形容，只觉得自己的眼泪要强忍才能不落下，要何等的心血才能让一个小小婴儿长成如此这般的强壮，这样的成长要多少个日夜的期盼？而只是一不小心，就这样在成长的路上跌倒，我想他们母亲心中的痛比我此时要痛上百倍，虽然我已觉得自己能够感同身受，也许事实上我无论如何都不能完全明了他们母亲心中的累累伤痕。

他们的母亲此时因高墙相隔不能陪伴他们成长，他们的母亲此时可能远赴异地为生存辛苦劳作，他们的母亲也许迫不得已离家出走而音信全无，他们的母亲甚至可能已离开人世，只能在天堂看着孩子，因为他们的母亲有种种的痛苦和无奈，于是孩子便有了种种的不幸。

我有幸成为一名“爱心妈妈”，却不敢让孩子们以“爱心妈妈”来称呼自己，用爱心去对待这群特殊的孩子是我应尽的本职，因此不想冠以“爱心”，而“妈妈”二字更是不敢让孩子们随便叫出口，“妈妈”是多么特别的一个称呼，虽然简单，简单到牙牙学语的婴儿便可以叫出来，而对于一个人来说，尽管一生之中有很多东西可以复制，可以变更，而妈妈在心中却永远是无可替代，永远不可忘怀，永远值得我们去爱、去尊敬的，所以我更希望他们叫我“老师”，而把“妈妈”这饱含爱意的呼唤留给他们自己的妈妈。

他们的妈妈不在身边，我可以为他们做些什么？有什么是我能够代他们的妈妈做的？有什么是我可以帮他们的妈妈弥补的？有什么是我比他们的妈妈更有条件做的？我要做些什么才会更有利于他们的成长？我要做些什么才能让他们此时和今后都有获益？从他们身边离开后，这些问题让我陷入了沉思……

我想我能做一粒爱的种子，让他们感受爱，从而爱自己，爱身边的人，爱生活，收获爱并付出自己的爱。

我想我能做一粒快乐的种子，让他们感受快乐，从而以快乐的心态面对人生，面对挫折，面对让他们气馁和沮丧的一切。

我想我能做一粒知识的种子，让他们看到知识如何带来不一样的生活，知识如何改变命运，知识如何让内心变得更强大。

我想我能做一粒思想的种子，让他们用与之前不一样的角度看看这世界，换个角度来思考一切，让他们发现更宽阔的世界。

我想虽然我能做的有限，但仍可以很多，生活上的关心只是一种最简单、最基础的表达，我要做的是交流、沟通、理解、分析、引导，共同学习、共同分享、共同成长，从心理和思想上去给予、去影响、去改变，寓教于潜移默化，寓教于润物无声。

笔书于此，移目窗外，院里已是繁花盛开，心中突然飘过那首齐豫的《梦田》：

每个人心里一亩一亩田
每个人心里一个一个梦
一颗呀一颗种子
是我心里的一亩田
用它来种什么
种桃种李种春风
开尽梨花春又来

是啊，和暖的春风定会催生萌芽的种子，明媚的春光定会催开待绽的花朵，只要有种子、有春天，便可静待春色满园！

梅有话说

“爱心妈妈”是管教民警的一份兼职工作，但是内在蕴含了丰富的寓意，需要每一位管教民警的用心体悟和实践。首先，“爱心妈妈”不是一种爱心的替代，“爱心妈妈”也确实不能替代孩子们心中的妈妈。但是，“爱心妈妈”对于孩子们又是具有特殊意义的一种帮教方式，因为“爱心妈妈”包含了爱心，更包含了“妈妈”这个称谓中特别的感情成分。“爱心妈妈”要做到像妈妈一样去传递一切爱的信息。这种爱的信息首先是一种发自内心的情感关爱，要用内在的、真实的爱去浇灌孩子们几近干涸的感情心田，唤醒孩子们爱自己，爱家人，爱朋友，爱社会，从而走上自省的归途。这种爱的信息更是一种行动关爱，要用耐心细致的帮教行动去感化孩子们，让他们感受到社会没有抛弃他们，唤起他们回归社会的信心；要用有效的知识和技能教育重新塑造他们，让他们感受到自我存在的价值，唤起他们回归社会的勇气和行动力。

“爱心妈妈”任重道远啊！

“梅有话说”其源：

阅读是与文中人物共历生活，更是与作者心灵深处的碰撞，在您阅读本书时，除了故事中的人物、作者，还有一位“梅”与您共读，本辑有幸得到社会学者梅志罡教授的倾情点评，他用专业的角度，独到的眼光，挖掘出更有深度的思考，即时与您分享他的阅读体验。

“梅有话说”其人：

梅志罡，华中师范大学教授，社会学者，华中师范大学社会福利研究中心主任，硕士研究生导师。主要社会兼职包括九三学社湖北省委社会与法制委员会副主任、湖北省知联会网络界人士分会副会长、武汉统一战线理论研究会副会长、武汉博雅社会工作服务中心社工督导、湖北及武汉多家媒体特约新闻评论员等。主持和参与各类科研课题 10 项，参与出版学术著作及教材 8 部，在国内外学术期刊发表学术论文 30 余篇。主要讲授研究生的“城乡社会发展研究”和本科生的“城市社会学”、“公共关系学”、“社会传播学”、“青年社会学”等课程。

备战

5 月 24 日

从上次认领结对后，我分别找了一大队大队长和分管教育的同志了解了金凯[①]（化名）的情况，这个孩子去年 11 月份入所，一直不安心，有脱逃的想法，后来又说自己有病，试图出去，目前还算稳定，听分管教育的同志介绍，他性子急，遇一点事情便汗珠子直掉，通过他们的描述，我感到这孩子在心理上是有问题的。

我一直没去见他，不希望打无准备之战，我把“爱心妈妈”活动当成一项教育矫治工作来看，而且是一项教育矫治的“攻坚工程”，所以除了爱心，还需要智慧和教育矫治的技能，并且要通过“爱心妈妈”这样一个角色做好心理的辅导和思想的转化工作。

对于这样的孩子，首要的是共情，如果不能走到他心里去，是无法影响他内心的，因为他的个性倔强，而且性子急，所以对他的教育矫治要潜移默化，不能说教。对于正在开展的“妈妈来教你读书”活动，我也一直在琢磨：给他挑一本什么样的书？由于他文化程度低，又不爱学习，要他看一本完整的书是很难的，所以我想从给他推荐好的文章开始。如果能用一年的时间陪他读十篇好的文章，

---

① 全书中所有学员的名字均为化名，以保护青少年的隐私。

——编者注

便是很好的效果了。不能一次贪多，否则会让他对读书产生反感。我在网上收集了一些资料，准备等到合适的时候做一本给他专门定制的书送给他，我还想为他设计一个特别的封面，起一个属于他的书名，同时在每一篇文章后面附上我和他对文章的理解和看法，这是一个“大工程”，需要做的工作很多，只有静下心来慢慢收集和整理。

和他的谈话和帮他做的事情都要有针对性，不能为了献爱心而献爱心，不能为了做而做，要做到有的放矢。考验智慧的时候到了，我有了充分的准备，期待与他的每一次见面，我想这是一个好的开始，我会做好这项工作的。

梅有话说

共情本质上就是同情心、同理心，是人与人之间有效沟通交流的前提。“爱心妈妈”不但是一种工作奉献，也是一种工作“风险”，这种工作存在沟通失败的风险。所以，需要“爱心妈妈”们做好耐心细致的工作准备，包括对工作对象的基本状况、心理状态、家庭背景、生活背景，甚至是社会朋友等有效信息的了解；还包括对自己心理的调适，对有效工作路径的选择，甚至对工作细节的设计与把控（如与孩子们见面场景的设计，见面的称呼，首次交流的内容安排，怎么称呼孩子等）。只有进行充分细致的准备，才有可能与孩子们建立有效的沟通，形成良性的信任关系，也才有可能真正打开孩子们的心扉，让孩子们真正走出来，让“爱心妈妈”们真正走进去。

工欲善其事，必先利其器。准备工作确实不容忽视啊！

孩子，别哭

5 月 8 日

周二是“爱心妈妈”活动日，也是我和“孩子”第一次正式接触的时间。他在队长的带领下见到我，我从眼神里看得出他内心的喜悦。

我们在学习室里坐下，我先做了自我介绍，他在自我介绍中不愿谈及自己违法的原因和经过，我尊重他，没有追问。我们先从他的家人聊起，家人包括爷爷、奶奶、爸爸、姐姐，不包括妈妈，他说妈妈在他一两岁时就走了，再也没有回来。他的表述很平静，可能他已习惯在成长的过程中没有妈妈的陪伴。我们后来谈到学习，他说自己不爱学习，不爱读书，只上到五年级便辍学了，有三年时间去学了武，年纪虽小，经历倒很丰富。不上学后，和外面的人厮混，不慎沾上了毒品——“麻古”。

我请他讲讲和爸爸在一起的日子。他说爸爸对他很严，爱打他，小时候有一次把爸爸衣服上的拉锁弄掉了，没找到，爸爸回来后一通暴打，说到这儿，他的眼泪夺眶而出，不是静静地流眼泪，而是哭泣。他说妈妈走后，爸爸的脾气变得暴躁，经常打他出气，他恨爸爸。他还记得小时候经常有人说自己有娘生无娘教，这些话他现在想起来都很难过。十岁的时候，爸爸送他到河南学了三年武术，他不想在那里，可是因为交了三年的学费，爸爸还是让他在那里学了三年。一个十岁的孩子，独自一人到河南去学武，这么小就没有父母的陪伴，不知道那一千多个日夜他是如何度过的，不知道在深夜的时候他会想起谁，是妈妈吗？可妈妈不知道在哪里；是爸爸吗？爸爸又狠心地不让他回去。他对异地的恐惧该如何驱散？他对家人的思念又能放在谁的身上？

我说爸爸可能因为婚姻的挫折导致心情很差，加上孩子不时的调皮，可能会让爸爸更心烦，所以采取了打骂的方式来教育孩子，虽然这不是好的方式，但我们也可以试着理解爸爸一个人带孩子的难处，不要恨爸爸，因为爸爸那时的内心也很孤独和痛苦，他点点头。

他说爸爸其实也想要妈妈回家，可是妈妈一直都没有回来。我问是否可以找到妈妈，他说他们都不知道妈妈现在哪里，并且爸爸现在已经再婚了。他说：“我生妈妈的气，因为她出走以后曾经回来看过姐姐，却没有来看我，可能是怕爸爸知道她回来了，只让小姨把姐姐带出去见了面。”说到这儿，他又哽咽起来：“我心里知道妈妈不会回来了，可是总又觉得妈妈有一天可能会回来。我还记得妈妈的模样，虽然家里连一张妈妈的照片都没有，可是我敢保证只要看见妈妈，我一定能认出来。”我忍不住流下泪，除了握住他的手，我找不到更好的安慰他的方式。虽然两岁后再没见过妈妈的模样，可是十几年过去了，妈妈的样子依然刻在儿子的心里，如果他的妈妈能够听到儿子这样深情的述说，是否会后悔当初的一走了之呢？

我陪着他一起流泪。我安慰他：妈妈的离开可能有她不得已的原因，我们不知道当年父母之间究竟发生了什么，可是不管发生了什么，那都是他们自己的事情，妈妈是不会轻易离开自己的孩子的，她那时的心里肯定也是无比痛苦的。若是妈妈做得不好，我们可以试着去宽容她，因为我们身上流着妈妈的血，我们的身体发肤都来自于她的孕育。他哭着说："我想妈妈了！"随后眼泪又开始哗哗地流下来。

我说："孩子，别哭，以后就叫我'贾老师'，你把'妈妈'这个称呼留给自己的妈妈，留给心里最想念的妈妈。若是想妈妈了，就把想念写在信里，虽然妈妈现在看不到，但她会感觉到自己儿子深深的思念的。母亲节就要到了，可以写一封信，把自己想对妈妈说的话记下来，作为送给妈妈的母亲节礼物。以后可以把想对妈妈说的话都写下来，并保存好。也许有一天妈妈真的能够看到你的这些信，你相信吗？"

他说自己学习成绩差，怕写不好。我鼓励他："没关系，把自己想对妈妈说的话记下来没有好坏之分，长点短点都行，不会写的字可以问我，只要是你写的，妈妈都会喜欢的。"他听后笑了起来。

为了调整气氛，我问他是否喜欢读书。如我所料，他直言："我一点也不喜欢学习。"我说："读书和学习不同，读书只是为了找到快乐的感觉，不用考试，不用打分，只是让书在一小段时间里陪我们一会儿，不必当成任务。"我拿起给他挑选的书，提议道："我们一起来读书吧，我念你听。"他欣然同意。真巧，这是一篇写父爱的文章，还介绍了父亲节和母亲节的来历和时间。我只念了一遍，他却说都记住了。我告诉他："父亲对我们的爱也是浓烈的，只是他不知道怎么去表达，所以我们不要看他用的方式，而要了解他心里的想法。"他点头："是的，自从进来后，我觉得爸爸对我很好，以前他在外面老打我，现在每个月都来看我，还在外面帮我找关系。"我笑着说："爸爸一定因为你的走入歧途很自责，所以想尽力弥补，其实不必让爸爸如此东奔西走去找关系，你只需要在这里好好表现，争取减期，这样的效果会更好。"他表示同意："是的，好好做事，什么都积极点，也是很容易减期的。”我问他是否已经适应这里的生活，他作了肯定的回答：以前老想着出去，不想待在这里，现在心里稳定了。

时间过得真快，一晃两个多小时过去了，我该离开了。我们约定下周再见，还约定，下周由他读一篇文章给我听。我想以此激发他这个不爱学习孩子的阅读兴趣。

走出大队，我脚步沉重，原以为这个下午只会有一次礼貌性的交谈，没想到这个下午是在孩子的泪水中度过的。我和他都无力去改变曾经发生的，但是我想说：“孩子，别哭，让我陪着你给往事‘打个包’，试着换个心情和角度看它，勇敢地面对它、接纳它、处理它、放下它，然后开始你的新生活。”

直到写下这些，我的思绪都还沉浸在昨天和他的谈话里，昨晚的我也因此失眠了，做一个好妈妈真的很难，但是我能好好做妈妈。

✲花絮：

他说我们现在学习《理想点亮人生》。我问他：“你的理想是什么?”他不好意思地回答：“我现在的理想是出去赚钱，对爸爸好点。”我又问他：“用自己的双手赚钱，然后孝敬爸爸，是很好的理想，那你以前的理想是什么呢?”他看着我，不好意思开口。我试着替他作了回答：“我猜可能是做黑社会老大。”他惊奇地看着我：“你怎么知道?”我们四目相对，不禁都笑了起来。

梅有话说

家庭结构、家教模式、家庭关系模式等构成了一个孩子成长的原生家庭，原生家庭对孩子一生的成长影响极为深刻。破裂的家庭结构、粗暴的家教模式、不和谐的家庭关系不容易让孩子在成长过程中感受到家庭的温暖，是孩子走上人生歧途的重要原因之一。修正孩子对家庭的感觉，重建他对家庭的情感与信任，是帮助他重新站起来的重要环节。“爱心妈妈”敏锐地抓住了这个关键环节，设计了巧妙的语言沟通和有效的活动安排，在潜移默化中启发孩子转变，这就是润物细无声的教育矫治工作啊！

母亲节

5 月 14 日

5 月 13 日是母亲节，自己给妈妈送了母亲节的礼物，已成为母亲的我，却由于宝宝太小，还没收到过母亲节的礼物。

5 月 14 日早上周一例会，夏科长递给我一张小纸，说：“这是你‘儿子’给你写的信。”我接过来看见这张从笔记本上撕下来的纸上写着三四行字，上面写着：“祝贾妈妈母亲节快乐，天天快乐！只说这些，没有别的了。”我笑了，孩子就是孩子，虽然只有几行字，也是我母亲节收到的特殊礼物，如果长篇大论地写着赞美之词，倒显不出孩子们纯朴的本性。因为和他的接触只有两次，所以谈不上更多的情感，只是在母亲节能想到我，而且表达了节日的祝福，已算是很难得了。

不知道写小纸条祝福我节日快乐的时候，金凯是否也在心中想念自己的妈妈。明天又是星期二了，又到可以和他见面的时候了，不知道为什么，昨天我就开始盼望周二下午“爱心妈妈”活动的到来了，孩子明天见！

如何做个好爸爸

5 月 15 日

今天又到了“爱心妈妈”活动日，下午一上班我便早早来到一大队。我没有直接去见金凯，而是先和一大队民警聊了聊金凯的情况。在干部眼里，金凯是个倔强的孩子。我说上周金凯与我谈话的时候几乎一直在哭，他们觉得不可思议，平时的他是不会这样的。

我看过他的档案，他不但吸毒，还经常找各种理由去要别人的钱，虽然每次的数额只有几百元，但是性质恶劣，在当地的影响也很坏。

走进他们的活动区，发现一大队已在活动大厅里摆上了桌椅，我找了位置坐下。他微笑地走过来，眼神中透出熟悉而亲切的目光。

我首先感谢他送的母亲节礼物，并问他是大队民警要求的还是自己主动写的，他回答是自己想写的。我说这是我人生中第一份母亲节礼物，感谢他给我这么珍贵的记忆，他不好意思地笑了。

问了一周的情况，他说一切都很好，送给他的书也读了当中的好几篇文章，我让他选择一篇自己喜欢的读给我听，他说有一篇《小男生》很喜欢。他的诵读不是那么流畅，声音有些紧张，所以嗓子老是感觉发紧，读一会儿便要停下来清清嗓子，可能给我推荐文章并读给我听，让他压力很大。这篇文章讲的是一个十几岁的小男生，一天晚上在一条没有路灯的路上，准备抢劫路人。结果，那天晚上他被一个报社编辑请到了家中做客，编辑与他热情聊天，之后他们成为朋友。后来这个小男生接到了重点高中的入学通知，他第一时间便拿给编辑看，并且告诉编辑当初他在路上的真正目的是抢劫，正是因为和编辑成为朋友，他才能够走进重点高中。让人出乎意料的是，编辑说他早知如此，但是希望用真诚让小男生从善。

我问金凯喜欢这个故事的原因。

他说：“如果生活中多一些编辑这样的人就好了，很多孩子可以避免走上歧路。”我问他生活中有没有遇到过这样的人，他摇头，并说：“如果遇到就好了，以前只觉得跟老大混很好，结果自己做了坏事自己要去坐牢，老大才不会管呢！”我继续问他：“如果有一天你出去了，也遇到了文章中那样的小男生，你是否会像编辑一样用自己的真诚去打动他，让他不要走上犯罪的道路？”他一边点头一边回答：“会，我很希望能像编辑一样帮助那些不懂事的小孩子们。”“那如果小男生已经对你实施了抢劫，你会怎么办？”“我不会报警，会劝他，并且会把自己犯法的经历告诉他，希望可以让他醒悟。”

且不说以后的金凯是否可以如他说的那样做，但是我相信此时的他的确是这么想的，此时的他真的被文章中的编辑感动了。人的一生中会遇到一些人，这些人对自己的影响可能会改变人生原来的方向，希望有一天他真的能用自己的诚心去感动别人。

后来我们又谈到母亲节，他说没有给自己的妈妈写信，问其原因，他认为是无话可说。我想事实应该并非如此，原因在于爱恨交织不知道从何说起，不知道怎么表达吧！一个孩子内心深处的伤痛不是那么容易愈合的，平日只是被上面结的疤掩盖了，下面其实还流着鲜血。

我们谈到了“什么样的母亲是个好母亲”的话题。

他坚定地说：“妈妈一定要管孩子。”看似平常的一句话，足以看出他对妈妈自小离家出走是何等不能释怀。

我耐心地告诉他，虽然我不知道怎样才能成为一名好妈妈，但是我希望自己能好好地做妈妈，不管对自己的孩子还是他，我都希望能好好地去做，但是这需要我和他一起努力，由他从儿子的角度来帮我做好妈妈，并从母亲的角度考虑如何做好儿子的参谋。大家都不许偷懒，要认真做好对方的参谋。

他很高兴，笑着说：“我又想起来一点，就是妈妈要对孩子好，但不能什么都由着小孩，能给小孩买的可以买，不能给小孩买的就不能买。”

我问道：“你的意思是好妈妈不能一味地宠着孩子，要让孩子分清是非，知道对错，不能一味地满足要求是吗？”

他点点头。

他告诉我母亲节给爸爸打了电话，结果没打通，可能因为没电关机了。我又把话题转向父亲，问他：“如果十年以后你做了爸爸，会是一个怎样的爸爸？”

他认真地回答：“我不会打孩子，我的爸爸心情不好时喜欢打我，但我以后不打孩子。”

我半信半疑：“坚决不打？”

他坚定地回答：“坚决不打！”

我接着问：“如果你的孩子沉迷于去网吧上网，你不想让他去，会怎么办？”

他想了一会儿，说：“我在家里给他买电脑，不让他去网吧学坏！”

我又问：“在家里他只玩电脑游戏，不想去上课，不想做作业，你怎么办?”

他补充道：“我要他做完了作业再玩。”

我不肯罢休，继续问：“如果你的孩子说：‘爸爸，我真的不愿意学习，一点作业也不想做’，那又怎么办呢?”

他无奈地回答：“我不知道了!”

看来我的问题真的难住他了，他确实不知道该如何对待这个不听话的孩子了。这个未来的孩子其实也是曾经的他，我有意把他放入父亲的角色中来审视自己，希望他理解父亲，并且以后对自己的孩子不再沿用暴力的教育方法，因为一个在儿童时期经常被父母打骂的孩子，长大以后打自己孩子的概率相当高，暴力倾向也很明显，哪怕自己觉得不好，也会用打的方法来教育自己的孩子。

我告诉他，现在想不出来没关系，这一周时间都可以用来想这个问题，等到下一次来看他时再告诉我想到的好方法也不晚。

我希望和他的交流，不是一个苦口婆心的妈妈对他的无休止叮嘱，我愿意与他一起探讨生活中将要面对的各种问题，而不必急于解决什么问题，更不会强迫他听我的话，我愿意与他一同分享解决问题的方法，各抒己见，把重点放在未来的生活，因为在所里的日子只有短短不到一年的时间，出去以后要面对的问题会更多。他很高兴，对这些问题也很感兴趣，说下次一定要告诉我做个好爸爸的方法。

时间过得很快，一下午的时光一晃而过。走出大队，我在思考，所谓教育，我们到底要教什么，要育什么？我想我们要教的是一种考虑问题的方法，要育的是一个人良好的心态。对待像金凯这样的孩子，若说教有用，他们就不会来这里了，因为他们身边的说教无处不在，可是为什么没有什么效果？因为他们不愿意听这些，道理他们都懂，可是他们做不到，他们所向往的和我们所倡导的是不一样的，所选择的路也就不同。那么如果不以说教的方式，我们这些“爱心妈妈”可以做些什么？我们要传达的是爱，传达爱的目的是让他们懂得爱，学会爱，最后能付出爱。

那么如何才能达到这样的效果呢？我希望通过平等的交流，通过内心真正的沟通，一起探讨我们的人生，一起思考处事的理念和方法，然后让他们静下心来想想如何走好今后的道路。

与先生聊起这个话题，先生提出，现在和他谈如何做个好爸爸是否太早。我认为一点也不早，在谈如何做爸爸时，我对各种情景的假设都透出他的影子，以爸爸的角度面对孩子的一些不良行为时，他会更理解爸爸的心情和心态，并且，他已十七岁，几年之后便有可能成为爸爸，一起探讨这个话题也是他内心成长的需要，并且这样的探讨比告诉他“你一定要理解你爸爸，你一定要在以后做个好爸爸”更有效果，并且让他深深感觉到自己的责任，以后他会是另外一个孩子的爸爸，所以他要做好。

也许我这种方法有些大胆，但我认为这是内心的需要，何为平等沟通？何为共同成长？我认为这就是，不是要他听我的，而是要帮助他听自己内心的声音，要他感觉到人生需要什么，什么是重要的，什么是自己可以支配的，什么是自己能够去做好的。

若真的把失足的他当成自己的孩子，又有什么是不能说的呢？又有什么是不能探讨的呢？他在成长中所遇到的一切都应该是我所关心的，我不想只拘泥于如何接受矫治的话题，我愿意把眼界放得远些、开阔些，让他和我一起感受生活。

梅有话说

孩子在成长的道路上存在突变的“关键时点”，在这个时点给予正确的引导，他就会走上人生坦途，但是，如果没有正确地引导，他就有可能误入歧途。不管是作为“爱心妈妈”，还是作为社会中孩子们的朋友、长辈，甚至是一个偶然相遇的路人，都可能对孩子产生深远的影响。所以，人生路途漫漫，一切都任重而道远。

妈妈的味道

5月18日

还有十几天“六一”儿童节就要到了，昨日突然想在“六一”给金凯送点礼物，这是做“爱心妈妈”后和“儿子”过的第一个节日，我格外重视，对于自己的宝宝，我倒还没考虑送他什么。

我将给金凯送节日礼物的事情提到了家里饭桌上的议事日程。妈妈首先发言，提议给金凯买些点心零食之类好吃的。我认为那只是花了点钱，心意表达不足。妈妈又提议买件衣服，可所里统一着装，没有机会穿，再说他爸爸每个月都来见他，各种生活用品理应不缺。全家都沉默了。妈妈说，现在外面的孩子过节也就是买件新衣服，去肯德基或必胜客吃一顿，然后去动物园玩一玩……没有那么多活动可选择，可以买个汉堡包、炸鸡腿之类的给他吃。我说那些食物营养价值不高，意义不大。

我解释，他现在不缺吃穿，缺的是爱，所以送一般用品或食物对他来说并不是最好的选择。先生问，送什么能充分地表达爱呢？我突然有了一个想法：送自己做的饼干给他做礼物，虽然自己做很麻烦，但是做饼干的繁杂过程包含了一个妈妈对孩子的爱心，我既然可以给自己的宝宝做饼干，也可以给金凯做。妈妈第一个反对，你做的不放香精、泡打粉、改良剂，口感没有外面卖的好，他一定不爱吃，还是别做了。

我仔细想了想，虽然自制饼干没有外面卖的香甜可口，但货真价实，最主要的是这是我专门做给他的，一个“母亲”特意给“儿子”做的，他应该感受得到这份礼物饱含了母爱。就像我们自己在外面的餐馆吃饭，总觉得没有妈妈做的菜那么合胃口，因为我们已习惯了妈妈做饭的味道，这是妈妈的味道，妈妈的味道是孩子们对母爱的一种寄托和回味。我决定了，“六一”就给他烤一炉饼干，饼干的名字就叫“妈妈的味道”！

梅有话说

妈妈的味道，一种充满温情的味道，一种浓浓的爱的味道！这样的节日礼物，哪个孩子能不动情呢？

因为妈妈而快乐

5月22日

今天是“爱心妈妈”活动日，我到大队的时候，其他“爱心妈妈”都还没去，首先我向大队民警询问了金凯这周的表现情况，大队民警说他现在表现很积极，这个月又减了五天期。听到这个消息，我很高兴，不仅因为金凯减了五天期，更为他积极和良好的心态而高兴。

今天和金凯见面的地方被安排在民警开会的地方，过来过去的民警对金凯有些影响，谈话总是中断，看来以后场地还是要安排在比较安静的地方，利于和他的交流。

对于上次谈话中让他思考的问题，他说已经想了但还没有想出来，他也认为面对只想上网玩游戏而不愿意学习的孩子很难有好办法，我提出爸爸难当，他表示同意。“以前只觉得打孩子的方法不好，但对于什么才是好方法我也不知道。”他抓着脑袋笑着说。

对于什么样的妈妈才是好妈妈的问题，他说没有其他的想法，认为只要管孩子就行了。问及我和他这种“母子”平等探讨人生的方式如何，他只是笑着点头。我问他：“当时有些学员不选‘爱心妈妈’，觉得不需要，而你当时选了‘爱心妈妈’，是怎么想的?”他说：“我在外面就没有妈妈，不知道有妈妈的感觉是什么样的，所以就想试试。”说到这儿，我看见了他眼睛里的泪光。看来因为妈妈的出走，因为缺少母爱，孩子内心受的伤有多深，如此这般盼望能有妈妈来爱他。面对这样的“儿子”，我觉得肩上的担子更重了，唯恐自己做不好伤了他。

我说：“每周二下午的‘爱心妈妈’活动，不管工作多忙我都会尽最大努力来，但可能也有来不了的时候，比如有重要会议要参加，有无法调整时间的工作，或者请假了，不能来所里上班，等等，如果来不了，你会怎么想?”他说：“我会想那一定是因为你有重要的事了。”我顺着说：“很好，妈妈不可能永远陪伴在孩子身边，世界上所有的爱都是为了得到，唯独母爱是为了放手，让孩子有一天能走得更远，所以孩子也要适应自己这种成长的过程。”和他谈这个问题，主要是想先和他沟通好，如果确有要事不能来，不能让他产生一种不被重视的感觉，不能让我们之间好不容易建立的信任，和他对母爱的美好期盼因为误解而大打折扣，所以，对于和他相处的各个环节和细节，我必须考虑周到，因为孩子再也伤不起了。

问他有“爱心妈妈”和没有“爱心妈妈”的日子有什么区别，他说：“有了‘爱心妈妈’后觉得生活更快乐更开心，觉得日子很好过。”听到这话我很欣慰，如果妈妈能让孩子更快乐、更开心，那是多么好的事呀！看来我可以做一颗快乐的种子，希望这快乐能够在金凯的心里生根发芽。

“六一”快到了，大家都在准备节目，我问他有什么节目，他摇头，我告诉他，节目不一定非要多好，只是为了助兴，只要让自己和大家都能感觉到快乐的气氛就行。他腼腆地笑着说：“那就唱首歌吧！只是不知道唱什么好。”原来他心里早已在盘算自己的节目，只是不好意思说出来而已，看来当妈妈的还要会猜孩子的心事才行。最近学员要进行讲故事比赛，我希望他准备一个故事，他担心自己写不出来，我提出他上次推荐给我的故事就很不错，也可以再想一个愿意讲的故事，然后我们一起讨论怎么把故事讲好，如果有需要，我愿意随时帮他。

因为下午他们在习艺劳动，我不想耽误他太多的时间，便提议：今天少聊一会儿，以免影响劳动。他说没关系。于是我们又聊了聊他减期的事情，最终我还是提前结束了谈话，让他早点回到车间去，站起来的他身高似乎比我还要高，突然觉得他就是我的孩子，心里有一种莫名的成就感。

宝宝这两天生病了，大便便血，红血球达到了 20～30 个，全家人都很担心，每天要喂两次黄连素，苦口的药让宝宝产生激烈的反抗，本来下午是应该请假回去喂药的，可是因为周二的“爱心妈妈”活动日，我只能把喂药的时间改到晚上了。有时我也觉得人很奇怪，如果没有“爱心妈妈”这一选项让我选择的话，我肯定会以生病的宝宝为重，而做了“爱心妈妈”之后，我的想法居然不一样了。我在选择时想的是：和金凯的见面一周才有这么一次，孩子好不容易等到周二了，而我却因故未去，他心里是何等失望？而生病的宝宝虽然吃药晚了两三个小时，但至少晚上我还可以一直陪在他的身边，所以我选择周二下午按时去看金凯。“妈妈”不但是一个称呼，更是一种责任。

希望我的宝宝能快点好起来，不必吃那苦黄连，也希望金凯更快乐些，淡忘一些失去母爱的痛苦，希望我的两个孩子都能好好的，妈妈在心里祝福你们。

梅有话说

爱是平等的付出。在家庭关系中，中国的家庭多数只是父母为孩子无私地付出，无条件地去爱孩子，结果很多时候要么爱得过分形成对孩子的溺爱，要么使孩子对父母一味地进行情感索取。这些都是亲子关系中不理智的爱。理智的爱既要讲求父母长辈对孩子爱的奉献，也要讲求孩子对父母长辈的爱的回报，从而形成互爱的家庭氛围。这才是真正充满爱的家庭，才是孩子们良好成长的健康环境。家庭如此，“爱心妈妈”和孩子的关系也应该如此。

别让孩子在雨夜孤独地睡去

5 月 24 日

昨夜一晚都在下雨，床头临着窗边，雨声听得很清楚，“滴答滴答”一直打在窗台上，宝宝几次迷迷糊糊醒来都说：“妈妈，我怕。”我拍拍他的后背，抚摸他的头，安慰他：妈妈在，不怕。于是他又安静地睡着了。

宝宝只有一岁七个月，还不怎么会说话，可在他幼小的心中已开始害怕黑夜的雨声了，哄宝宝睡着后，我却没了睡意，心中不自然地想到金凯，在和宝宝这般大小时，他的妈妈已离开他了。不知道下雨的夜晚，他睡在谁的身边？谁来安慰他恐惧的心？有没有人拍拍他？有没有人哄哄他？他会带着什么样的情绪再次睡着。想到这些，我的心里有种莫名的难过。

从一个小婴儿降生的那天开始，他就把无条件的信任给了他的妈妈，虽然什么都不懂，但是他们的眼里刻画了妈妈的样子，他们的心里知道妈妈会保护他，会爱他，就连妈妈身上的味道他都能识别出来。若是妈妈没能如他信任一般，给予爱和保护，孩子内心又会怎样悲伤？可能我们以为他们太小，不会有什么心事，不会有什么伤害，其实他们什么都懂，只是不会表达而已。妈妈在孩子婴儿时期唱的催眠曲，等他开口说话时就会说出歌词，这足以证明孩子会记住幸福的感觉，自然也会留下伤感的印记。

真希望每一个妈妈都能真正地爱自己的孩子，不要以为孩子太小，你的行为不会影响孩子，其实婴幼儿时期对孩子的影响是一生的，多给孩子留下快乐和幸福的记忆吧，得到爱的他们长大以后才会爱别人。

梅有话说

信任是亲子间的天然联系方式，这种联系方式一旦被切断，重新建立起来将是一件极其艰难的事情。所谓的亲情不断，内含的就是这种信任关系。做家长的，面对幼小的孩子，特别需要注意对这种信任关系的呵护；作为“爱心妈妈”，也要努力理解孩子们，努力跟孩子建立这种信任关系。

网购如此艰难

5月30日

这几天一直在网上不断搜索做饼干的专业工具和模具，以为“六一”还有几天才到，所以精挑细选，不急着购买。不知不觉中，无意间听一同事说后天就是“六一”了，我才猛然惊醒，没时间再选了，便慌着选定了一家武汉的网店，因为据说如果每天下午四点半之前下单，可以在第二天收到货物。四点半前，我便选好了所有需要配置的货品。没有网购经历的我今天终于开了张，心里欣喜不已。未曾想在最后结账时才发现必须用网上支付的形式，可我并没有开通网银。眼看四点半已到，我心急火燎地打通店主的电话，与店主商量可否货到付款，店主礼貌地拒绝了，并建议我借用别人的网银，这主意不错，我赶紧联系有网购经验的同事，可电话却未接通，原来已过了下班时间，大家都走了。我沮丧至极，怎么办呢？今天不能定下来明天无法做饼干呀！于是我又打通店主电话，软磨硬泡，希望能货到付款，还是没能成功，不过他将店址告诉了我，可以第二天直接去买。

唉，一下午的网上筛选和多次与店主交涉都付之东流，我的第一次网购以失败告终，好在明天还有一天时间准备。

忙碌的一天

5 月 31 日

时间紧迫，一早我就向网店的实体店出发，不到十点便到了目的地，可这儿的营业时间却在早上十点，为了能早点开门，我反复催促，开门时间终于提前了十分钟。半个小时后，我便选好了所有的物品，带着两大包货品匆匆往回赶。

中午吃过午饭，哄睡了宝宝，我直奔超市，购买了鸡蛋、面粉、玉米粉、牛奶等所需原料，所有的工具、模具、原料都准备到位后，我的心才放下一半，期待晚上正式开工制作。

吃晚饭时，我们全家开了“家庭会议”，对晚上的饼干制作工作进行了明确的分工，妈妈负责照顾宝宝，先生负责晚餐后的洗碗清场以及我做完饼干后的清洗打扫等工作。晚上七点半，饼干的制作拉开了序幕。我先调配好了所有的用料，并把面和好，在等待的间隙我赶紧给宝宝洗澡，然后让外婆陪他在床上玩，之后我开始着手制作面饼，还没做好，宝宝又吵着要吃奶，我只有先去喂奶把他哄睡，这才安下心来，全身心投入在面饼上。虽然头一次用模具制作图案，但效果比我想象的要好，一个个栩栩如生的图案出现在我的手中，米奇、米妮、大象、河马、星星、花朵，煞是好看。每个小动物都散发着无限的童趣，越看越可爱，我想金凯也会喜欢，这会让他想起很多童年趣事吧！一想到这些，我信心百倍，做得更加有劲了。另外，我还做了一种配料的杂粮曲奇，第一次用裱花工具制饼，虽然不是特别熟练，但是效果不错。

烘烤的过程，有失败，也有成功，不过总的来说是成功的，虽然浪费了一些原料。妈妈一边看着宝宝，一边批评我："为什么不买东西给别人，自己做的不仅花大价钱、大精力，还不如外面买的好。"我反驳道："也许他收到过很多礼物，但是特别为他制作的饼干一定没收到过，饼干所有的制作过程包含了一个妈妈对孩子的爱，这是花多少钱都不能体现的。"

时钟不知不觉指向了十二点，妈妈的第N轮批评又来了："做了这点东西，花了四五个小时，弄得大家都不能睡觉，明天即使送给孩子也未必喜欢，这是何苦？自己的亲儿子不管，半夜三更还为'假儿子'做这种吃力不讨好的事……"所有的饼干在这一轮批评声中结束了，我找了一块烤得有点过的饼干给妈妈尝，让她鉴定一下，没想到妈妈觉得很好吃，说这是我做得最好吃的一次。给她尝的仅此一块，其他的我就舍不得了。

此时，我的工作还没有全部结束，需要等所有的饼干都凉下来后装袋封好，然后放进精心挑选的盒中。当精美的饼干完全制作完成后，家里的厨房、餐桌已是一片狼藉，清理的工作只有交给先生了。紧张了一天，此时的我累得腰酸背疼脚抽筋，草草收拾后便睡下了。

据说最后的"战场清理"工作持续了一个多小时，并且"清理战场"的同志还没能吃到饼干，对此我心存愧意，多好的同志呀！正是因为有这些支持我的家人，才使得我完成了一个心愿，成功地制作出了送给金凯的礼物。多年来，先生一直这么支持我，支持我用善良、用智慧去对待每一个需要帮助的人。

明天就是"六一"了，多么让人期待的一个节日！

快乐的“六一”

6月1日

坐在一大队的活动室，与孩子们一起过这个“六一”，心中有别样的感觉，不知道这些孩子以前是怎样过“六一”的，与民警和“爱心妈妈”一起过“六一”，他们的感觉如何，但愿不会因为在高墙这样一个天地而让他们失去童趣和童真。

看着他们表演的节目，聪明、活泼、可爱，每个孩子脸上都洋溢着灿烂的笑容，他们都全身心投入到了自编自演的节目中，笑声一直传向操场，我也不知不觉融入了这个氛围中，觉得自己也是一个正在过“六一”的孩子，看他们表演，也想到了自己的儿童时光，酷爱舞台的我每年“六一”都要表演节目，舞蹈曾是我的强项，大人们都很乐意看我表演，那时“六一”最快乐的事情，一是表演节目，二是下午可以不上学，和妈妈在一起，虽然没有什么特别的礼物，但只要有妈妈陪着，便是最美好的享受。

金凯表演了一个双簧节目，坐在前面、扎根小辫、扑个花脸的那个角色便是他，他表现得很逼真，虽专业性欠缺，但看得出来还是下了些工夫的，很难将此时的他与平时泪流满面的形象联系起来，从表演中可以看到一些他之前带的痞气，如果时间可以倒退，一切可以重新选择，妈妈没有离开他，那他今天会是什么样子？会不会只是那个见我时显得腼腆的孩子呢？

活动中有一个每个“爱心妈妈”送给孩子一句祝福语的环节。我是这样说的：“首先祝大家节日快乐，对于我们来说，‘六一’不是一个单纯的节日，是一个让我们留住真诚、善良、纯洁内心的节日，不管我们多大，都应有一颗美好的童心，用美好和快乐感染自己的一生，并将它们传送给身边的每个人，希望与大家共勉。”

活动结束后，我把礼物送给了他，虽然他没有说话，但表现出了一副很吃惊的样子。我与他合了影，记录了这特别的节日。我真心希望“六一”给他带来的不仅是快乐的一天，更是快乐的一生。

中午回家，家人都关心今天的礼物是否被认可，妈妈问我：“他说好吃了吗？”我说：“他没吃。”妈妈又问：“那他说谢谢了吗？”我说：“没有，可能一时不知道说什么好，连谢谢都忘了吧！”我真的没在意他是否会谢谢我，我在意的是自己是否真的能像母亲一样去关心他、关注他，我在意的是自己能不能好好做一个母亲，至于他是否能体会，我相信只要是真情，他一定能感受得到，不管是否说出“谢谢”二字。

几天来我一直忙于给金凯做礼物的事，而给自己的宝宝却什么都没准备，有些于心不忍，于是花十五元钱给他买了一个小篮球，天蓝色的底色上有黄色的卡通图案，很漂亮，也很别致，在宝宝看见礼物前，我问他：“‘六一’宝宝想要一个什么礼物？”他看着我，没回答，原来他不懂“礼物”这个词的意思，我又问他：“宝宝想要一个什么东西？”宝宝说：“球球！”“什么球球？”“篮球！”先生听到后发话了：“你这妈当得真是好，太懂你儿子的心思了，礼物一下就送到儿子的心坎上去了！”

把小篮球送给宝宝后，他爱不释手，一副充满幸福和成就感的样子，多好的一个节日呀！我的心中又一次这么感慨。

✻花絮：

给金凯的礼物中我增加了一封写给他的信和一张饼干制作的配料表。

附

“六一”给金凯的一封信

金凯：

节日快乐！

这个节日很特别，因为明年你就要满十八岁了，肯定这是你最后一个“六一”的节日，而且这个节日是在所里，和“爱心妈妈”们一起度过的。为了送你一个节日礼物，我思考了很久，相信从小到大你收到过各种各样的礼物，想选一个特别的礼物还真不容易，后来我决定给你自制一份饼干作为礼物。

这份饼干看似简单，但因为是手工制作，所以很花时间，昨晚我花了整整四个小时直到十二点钟才做好。这饼干是用纯天然的食材做的，没有泡打粉、防腐剂、改良剂等可以改善口感却对人体健康不利的添加剂，我相信你是第一次吃一份专门为你一个人烘焙的饼干，这里有“妈妈”的味道，希望这份礼物能让你想起更多的童年趣事和生活的美好。

希望“六一”对于我们不仅仅是一个快乐的节日，更是一种保留纯净、善良的童心，乐观面对生活的心态。让我们一起共勉。

最后，祝你开心每一天！

贾老师

6.1

饼干制作配料表

饼干名	妈妈的味道童趣饼干 蛋香苹果卡通酥饼干	芝麻杂粮小饼干
造型	米奇、米妮、大象、河马、小熊、星星、花朵	花纹圆形
配料	全麦面粉、牛奶、鸡蛋、苹果、细白砂糖	玉米粉、全麦面粉、蛋清、芝麻、细白砂糖

梅有话说

专属的礼物，特别的妈妈的味道，“爱心妈妈”不是妈妈胜似妈妈。这里有一个很有意义的做法值得大家学习，那就是要做有意义的付出。我们的传统一般提倡付出不求回报，但是在教育矫治工作中，我们恰恰需要矫正对象即那些孩子们能够通过领悟我们的付出去激活他们内在蕴含的人性的真善美。这个时候，付出就必须讲求有效的回报，这种有效的回报就是一种积极的领悟和正向的反馈，就是孩子们觉醒、觉悟的开始，就是孩子们接受积极教育的开始。

只是微笑

6月5日

只是微笑，从见到我到我离开，一直看着我腼腆地笑着，高大魁梧的身材配上如此纯净的微笑，让我感觉不到对面这个大男孩是一个曾经走上吸毒违法道路的少年。

这是“六一”后的又一个“爱心妈妈”活动日，“六一”我自制了饼干作为送给他的礼物，这次活动日我把饼干制作过程中所拍的照片都冲洗了出来，并装进一个小相册带给他。我们一起看照片的同时，我对饼干的所有制作过程进行讲解，他很感兴趣地翻看，我耐心地讲解，我们配合得很好。

我问他饼干好不好吃，他连说好吃。我又问：“是一个人吃了？还是和学员们一起分享的？”他边笑边说：“别的学员也吃了，而且都说很好吃。”从笑容中我看出了孩子那种满足且骄傲的感觉。这次见面他说的话仍很少，只是腼腆、开心、骄傲地笑着，如此灿烂的笑容，如此发自内心的笑容，多么好看，若这样的笑容总能在他的脸上展现，该有多好！

从他见到我的第一天起到现在，他一直没叫过我，也没有因为送他礼物而说声“谢谢”，但是，只要看见他的笑容，我便觉得无比快乐和欣慰。好妈妈能带给孩子快乐的心情，我想自己虽然还算不上好妈妈，但至少努力的方向是对的。我在给予他的同时，他也回赠给我这世界上最美好的笑容，虽然只是我能理解和读懂的笑容，但我觉得这是最珍贵的，是无法掩饰、无法复制的，他的笑容深深地印入了我的脑海。

从十八岁参加工作到现在，我一直和违法犯罪青少年打交道，工作近二十年，我没有因为工作的特权收过学员和家人赠送的任何财物，却收到了比金钱更为贵重的信任、认可、想念。他们也许只是出所后回来看看我，与我聊聊他们的近况；也许只是打来电话向我诉说现在的苦恼；也许只是寄来贺卡道声“节日快乐”；也许只是在街头认出了我，大声叫我“贾干部”。我得到过他们的拥抱，见过他们的喜怒哀乐，听过他们的真心述说，我得到了这世界上似乎常见但并不那么容易得到的东西，虽然我的工作收入并不高，但是我的内心世界很富足，他们的给予证明了我工作的价值，证明了我人生的价值，证明了人性中美好的价值。

虽然我几乎没有想过自己的理想是什么，以为“理想”早已被我遗忘在小学的作文中；虽然我很少与人谈起人生的意义和价值，以为它们被我遗留在了中学的政治考试答题中。可是我的内心无时无刻不被这些失足少年所鼓舞，正是他们给予我的感动和认可，让我这么多年一直对工作怀有激情，并且越来越坚定，越来越明确自己需要什么。

我感谢这些孩子们；感谢工作单位让我有机会与失足少年近距离接触，在基层一线从事管教工作的经历，让我积累了丰富的管教经验；感谢曾经的管教领导给予我的帮助，让我树立了重要的教育理念，使我至今仍愿在教育领域努力探索；如今我又成为一名“爱心妈妈”，又多了一重身份，能以更特殊的角度去爱护、关注这些特殊少年，能有机会和他们一起获得内心的成长。

是警察这个特殊的职业成就了我内心难以被别人理解的快乐，是失足少年这样一个特殊的群体给了我内心难以言表的价值感，使我幸福地工作着。

愿我在心里永远珍藏那份青春的美好和健康向上的向往！

愿我在心里永远保留那份执着、热烈的愿望！

奋力振翼就能快乐地飞翔！

梅有话说

最真的回报其实就是孩子们走出去以后有灿烂的笑容，积极健康的新生活！人生有很多价值理想值得追求，能够帮助一个人重新回归社会健康生活，这是最有意义的价值理想之一，是善莫大焉的一件事！

寻找失去的母爱

6月6日

金凯的爷爷、奶奶和爸爸来看他了。看到金凯的父亲，我惊呆了，没想到1972年出生的他如此苍老，个头瘦小、满脸皱纹，像一个小老头，从衣着打扮和面容都看得出他生活的艰辛，可就是这样一个父亲，每月都从鄂州赶到武汉看望儿子，今天还下着大雨，我看见他的衣服都淋湿了，此情此景，我心中颇为感动，除了感动，还有一种苍凉感。

我做了自我介绍，说明了来意：一是想了解金凯的成长情况，二是想和他父亲商量一下能否寻找金凯的母亲。

他父亲介绍的孩子成长情况与金凯本人谈及的大致相同，只是金凯说父亲开着一家修理店，而他父亲说自己是一家棉纺厂的工人（这可能是金凯为避免自己被人看不起而编的谎言），就连来看金凯，也是向厂里申请后才批准的。他的爸爸介绍，这么多年一直是自己带着儿女，孩子的妈妈撒手不管，金凯因此一直怨恨他的妈妈，他的妈妈十几年来一直没看过孩子，现在已再婚。

这世界上有谁不想自己的妈妈在身边呢？看见别人和妈妈在一起，有妈妈的呵护和陪伴，有妈妈的关心和宠爱，金凯一定羡慕不已，可是现实很残酷，他的希望在破灭后就变成了恨，可是在心底他会比任何人更想念自己的妈妈，更渴望母爱。虽然在所里我是他的“爱心妈妈”，但我无法替代他的亲生母亲。

大人的恩怨早已是过往，十几年过去了，还有什么是放不下的呢？而且现在各自都已再次组成家庭，就算有什么放不下，但是为了儿子，也应暂时放下。为了孩子的现在和将来，为了儿子的成长，我希望金凯的爸爸能够通过亲戚找到他的妈妈，并且能够做通工作让她来看孩子。作为一个旁观者，我无法了解他们当年发生了什么，但是希望金爸爸能考虑我的建议，将已丢失多年、本该属于孩子的母爱还给他。

经过多个来回的沟通，金凯的爸爸答应试试。

我陪金爸爸一起进了会见室，金凯早已等候在隔音玻璃的另一面，见我和他爸爸一起进来，赶紧微笑起身，并拿起对讲电话，边和他爸爸说话边用手指着我，我想他是在向他爸爸介绍我。我把时间留给了一个月才有一次会见机会的父子，没过多久便悄然离开了。

外面的雨停了，似乎老天有眼，不想再难为一路颠簸冒雨来看孙子的老人们和被生活折磨的爸爸，所以开恩了。世界上有多少悲欢离合、多少磨难我们都无力改变，无力逆转，让历史重演，可是发生在身边的，我想我可以尽力去做点力所能及的，不管是一条被困在小沟里的小鱼，一条流浪的小狗，还是雨过天晴后一条在水泥路面挣扎的蚯蚓，都可以去帮助它，也许只是一个小小的动作，它便可以获得生存的机会。

对于金凯，我可以为他做的也不多，而且他在这里的时间也是短暂的，我只希望他内心那深深的伤痛可以因为母亲的再次回来而不再加重。

期待下一个月的会见日，期待他的妈妈能来看看自己的儿子。

梅有话说

父母亲情是人间大爱，没有不爱孩子的父母。但是，生活的窘迫，世道生存的艰辛，家庭的变故……这些可能都会让父母在表达对孩子的爱意时不知所措，甚至表达错位，从而影响了孩子们对爱的感受，影响了孩子们的人生。做父母的，不能不慎重，不能不警觉啊！

换个角度看世界

6 月 12 日

金凯还是微笑地坐在我的对面，问他一周的情况，他笑着回答过得不错，谈到他父亲来见他的情况，他说爸爸每个月都会来见他，问及他爸爸来见他时从家里出发的时间，他说凌晨五点就要起床，顺利的话，没到上班时间就到所里了，所以爸爸每次都能赶在第一批进来见他。

他爸爸和我见了面，以及爸爸答应去找妈妈的事他都知道了，说起找妈妈，他的眼睛湿润了，不再说话，我知道此时他心里是复杂的，希望得到母爱的他，心中充满了希望但是又怕最终失望，一个从小没有妈妈照顾的孩子对于这点找到妈妈的希望，如同手中握着小小火苗的火柴，既希望火光能大点又唯恐火光不小心被风吹灭。我对于这件事没有说过多，只表达了共同期待的心愿。

愿上天保佑这个失去母爱很久的孩子再次见到自己的妈妈。

他告诉我，因为叔叔赌博欠钱，与人发生争执，爸爸听说后去帮忙，结果被人打了，得知这件事后，他心里很气愤，提出出所后一定要报复，因为他不希望爸爸受任何人欺负。我没有直接向他指出这种行为是不对的，而是说：“你想保护爸爸是因为你爱爸爸，这是很好的，做儿子的理应保护爸爸，要对爸爸有孝心，可是这种报复的方法虽然能起到给爸爸出口气的作用，但最终的结果却并不一定是爸爸想要的，因为在打斗的过程中会有很多意外发生，也许会让你再次违法，也许不仅是服几年刑，还可能最终要了你的命，对于这样的结果，我想爸爸不会有出了气的快感，而会更加无法面对。”

他若有所思地坐在那里，眼睛里仍看得出不服气的情绪，我进一步说：“你当时的违法经过我看过，都是为了要两三百元钱，而用武力去威胁那些老实的农村人。”他解释并不是为自己要的，而是为了当时的老大要的，其实自己并不认识那些人。我赶紧接下他的话茬：“对呀，当时的你就像这些打你爸爸的人一样，他们和你爸爸并没有直接的矛盾，只是当了别人的帮凶，所以受你欺负的那些人的儿子心中对你一定也充满了愤恨，也一定和你今天的心情一样，可是他们没有直接报复你，而是用法律让你受到了处罚。”听到这里，他不好意思地点头并笑了。我继续耐心地劝他：“其实你这样想并没有什么不对，可能每个受欺负的人都会有这样的本能反应，但是，遇到事情后，我们的第一反应和心理感受往往不是问题的最佳处理办法，需要找一个合理、合法的途径来解决，遇事只有冷静思考、权衡利弊，才能做出合适的决定，今后遇事一定要三思而后行，不要一时意气用事。”他笑着点头。

对与错的说教，像金凯这样的孩子一定听了很多，既有来自学校的、家庭的，也有社会的，作为“爱心妈妈”，我觉得应该少些说教，多些对问题的分析，引导他们思考问题并寻找解决问题的方法，同时要理解他们的心理，不能好不容易听到他们说出一个想法，却马上否定，我们什么都可以否定，但不能否定一个人的内心感受，因为人心理的感受不是用理智便可以来调控的，也不是用对错便可以来衡量的，我们要做的是理解他们的感受，让他们懂得感受和想法不能作为处理问题的方法，这便是心理学中的“共情”的运用。没想到离开教育的岗位，我的心理学知识仍可以有用武之地。

之后，我话题一转，和他谈起了讲故事比赛的事情，他不知道该讲什么故事，我顺势提醒：“要不讲讲你爸爸的故事？从你两岁时，爸爸就一个人带你和姐姐，后来因为你不听话，他对你管教很严，你曾因此不喜欢他。直到现在，爸爸每月都来看你，风雨无阻，你才知道爸爸是最亲、对你最好的人。因为生活的波折，虽然才四十岁，可爸爸看起来已很显苍老了。”他默默点头。我鼓励他：“这个故事一定是一个感人的故事，因为这里面包含了一个父亲对儿子的爱，还有一个儿子对父亲的感恩。”听我这样说，他的信心似乎顿时加倍，因为之前的偶尔点头变成了现在的连连点头。

我跟他约定，下次来时带一篇朱自清的《背影》来，那是一篇写父亲的文章，一篇感动了无数人的文章。他说自己没看过，我告诉他，我们可以一起看，一起来写写爸爸。

在与他的长时间沟通中，我不断地思索“爱心妈妈”要如何当的问题。我想“爱心妈妈”虽然有别于亲生妈妈，但重要的是都要扮演好“妈妈”的角色，对于“爱心妈妈”的身份，是可以从一个特别的角度，更容易接近孩子内心的形式，“爱心妈妈”工作的实质是要做这些孩子们的思想转化工作和心理矫治工作，服务于“教育矫治”这个大目标。这既是一项考验智慧和教育基本功的工作，也是一项让人得到锻炼和催人思考及探索的工作。做“爱心妈妈”的过程让我又找回了那个对教育工作无比热爱的我，让我的心理学知识和管教经验在这个过程中更加丰富，并酝酿出了新的思路和方法。

我热爱这项工作，并且愿意努力探索，谁说“爱心妈妈”只是付出？其实收获的更多。

✲花絮：

金凯在与我的交谈中说，“六一”收到饼干后，别的学员很羡慕他，很多学员没有收到“爱心妈妈”们特别的礼物，只收到所里发的礼物，而且有些学员的“爱心妈妈”很少来见他们，相比之下他感觉特别好。说这些话时，他心里自然是高兴的，可我的心情却是沉重的。有些“爱心妈妈”可能因为各种原因不能经常来看学员，这些学员心中必然有失落，会羡慕其他被“爱心妈妈”看望的学员，这样的比较会让孩子们对“爱心妈妈”工作产生一些负面的想法，这让我不敢对这项工作有半点懈怠，孩子们重燃的信心和信任是多么可贵，经不起任何再次伤害，想到这些，觉得自己肩上的担子更重了。

父亲节前给金凯的信

金凯：

你好！

朱自清先生写的《背影》是学生时期最让我感动的文章，我读过许多写母亲的文章，也听过许多关于母爱的故事，可是关于父亲的却很少，而《背影》是描写父爱最好的代表作，推荐给你，希望你认真阅读，慢慢品味，从中体会父子之间的那种朴实而浓烈的情感。

作者细腻的文笔看似平淡却令人刻骨铭心，像云絮轻轻划过天际，留下永远拭不去的云天爱语，浓浓的父爱，让人震撼。在《背影》中，一位父亲对儿女至深的爱，在朱自清笔下溢着独特的伤感。父亲家境贫寒，又遭变故，却依然默默地关爱着儿女。在火车站，父亲为买橘子而爬上月台的背影，深深地烙在我们每个人的心中。面对贫苦的家境，父亲在独自挑起这个支离破碎的家庭的重担的同时，对儿子更是爱护有加。在作者去北京求学之时，年迈的父亲执意把作者送上北去的月台，临走时，留下了那一道耐人寻味的背影。

那是一道爱的背影，温暖着每位读者的心房，也触动着每个儿女最柔软的内心世界。你的父亲也是一位好父亲，他经历了那么多生活波折，在你走错路之后加倍关心你，每个月风雨无阻来见你，十几年来，他用瘦弱的身板独自支撑着你们这个家，带大你和姐姐，他的皱纹里记录的是生活的磨难，记录的是对你们成长的付出，记录的是你来到高墙后日夜的挂念。你有一位了不起的父亲，尽管他没有显赫的地位和身份、没有万贯家财，但是他给你的爱是无法替代、无可比拟的。

你父亲的故事深深感动着我，我敬佩他如此全力的付出，虽然生活无情地让你失去了母爱，但是能有这样的父亲，也是生活对你的另一种恩赐，所以在这次讲故事比赛中，我觉得你可以讲讲父亲的故事，借鉴《背影》的写法来写写自己的父亲，写出一个让人感动的精彩故事。

我相信你能写好，只要真情流露就是好的故事、好的文章，你可以先静下心来试着把初稿写出来，下周二我们再一起看看如何从故事的角度进行修改，最后再来练习把故事讲好。对这次讲故事比赛，你要有信心，虽是比赛，但我们不以拿奖为目的，说出你对父亲的爱，让大家知道你的父亲如此爱你，你有这么好的父亲便是最大的成功。

父亲节就要到了，把这篇将要诞生的感人故事献给父亲也是一个不错的礼物，让我们共同祝他节日快乐吧！

下周二“爱心妈妈”活动日见！

贾老师

6.15

梅有话说

同情心、同理心，这是共情的关键，也是打开孩子们心扉的一把好“钥匙”！不管是引导孩子们正确看待自己的思想与行为，还是引导孩子们正确理解家庭社会关系，都需要我们发现共情点，抓住共情点！只有这样，才能真正突破孩子们已经扭曲了的认知与情感，把他们拉回到正途。

沉默

6月19日

见到金凯，问他朱自清的《背影》看了没有，他说看了，问他故事写了没有，他说撕掉了，因为自己写得不好，写不下去了。我有点不相信，以为他因为写得不好而不想拿出来，于是安慰他写得不好没关系，我们可以一起来修改，不用不好意思，但他说确实是撕掉了。

于是我只有和他一起重新再理一遍写作的思路，我让他先讲讲自己以前对父亲的看法，以及这些看法的由来，他说："当时对他们就是恨，真正的恨。"之后便沉默了，眼睛看着窗外，不再说话，眼睛也随之湿润了，也许此时他看向窗外的目光是投向了童年的自己，投向了那段让自己憎恨的生活，我没有打断他的沉默。时间似乎在这一刻停止了，室内的空气也像带着某种无形的压力，让人心口有被堵住的感觉，我没有如往常一般用语言开导他，只是注视着他，这是打开伤口最难受的那个开始，也是宣泄情绪的突破口，旁观者是无法体会当局者这种感受的，哪怕我做了多年的心理咨询工作，此时的共情也不可能做到真正的感同身受，因为这种不幸的童年经历我没有真实地体验过，只知道那种创伤是一个孩子难以承受的。

沉默中的他也许还想表达，却不知道从何开始说起，只是一个劲地流眼泪，我试探性地问："你说恨他们，是指谁？爸爸？妈妈？"

“都恨，恨他们。”他大哭起来，“不是因为他们为一点小事离婚，我不会这样的。”似乎对面站着的就是他的父母，他大声哭诉，似乎想要回本该属于他的童年幸福。“爸爸想让妈妈回来，可她不回来。”他垂下头，边抽泣边用胳膊擦着眼泪，我没有给他递纸巾让他擦眼泪，此时任何一个外来的动作和不慎的语言，都可能打断他本想说出来的心里话。接着又是一阵沉默，片刻后，他的情绪稳定了下来，我小声温和地问：“妈妈因为什么小事而离开？”他说：“就是因为她打麻将，爸爸不让她打，所以吵架了，离婚了，就不管我了。”我不知道这是事实的真相，还是从爸爸嘴里听到的善意的谎言，不管怎样，在孩子心里，妈妈是如此不负责任。“妈妈走了以后，爸爸离家到外面去做事，奶奶和爷爷在离我们村有些远的地方包了鱼塘，也不在家住，每天只有我和姐姐在家，饿了要自己做饭吃，我们那时很小，根本不会做饭，但是饿得没办法了，还是要自己做。”他又哭起来。“爷爷奶奶白天不回来吗？”“不回来，因为鱼塘很远。”“那时你几岁？”“我只有五六岁。”他边说边用胳膊擦眼泪。我仿佛看见两个小姐弟搭着板凳站在农村的大灶台前学着大人做饭的样子，有父母爱护的孩子五六岁的时候可能还只会撒娇呢！父母们唯恐孩子营养不够，什么好吃的都留给孩子吃，可是他们小姐弟饿了只能自己想办法解决，生活让他们承受了本不该这个年龄承受的东西。

他再次沉默了，眼睛又看向窗外，我和他一起沉默，不知道是什么拉回了他的思绪，他慢慢述说：“小时候有些小伙伴笑我没有妈妈，我就和他们打架，打了架后大人们就会骂我有娘生无娘教，我最恨别人这样说，也因此更恨我的爸爸妈妈，不是他们我不会这样的。”说着说着他又大声哭起来，眼泪不断地往下掉，口中重复说着“不是他们我不会这样的”，在他心里一直认为父母的离异是造成不幸的根源，并且他的违法犯罪也是父母造成的。在很多年前，如果听到有学员这么说，也许我会指出这样的想法不全对，因为还有很多不幸家庭中的孩子们因为自己的努力成为优秀的人才，走上违法犯罪道路的根本原因在于自己。可是此时的我没有说这些，因为尊重一个人的感受是尊重这个人最基本的要求，让他改变内心的想法，不可能仅通过外界的几句话，我还是先让他把内心的坏情绪丢出来，然后再慢慢装进新的东西，让他自己慢慢去体会，再使其想法逐步转变，这是我要做的，却不是今天要做的，所以陪他沉默可能是最好的方法。

待他情绪稳定后，我问："听你说过多次，爸爸现在对你很好，那你是通过什么事情转变了对爸爸的看法的？你希望在故事里怎么来表达？"以此我把谈话切向另一个主题。他说："有一次我在外面和别人打架，把腿弄断了，后来他带我来武汉诊治，每天把我从四楼背上背下，我突然觉得爸爸对我很好。""那时的你有爸爸高吗？"我问道。"有爸爸高，他每次背我都很费劲。我到这里后，他每月都来看我，每次早上五点钟就要起来，我不让他来，他硬要来看看我才觉得放心些，心里好过些。"我接着说："爸爸看似简单朴实的话却道出了他对你的关心和爱，所以你觉得爸爸对你好，是吗？"他看着我，点头表示认可。

我总结道："听了你的诉说，我觉得是非常好的故事，只是需要你用文字把它写下来。"他为难地说："我学习不好，写不出来。""没关系，我来帮你写一个故事的提纲，在这个提纲的范围内写，你就不会写偏题了。"我鼓励他。他很高兴。

我现场给他写了下面的故事提纲：

开头：

写读了朱自清的《背影》后想起了父亲的背影，这个背影曾经是那么让人恨的背影，引出下面的部分。

第一部分：

写恨爸爸妈妈的原因。

1. 因为他们的离婚让自己失去了母爱。

2. 自己常常被小伙伴笑话没妈妈，被别人说有娘生无娘教。

3. 自己和姐姐从小就自己做饭，生活没有人照料。

4. 不听话的时候爸爸常打我。

第二部分：

1. 在外面打架腿断了，父亲背着与自己一样高的我吃力地上下楼，突然觉得爸爸对自己很好。

2. 来到所里后，爸爸每月都见我，而且总是来得最早，不让他来，他还是坚持要来，感觉到爸爸是爱自己的。

第三部分：

现在每月都能看见爸爸走出会见室的背影，但是感觉不同于往常，写自己现在对父爱的理解，对父亲的理解，说说自己以后想如何来回报父亲。

有时我给他写的信，当中有些字他不认识，所以我让他把提纲先看一遍，看有没有不认识的字，他看后说没有。我问他如果有不认识的字怎么办，他说会请文化水平高的学员帮忙认一下。原以为手写的信更好些，不想遇上了新问题。看来以后让他看的文字要打印出来，如果是手写体，字迹一定要清晰，并且要在一些可能不认识的字上加注拼音，看来我这个妈妈考虑得不周全呀，下次改进。

这次谈话中的多次沉默让我们的谈话数次暂停，但这给了他内心一个缓冲和发酵的时间，慢慢让他理清了头绪，坏情绪得到宣泄后，好的情绪和新的想法才会进驻，所以今天的他一定感到心理轻松了许多，并且最后留在心里的是爸爸的爱而不是过往的纠结。多年前的我对与学员谈话中的沉默有过担心，怕谈话冷场，所以曾在一段时间里觉得教育就是不断说教，后来发现并非如此，沟通要先倾听，适度的沉默会形成一种看似他们掌握主动的气氛，但事实上我才是掌握沉默时间长短的主人，恰当地把握沉默后的谈话方向和主题，引导对方讲述和思考是非常重要的。个别谈话的工作我做了多年，但一直没有好好思考沉默的把握和运用，这个主题值得我进一步探索。看来工作中有太多的东西值得我们深思，而我们却在忙碌中疏忽了，有些惭愧呀！

✼花絮：

对于下午和金凯的谈话情况，晚上我和妈妈一起进行了交流，妈妈对金凯母亲不负责的行为气愤至极，说对于做了母亲的人来说，孩子最重要，即使离婚，也要带上孩子，什么都可以舍弃，但一定要留下孩子。我庆幸自己有这样的好妈妈，给了我幸福的生活和美好的情感体验。妈妈一再叮嘱我好好对金凯，这孩子怪可怜。我的妈妈如此有爱心，是我学习的榜样。

梅有话说

马斯洛心理学告诉我们，人的基本需求是生存的需求。当一个孩子最基本的需求都无法正常满足的时候，那种内心的绝望与挣扎、恐惧与无助留下的印记会是多么的深刻啊！所以，受伤的孩子，想要抚平他们内心的伤害，绝对不是一个简单的过程，也绝对不会是一件轻而易举的事情。如何引导他们宣泄内心的恐惧与压抑？如何输入正确的认知理念？如何修复刻骨铭心的创伤？这些，都是“爱心妈妈”们面临的工作挑战！

无声流淌的母爱

6 月 22 日

“今天在纳木错湖有一幕让我十分感动，刚才离开湖边往回走，上一个小坡时看到一个年龄显得比较大但估计实际年龄并不大的母亲穿着既脏又旧的衣服，坐在地上，一个像悠悠般大的孩子，浑身脏脏的扒到她身上要吃奶，母亲毫不犹豫地拉开衣服哺乳，无视来往行人的存在。我在感慨母爱伟大的同时，对她们产生了同情，我想到悠悠吃奶的样子，与这个扒在妈妈身上吃奶的孩子没有太大的不同，只是我们的儿子吃奶的场所会在干净的床上，或者妈妈坐在椅子上，儿子躺在妈妈怀里，不会出现今天看到的情形，我想我们是很幸福的。我返身给了那母亲十元钱，她非常高兴地感谢。离开后我后悔自己给少了，应该给一百元钱，也许一百元钱对她们的作用比放在我身上更大，但因为实在走不动了，这个想法最终没有实现，我感到非常遗憾。”

“你做得非常好，不要因为没有返回给她们一百元钱而遗憾，虽然只是十元钱，但她们得到的不仅仅是十元钱，而是你对一位母亲的尊重，对母爱的敬重，可能十元钱帮助不了她们太多，但是拥有一天的好心情也是不错的。”

这是 6 月 21 日先生到西藏的第一个景点后与我的短信沟通，之后他便因为感冒加之高原反应去医院治疗了。我想此行留给他最深刻的除了高原反应那强烈的不适外，就是这无视来往行人哺乳孩子的母亲了。

在之后的电话中，先生又提到这让他震撼的一幕，对留下的遗憾也久久不能释怀，对这位母亲充满了敬意，在如此贫困的生活条件下却坚持母乳，不由感叹都市里的太多母亲为了保持自己的美丽而不愿意母乳喂养，在他眼里，这位衣着既脏又旧的母亲才是真正美丽的。

这个世界上，有两样东西只有母亲才能给孩子，那就是母乳和母爱，其他的都可以由别人代替。但如今这两样东西却被有些妈妈们用钱代替和表达了。惊艳的外貌可以让行人频频回首，却不能刻在人心里，而这位母亲的美却是让人震撼和难以忘怀的，这种美来自于生命之源，没有任何东西可以与之相比。

我一直坚持母乳喂养，为了保证奶量大吃大喝，生怕因为吃得太少会影响孩子，我的体重因此飞跃直上，并居高不下，变形的体态自然与“美丽”这个词无缘了，心中的自信也大打折扣，商场卖服装的售货员那不屑的目光，更是让我备受打击，尽管如此，我还是不敢有任何减肥的想法，因为背负儿子口粮这重任如何敢懈怠？

我一直以为男性的眼中只有惊艳的美女，不曾想在他们的心里正在哺乳的母亲却是这般美丽，纳木错湖的美他一直没有给我描述，却将这种母亲的美印到了我的心里。在感慨他的善良，感慨母爱的伟大时，作为母亲的我也备受鼓舞。

母亲既可以孕育一个生命，也可以感染更多的生命，无声流淌的母爱有这样的感染力、震撼力和温暖世界的能力。此时我的眼前浮现出“5. 12”地震中妈妈们给别人的孩子喂奶的场景，这感人的场景虽然已经过去了几年，仍然历历在目，母爱不只是爱自己的孩子，更是用一种母亲的情怀去对待生活和生命。

我的两个孩子，一个在家里，一个在所里，他们都在我心里，爱他们是我人生中最重要的事情，在陪伴他们成长的日子里，希望能让他们感到来自母亲的温暖。

梅有话说

母爱伟大，母爱神圣，正因为如此，母亲值得尊重。“爱心妈妈”，不是妈妈胜似妈妈，更值得尊重。

情感归属于江湖

6月26日

今天武汉入梅了，虽然雨下得很大，却感觉异常闷热。一进一大队的门，民警就告诉我："你的'儿子'违纪了，事后还划伤了自己。"我感觉事态有点严重，连忙询问受伤的情况，直到民警说情况还好，我的心才放下来。民警介绍，五个学员向成年学员要烟抽，中午民警发现后批评了他们并取消了他们的奖励，回到车间劳动后，金凯用习艺用的剪子划伤了自己，属于自残行为。

我见到他，发现手臂上有大块的伤痕，虽然不深，但是破皮的面积比我想象的大。我问他具体情况，他低头说自己抽烟违纪了，与我对话时，他没有像以前那样坐在我的对面，而是蹲在地上，可能心有愧疚，不好意思面对我，所以选择蹲下。我让他起来并坐在我的对面，既然事情已经出了，就算是蹲着也不能解决问题，就算是违纪犯了错误，平等和尊重还是要有的。

他向我说明原委，违纪的五个学员平时关系比较好，他们想抽烟，让他去向别的学员要，他就利用两个大队的学员同时在篮球场活动的机会，先把篮球丢过去，而后以去捡球的理由向他们要了一个打火机和半包烟。中午民警知道这件事后进行了调查，第一个就问了他，他们之前曾经说好死不认账，结果他没说，另外的几个却说了。他想不通为什么他们这样对他，所以气得把自己的手臂划伤了，原来他的心也受伤了，为的是别的学员的不守信。

从这件事可以看出金凯思考问题有些偏执，遇事不冷静，如果看重的东西不能如愿，他便会被激怒，以至伤害自己，在他心里，他可能很看重感情，即江湖中所谓的“义气”。

谈话中他一直反复强调：为什么他帮他们要了烟后还要把他供出来，而自己却什么也没说，自己这次的奖励都因此取消了。他对失去奖励并未觉得很痛心，而为别人有负于他而耿耿于怀。

我劝慰他：“第一，别人让你做什么你就去做，即使知道是违纪的事你也去做，只能说明你没有认识到事情的严重性，明知故犯，也说明你心里愿意去做这件事，如果他们叫你去学习，你会去吗？第二，他们坦白这件事情是正确的，说与不说都是他们的自由，为什么要寄希望于别人帮你隐瞒？第三，退一步说，就算你觉得他们不守信，让你对他们产生失望，也不至于对自己进行伤害，伤害自己能够起到什么作用？身体发肤受之父母，通过父母的孕育和养育，才有你今天健康的体魄，随意自伤，只能让你父亲伤心，让他为你担心不已，除此之外，别人对此不会有任何感觉。”

停顿了一会儿，我继续说道：“奖励取消了不可怕，就当是一个教训。但如果这件事给你的教训只是觉得别人负了你，那就太不值了，以后出去了你还会遇到很多这样的事，碰上很多诱惑，是否还是别人让你做什么你就做什么？你以前为别人到处要钱，充当打手，最终他们来看你了吗？他们来关心你了吗？每次在会见日来看你的是他们吗？他们因为你两年的青春在这里度过而难过了吗？没有，只有你的父亲和其他家人把你放在心上，这些难道你不明白吗？所以，不要做一个傻子，别人对你说什么那是他的自由，可是听不听是你自己的选择，如果不用大脑思考问题，不权衡利弊，冲动做事，那么你以后可能还会违法犯罪，还会吸毒，说不定一生都会在监狱度过，这样的例子很多，有的人一生进出监狱多次，最终在监狱孤老终生，连家人也远离他，你希望这样生活吗？希望自己的人生像他们一样吗？如果这样选择，没有人能阻拦你，自己的人生自己选择，可是这样的人生有何意义？”

我劝解这么多之后，他没有再强调那些学员如何不守信，提出会好好想想为什么自己容易被人指使，我肯定了他的想法，希望他下次告诉我思考的结果。

我告诉他，事情已经过去，现在应该总结经验，继续前行，而不要再去想那些无谓的东西，别的学员如何做是他们的权利，你无权要求他们，不要因此与他们发生争执，把这件事放下，没有奖励不可怕，你的行为代表自己的形象和尊严，不要让别人看到你就此摔倒起不来了，从现在开始好好做应该做的事情吧！

他担忧地说，自己以前表现好，现在一下变成了坏学员，心里有点受不了。我安慰他，没关系，好和坏需要行动证明，如果有行动，大家都会看到的。他答应一定会好好做。

问及伤口，他说不痛，是否抹药，他说抹了碘酒，我提醒他每天要保持伤口干燥，洗澡后要擦干，不能让伤口感染了，他点点头。

这些走入歧途的青少年的共同特征就是定性较差，自控性也不强，时不时会犯些错误，明知故犯是常有之事，我没有觉得意外，也没有因为他们违纪而感觉自己的一片真心付诸东流，他们毕竟不是“三好学生”，他们是孩子，而且是身上有各种各样恶习的孩子，要让他们彻底改变，不可能一帆风顺，不可能几句话就解决问题，只有在这种反复中才能逐步形成正确的思维和观念，这在金凯身上更能体现，童年母爱的缺失，让他把自己的情感归属于江湖，于是义气被他异常看重，也因此特别痛恨别人负了他的情义，手臂上的伤痕足以证明他内心的痛。

✼花絮：

妈妈得知金凯违纪的事后很是伤心和气愤，她说：“关心他有什么用？这么关心了还去违纪，这个孩子真是没办法。”我笑笑说：“正因为改变他如此有难度，才更需要有人去不断努力呀！而且当妈妈的岂能被这点小波折打倒？”妈妈摇摇头说：“没想到你这样想，算你有耐心，但是你一定要批评他，他是不对的。”我大笑起来。

梅有话说

友谊的意义不是哥们义气，也不是一团和气。这些基本的道理在青少年群体中常常被错误理解和追随，结果造成孩子们成长过程中的误区。如何纠正？讲清道理是一个方面，分析事实是更重要的一个方面。青少年时期是心理发展的叛逆期，讲道理他们会认为是说教，会引起他们的反叛心理。所以，这个时候用好事实教育是一项很好的教育矫治策略。

雾霾后的蓝天白云

7 月 3 日

挫折之后的他脸上倒比上次更添了些朝气，坐在我对面，问他一周的情况，他说不好，对上次违纪的事情，已认识到自身存在的问题，并且这一周的表现比以前更积极：劳动方面天天争取超产，其他的方面也争取比别的学员做得好。这周队里在整理房间和储藏室，别人一次搬三块床板，他一次搬五块，非要比别人搬得多，要让所有的人都看见自己没有因为违纪而消极。我劝他，积极做事自然很好，只是不必为了做得比别人多而使身体吃不消。他摇摇头，表示自己受得了。接着他笑笑地看着我，我知道他还有话想说，因为据我了解，这周他发现一名新入所的学员总在拨弄一个房间的锁，他觉得有问题，便马上向民警报告，后来发现这个新学员正准备实施脱逃，在这件事上他做得非常好，也算是立了一功，至少表现出了较强的警觉意识。

我明白他想和我说这件“好”事，但是又有些不好意思，所以笑着看我。我故意问他，这周是不是有什么做得特别好的事情。他笑着回答：“也没有，就是一个学员想逃跑，我发现后就向民警打报告了，现在我参加了晚上的值夜班。”“为什么要选你参加值班呢?”“干部信任!”他很开心地说。我顺着说：“看到没有？一个人犯了错误不可怕，重要的是如何从错误中吸取教训。遇事要把思路打开，不要钻牛角尖，只要坚持正确的，对生活充满朝气，生活一定会有所回报。这件事也证明，遇到挫折，只要你积极面对，一定会得到别人的肯定，对于民警的信任，一定要珍惜，不辜负这种难得的信任。”“我知道的，我会好好干的。”

这周五是本月的会见日，问他有没有和爸爸电话联系，他说没有，安排在明天打电话。对于妈妈能不能来见他的问题，他说妈妈不会来，不知道他是怕自己寄予希望太高到时失望更大，还是从心底就认为自己的妈妈有那么狠心，真的不想来。我安慰他：”一切皆有可能，不如让我们共同期待。如果妈妈没来，我会再次努力的。”他点点头。

见完他，走出大队，我心里既轻松又高兴，事实证明，对于这群孩子，不要惧怕他们犯错误，不要一味责怪他们犯错误，再严厉的斥责对于他们也不一定有效果，引导他们从中发现问题，树立面对挫折的良好的心态，对生活充满信心，这是非常重要的。如果当天我也同其他人一样，把他训诫一番，要求他以后不抽烟，也许他会听进去，但就算听进去了，他也只会在抽烟这方面对自己有要求，而且心里会恨那些学员，从他用剪刀自伤的行为来看他会对今后的生活失去信心。在这件事的处理上，我努力帮助他重新认识问题，调整心态，这对他很有好处，所以在违纪后他有了良好的表现，而且比以前更努力，也因此得到了民警的信任，自信心倍增。他手上的伤已结痂，快好了，希望他的心会在不断的挫折和调整中慢慢变得更强大，变得更宽容，对生活更热爱。

终于见到了雾霾后武汉少有的蓝天白云，生活也会如这天空一般，驱散阴霾，晴空一定会再现。

梅有话说

信任是一种力量。在心理学中，信任是一种稳定的信念，维系着社会共享价值和稳定，是个体对他人话语、承诺和声明可信赖的整体期望。信任可以指向自己，可以指向他人，也可以指向社会。无论指向哪里，信任都代表着一种相信和放心，代表着一种信念。这种信念可以是一种肯定自我的力量，可以是一种认可他人的力量，更可以是一种认可社会的力量。处于管教中的孩子们，他们缺乏自我的信任、他人的信任、社会的信任，他们渴望被信任。所以，他们会加入小团伙，他们会“打小报告”……他们一旦被信任，会兴奋更会珍惜。我们在矫治工作中，要充分运用好信任，要发挥信任的力量，通过赋予信任，促进孩子们树立信心，改过自新，走上人生的正途。

无语

7月6日

今天是一队七月份的会见日，一个月前我就盼望这天的到来，因为金凯的父亲答应我帮着找孩子的母亲，盼望着能在这个会见日看到母子久别后重逢的情景。一大早，我就和管理科的同志打招呼，金凯的家人一来办会见手续，就第一时间打电话告诉我，说实话，我心里挺激动的，我希望今天是个特别的日子，看到金凯的妈妈，我一定要好好和她谈谈，多了解金凯小时候的事情，也让他妈妈多多回忆母子在一起的快乐，促使她今后多来看看他，多来关心他。如果金凯从此多了妈妈的关爱，那该有多好！在心里，我已经把想说的话，如何与她妈妈交谈等，都构思了好多遍。终于接到了告知有人会见金凯的电话，我兴奋地跑下楼。

这一个月的漫长等待终于结束了，可是来的却只有金凯的父亲一个人，见到我，他并没有主动提及找孩子母亲这件事，我问他寻找孩子母亲的情况，他只是说找不到，因为自己多年没和她联系了。从眼神中，我能看到他内心对此事的逃避，可能上次与他沟通时，他当时觉得可以试着去找，便答应了；也可能是看我磨破嘴皮劝他，不好意思拒绝，所以只能暂时答应，以免让我丢面子，但真要做这件事，他又不愿意了。他的目光总是避开我，只是一味地说联系不上，问及和金凯母亲那边的亲戚有无联系，他说只和一个姨父有联系，并且住得不远，我希望他尽量通过这位姨父做做金凯母亲的工作，他虽然答应了，我觉得只是勉强答应，心中几乎不敢再抱任何希望。

我有些束手无策，对于金凯父亲的逃避，我不能说他不对，也不能怪他改变主意，毕竟这全凭他的自愿，我只能请他再次努力，但我觉得希望渺茫，简单的交谈后，我不想多说，他去见儿子了，我回到了办公室。

此时，我的心像被抽空了一样，无心做事，也许是因为失望，但是失望不至于让人这般无力，像是得了感冒一样，可能我的心情得了“重感冒”，工作这么多年，为了学员，和他们的家长打过很多交道，既遇到过家长的不配合，也遇到过说不通道理的，但如此这般情形倒还不多，我的一腔热血和希望化作了冰水。

一天我都在这种内心空洞的感觉中度过，深夜喂完宝宝已是凌晨三点多了，我还是睡不着。气愤冲脱了理智的限制，充满了我的内心，为什么父母离婚的后果要孩子来承担？为什么一位母亲十几年来不曾来看孩子一眼？为什么父亲如此固执，我百般劝说仍要计较已经过去十几年的事情，不愿意让孩子见到自己的母亲？难道听孩子说恨自己的母亲心里会好受，会觉得是对母亲的惩罚，会觉得那是自己十几年把儿子拉扯大的有力回报，会觉得儿子远离母亲能够确保自己专属的权力？同是父母，有的父母为了孩子能够牺牲一切，献出一切，而为什么有的父母却不能如此？为什么儿子都走到这一步了，十几年的恩怨还不愿意放下，是愚昧还是自私？

听着宝宝在身边熟睡而发出的均匀呼吸，我心里的愤怒慢慢平息，身体慢慢被疲劳占据，再也支撑不住，自己也渐渐睡着了。

梅有话说

孩子妈妈没有来，确实可惜；孩子爸爸没有用心找，确实很失望。但是，作为管教民警，作为“爱心妈妈”，我们要在帮教工作中引入一个新的工作原则，这就是社会工作中经常讲到的“案主自决”原则。社会工作中案主自决是指社会工作者要尊重案主（受助者）自我选择和自我决定的权利，由案主对自己的事做出决定。这个原则运用在“爱心妈妈”工作中，重要的意义在于提醒我们要真正从内心里尊重孩子们的父母家人对彼此之间关系的认可和他们自己的事务的处理，不能为了方便我们的工作去委屈孩子们的父母家人。作为“爱心妈妈”，我们也只有这样做，才可能真正赢得孩子们的尊重，赢得孩子们父母家人的尊重，他们才有可能真正发自内心的愿意配合我们的工作。

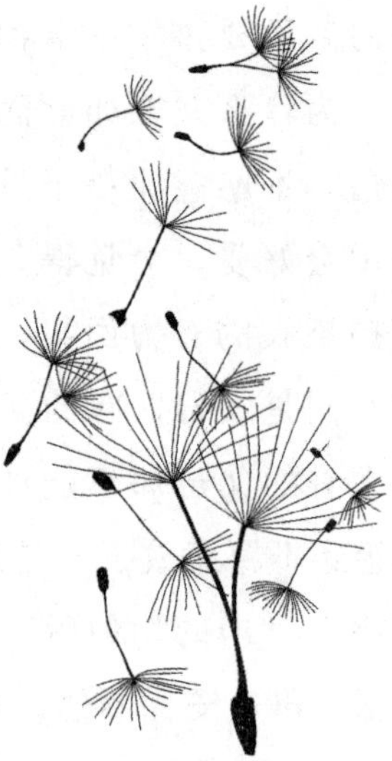

痛苦的反思

7月7日

面对、接纳、处理、放下，这几个词自己曾经给很多学员说过，希望他们在遇事时能够平静对待，认真处理，轻装上阵，客观评价，而今天我对这八个字进行了反思。昨天发生的事，我久久不能平静，这让我意识到自己过于感性，如果不能平静下来，自己今后的工作也会背上包袱，这可能是因为初为人母，对孩子的感情非常浓烈，也可能是因为对金凯太过投入，唯恐他再次受到伤害。其实这都不是坏事，只是心情大受影响，说明自己的心态还需调整。

我试着站在金凯父亲的角度去理解他，十几年独自带着两个孩子确实不易，如果儿子真的与母亲建立了联系，自己会有被人夺爱的感觉，也会担心自己十几年的付出因前妻的出现而毁于一旦，人总有自私的时候，他只是站在自己的立场上来思考，用母子永不相见来确定自己的付出不会付诸东流。如果我是他，是否也会有这样的顾虑呢？心底的声音告诉我也会有这样的顾虑，也许权衡之后我最终会选择对儿子有利的做法，但不可否认，也会考虑一些自己的感受。

如果金凯的父母都是基于孩子的幸福和成长来考虑问题，就不可能到今天这样一种境地，不能希望他们在瞬间改变十几年来形成的固定思维，他们也不可能因为我苦口婆心的劝解而突然扭转自己的人生观，所以我不必失望，不必气愤，不必苛求他们改变和觉醒，他们都已是年过四十的人了，改变谈何容易？其实生活本来就是这样，有它各种各样的面孔，有阳光有灰暗，有幸福有悲哀，有理所当然也有不可思议，正是这种多样性，才使得生活变幻莫测，才使得人更珍惜美好，才知道幸福所在。虽然我们不能主宰生活的全部，虽然我不是“救世主”，虽然我没有强行改变他父母思想的能力，可是我仍然可以为金凯做些事，哪怕只是一点点，也是我对生活的勇气和不妥协。

作为一名特殊行业的民警，我们一直在做的就是说，就是教，不管面前是一个学员，还是一个队的学员，我们都振振有词地告诉他们，世界可以是美好的，他们可以去创造，他们能去克服困难，他们应该改变错误，他们应该一听懂就落实在行为上，甚至于对他们的父母，我们也抱有这样的态度，认为我们说的都是对的，是为家庭和孩子好，应该听我们的。这种长期以来形成的思维模式让我们忽视了尊重个性和差异性，忽视了思想的多样性。通过这件事，我发现自己身上也存在这样的问题，而且是在不自觉的情况下表现出来的，多年的管教工作经历虽然让我获得了经验，但我也多多少少被限定在了这种模式里，殊不知生活岂会如此简单？教育岂是如此简单？

时代在进步，科学在发展，人的思想不断多元化，是否也该思考思考我们的教育方法如何改进才能适应要求呢？我们给学员讲的那么完美的做人道理，是否自己也能都做到呢？“己所不欲，勿施于人”，反思自己，我想自己没有完全做到，至少在某种程度上没有做到那种境界。

反思和剖析自己是痛苦的，但是却可以发现问题，使自己今后更能贴近学员的生活、学员的内心去做工作，只有这样，才能称得上人性化，才是以人为本，对于“人性化”，我们说了很多年，可是在教育方法上却没有跟上脚步。作为一名教育工作者，在教育别人的同时，自己也要不断地反思，不然拿什么奉献给别人呢？

写到这里，突然觉得金凯身上的闪光点值得我们学习，他一时违纪，所有的奖励被取消，按他的话说，从最好的学员变成了最坏的学员，当中的落差让他受不了。可是和他谈话后，他能够像我建议的那样把过去的事情打个包放起来，只带上教训继续前进，不受其他不利影响，表现出了自己真正的好，这些他都做到了。事发几天后，他大胆检举他人预谋脱逃，自己做事也更努力，赢得了民警的信任，并参加了值班岗的值班。如果换作我们民警犯了错误被处分了，是否可以做到轻装上阵，不背包袱，不受影响，而且做得更好呢？我想至少要消沉一阵子，没有他那么强的适应性。我也一样，就算他的母亲今生都不再和他相见，那又如何？我应该想的是如何为他做得更多，而不是气愤。

和自己真实内心的对话结束了，我的心轻松了，这件事情让我受益颇多，也更加明确了自己今后教育工作探索的方向，和自己需要提高的地方，做过再多遍的工作仍可以有深入探索的价值，我和“儿子”正在共同成长！

梅有话说

换位思考和多维思考确实有利于帮助我们理解他人，认识自己，这样更有利于我们做好工作。

第一次缺席“爱心妈妈”活动

7 月 10 日

下午参加所务会，我因此不能去见金凯了，自从当“爱心妈妈”那天起，我一直坚持每周二必到，可是今天却要缺席了，坐在会议室里听着领导传达文件，心里老是放不下这件事，总觉得一个星期就这么一次，还不能按时去见他，非常遗憾。金凯估计也有很多话想和我说，他好不容易等到星期二，却没等到我，一定会失望。再三犹豫之后，我走出会议室，来到办公室，迅速给一大队打了电话，接电话的是一队的大队领导，我请他告诉金凯，因为今天参加会议我不能去见他了，并再三叮嘱一定要转达到。在我看来，与金凯通过这几个月建立起来的信任不可随意伤害，更何况即使是与我自己的儿子约好的事情，不能如约也一定会说明原因，这本该是妈妈做的。一种不知原因的等待是最让难受的，更何况等来的是失望，爱他就要尊重他，从点点滴滴做起。

梅有话说

人不在，心未走。这样投入工作的“爱心妈妈”，确实是好妈妈！

看色情书，谁之过

7月17日

今天一到队里，迎接我的又是金凯犯错的消息，他这是在“坐过山车”，忽高忽低，如此不稳定，真让人揪心，但我并没有急于问民警详细的原因，我想根据之前的表现应该不会犯什么大错。

整个大队在进行集体点名，我坐在大队办公室等待，讲故事比赛快要开始了，我想今天无论如何也要把他的讲稿好好看看，并修改好，便于他进行参赛的准备。

点名结束，我在民警内勤室见了他，因为有很多民警在场，见到他，我没有问及他犯错的事，我想一个妈妈有必要对孩子的自尊心进行保护。我让他先把写的故事给我看看。他送到我手上的信纸是对折的，感觉有好几页，这大大出乎我的意料，原以为以他的文化水平和对学习的恐惧，应该也就只能写出一面纸的内容。打开信纸，看到的更让我吃惊，字写得很工整，页面也很干净。他写的时候一定很用心、很认真，才会让我看时觉得如此舒服。

他的故事写得也出乎我的意料，不仅语句通顺，还有不少感人的地方，并且我惊奇地发现他居然还用了排比句，对于他这个不好好上学的孩子来说，已是非常不易。我夸他写得很好，中间不通顺的地方我只改了几个字，我不想因太多的修改失去了他自己的语言特色，希望就是以一种朴实无华的语言讲述自己心中最感人的故事。

正准备多说几句话夸夸金凯，肯定他的用心写作，谁知还只夸了一句，大队的一位民警便将金凯的检讨书拍在了我面前的桌上，“看看你儿子的检讨”，我微笑地看完了检讨，只有几行字，原来是几个学员在清理以前的仓库时发现了一本杂志，据民警说里面有色情内容，几个学员都看了，金凯也是其中之一。金凯在检讨中述说了事情的经过，最后一句是：以后我一定要吸取教训，有事给民警打报告。我笑着问他：违犯纪律是要从自己没做好的地方找原因，而不是事后再给民警打报告吧？他低着头，不好意思地笑了。我没有批评他，也没就这件事再问他什么，而是与他说起了如何讲故事的事。

看色情书的错一定又使金凯被扣了分，他可能也从此事中吸取了“有事一定要向民警打报告”的教训，而我却因此在反问自己：看色情书，谁之过？场所有很多纪律和规矩，用以让学员们养成良好的习惯，转化他们的不良思想，改正他们的缺点，这是对的，而且是必要的，没有规矩不成方圆，特别是对待未成年人，这些显得更为重要。可是我们在制定规矩要求他们不能这样、不能那样时，是否应该考虑他们能怎样？在这之前，我会毫无异议地认为：不看色情书对未成年人是绝对有必要的保护和教育，没有人会觉得这有什么问题，能有什么问题呢？可是今天我觉得有问题了，问题不是出在这条规定上，而是：不能看色情书，那他们用什么方式、以何种途径获得关于性的知识？如何排解青春期荷尔蒙带给他们的躁动和不安？我们是否考虑过他们的感受、需要，有没有对他们进行正确的引导？不让他们看色情书就是正确的引导吗？其实不然。这么多年来，我们和这群未成年人打交道，试图了解他们的思想，体会他们的心理，可是遗忘了正值青春期的他们需要从合理的途径得知想知道的关于性的知识。

这些孩子多是小学文化程度，没有上过初中，自然也没有上过中学才会安排的生理卫生课，况且即使是普通的中学生，在我们国家目前的性教育状态下，也很难获得足够的性知识。在特殊管教场所，也没有设置这样的教育内容。他们中有些孩子，年龄稍大，在外面有过女朋友，有过性经验，来所以后，面对绝对的禁止，他们没有获得和释放的途径，只有靠这偶尔捡到的书来满足他们对于性的好奇心。这样才有了这一幕：一本有情爱描写的书，在场的学员都看了，无一例外。他们确实违反了所里的纪律，可是这不该由他们负全责，这当中也有我们的过，作为教育者的过。

对于青春期的孩子们，不管是违法犯罪的青少年，还是普通的学生，都应该光明正大地了解关于性的知识，这是他们的权利，更是教育者的义务，孩子们私下去看色情内容，只能说明我们没做好，使孩子们只能通过一些不被认可的途径获得性知识。我们应该关注孩子们的需要，这是他们成长中必上的一课，这是特殊场所教育工作内容的一大缺失，我们应该正视和重视这个问题，探索改进教育方法的途径。只有让孩子知道正确的方向，他们才能更好地把握自己，更顺利地度过青春期。在教育科时我们曾开设过生理卫生课程，但是没有坚持下来。我建议所里开设一门这样的课程，作为常规的教育内容，以弥补这一缺失。在他们的活动安排上，也要多安排一些体育活动，让他们旺盛的精力得到合理的宣泄，不能只是在劳动结束后安排看电视、看书或学习。

看待孩子错误的时候，也是我们回看和反思自己的教育是否存在问题的时候，对于身上有这样那样缺点的他们，我们更应该常常反问，常常思考。

梅有话说

我国的教育体系中，性教育一环是薄弱的，这与中国社会传统文化中的“性忌讳”是分不开的。如何正确地开展青少年性教育是一个重大的教育实践问题，对青少年如此，对特殊青少年更是如此！因为，特殊青少年在这个问题上试错的机会更大一些。我们建议，在教育矫治工作中，可以有限度地开展一些青少年性生理、性心理、性伦理、性法律方面的教育，以便于他们走出管教场所走入社会以后，在性的问题上更健康一些，少犯一些错误。

我焦虑了吗

7月18日

今天我以故事会活动预赛评委的身份，成为一大队学员所讲故事的听众。第一个出场的是金凯，他还不能脱稿讲故事，只能照着写的稿子念，以他的文化水平，讲好可能有些难度，但讲到自己想念妈妈，讲到别人笑他有娘生无娘教，讲到自己常常因此与别人打架，之后跑到安静处一个人哭泣等细节的时候，还是很感人的。看他眉头紧锁，我想讲到这些的时候他一定又回到了那时的情境。几位评委听完后都觉得他的故事很感人，只是在讲述技巧上有欠缺，所以要在这方面下功夫。

其他大多数学员讲的故事都不算生动，不过也有几个文化程度高一些的学员讲的故事给我留下了深刻的印象，特别是一个学员，在他说到失去后才知道母爱的可贵，才知道母爱是要珍惜的时候，我的心里很难受，当时眼泪差点夺眶而出。他讲完后，有评委建议他将因吸毒导致母亲离开人世的细节说一说，我极力反对，因为那是一个一生都难以愈合的伤口，我们不要强迫他去撕开给大家看，他已说出了自己的感受，点到为止，不要再让他的心一遍遍的受伤了，后来大家都认可了我的观点。

我所做的这份工作，会遇到很多人生的不幸故事，还会遇到很多受伤的孩子，虽然他们身上有这样、那样的错误和缺点，可是他们很多人是在心里受着伤的情况下进来的，我们在给他们说道理、教知识、矫正错误的同时，更要关心他们内心的伤势，要小心保护，我们可能是出于好心，希望他们成长得更快些，但是一定要在保护他们内心不再次受伤的情况下去做我们的工作。

每当遇到这种让我伤感的情况，我都会向家人述说，表达我的遗憾，面对这么多需要帮助的孩子，总觉得自己的力量太小，能做的很少，总希望自己能够强大些，能够给他们多做点什么，可是现实中的我不具备这样的能力，所以心中对自己总有失望的感觉，就如同我有了宝宝，成为妈妈以后，总有紧迫感，觉得自己的知识很少，总想多看些书，尽管自己每晚一个人带宝宝，还要起来喂很多次奶，每晚的睡眠最多只有三小时，可我还是会在睡前看会儿书，或者抽空动动笔，总觉得这样才能让自己安心。

相对来说，做一个生理上的妈妈并不是很难，只需要听从自然规律的召唤，通过几个月的孕育和一朝的分娩就可以成为妈妈；做一个形式上的“爱心妈妈”也不难，只需要从学员中认领一个便成了“爱心妈妈”。可是要真正做好一个妈妈却很难，不管是妈妈还是“爱心妈妈”。做妈妈给我带来的不是成就感，而是有了更多的人生感受，感觉到一种自我不断成长的压力。所以我每天都很充实，每天都珍惜点点滴滴的时间，每天都会在入睡前想很多事情。

妈妈说：“做妈妈不需要想那么多，也许你焦虑了。”

我焦虑了吗？

梅有话说

焦虑是一种心理感受，适度焦虑可以激活内在的工作活力，激活脑力。所以，焦虑不可怕，可怕的是失去工作热情，失去对工作的理性思考与实践。

孩子需要母亲不仅仅是为了享受母爱

7月20日

我一直认为孩子需要母亲是因为他们需要母爱，而且这种母爱无法由别的情感替代，所以母爱显得可贵，母亲更是孩子可依赖的情感支撑，可我的这一想法今天有了变化，可能以前的我没有完全理解一个母亲对孩子意味着什么。

看到一组新闻图片，只有七张，情节也很简单，我却流泪了。故事是这样的：

> 大约一个月前，一个名叫玛丽莲的美国女人写了一封信。信中说，她将带着自己从合肥市福利院收养的女儿 Madison 来皖寻亲，请求媒体帮助（曾报道）。昨天，玛丽莲真的来了，她租了一部车，带着自己的三个女儿从合肥出发，开始了寻亲的旅程。
>
> **九年前被弃井边**
>
> Madison 的故事很简单，她大约出生于 2003 年 6 月，在 2003 年国庆节当天被遗弃在淮南市三和乡老乡政府门前的老井

边（当时属于长丰县）。医生诊断出她有先天性心脏病，群众赶紧拨打110，她被送往合肥市儿童福利院。2005年9月12日，来自美国的玛丽莲夫妇一眼相中了这个可爱的女孩，把她带回美国。

Madison的妹妹艾丽是在深圳福利院被领养的，她俩都不会说太多中文，倒是长她们十几岁的美国姐姐凯利在大学学过中文，她不断提醒两个妹妹，在必要的时候用中文说“谢谢”。

从合肥到淮南三和乡有一个半小时的车程，玛丽莲和凯利向记者介绍了Madison的一切。“我们把她抱回来的时候，她才两岁多，她会说一点点中文，可是我们听不懂。”玛丽莲说，三岁多的时候，Madison开始用英语表达自己，她要找中国妈妈。可是当玛丽莲把福利院里照顾她的阿姨照片给她看时，她却一直摇头。四岁那年，Madison竟然告诉玛丽莲：“我的中国妈妈，就是让我从她肚子里出来的人。”

在玛丽莲的照顾下，Madison过得很愉快，也很健康。她有一匹属于自己的小矮马，每天可以骑着它在门前溜达。她爱好体操，甚至还获得过一项比赛的第一名，早年的先天性心脏病基本不会对她造成影响。不过，玛丽莲还是在站在领奖台上的Madison眼里看到一丝忧伤。“她说想跟自己的亲生母亲一起分享。”

举个纸条找妈妈

昨天早上九点不到，淮南市三和乡三和街上人头攒动，玛丽莲突然告诉司机，就在这里下车。“这里人好多，我们站在那里，他们或许会知道。”很快，四个人分工协作，Madison举着自己的照片，玛丽莲、凯利、艾丽举着“找妈妈”的纸条，她们很快就吸引了众人的目光。

“她9年前被丢在老乡政府前的老井边上，要回来找妈妈。”随行翻译摸了摸Madison的头发，向周围群众介绍情况。

“老乡政府就在前面，都拆迁成小区了。”一位居民说。

一条几百米长的三和街，一家人走走停停，却没有找到任何线索。记者注意到，在福利院出具给Madison的一份证明中，时任三和乡副乡长的刘学文，正是把Madison送到福利院的人。记者连忙打听刘学文的去向，一位居民说：“他现在是纪委书记了。”

昨天早上10点，记者与玛丽莲一行赶到三和乡政府，财务室的徐女士帮了大忙，她提供了刘学文的电话。

再见当年好心人

“这个孩子就是想见见自己的亲生母亲，没有任何责备她的意思。”电话接通后，翻译赶紧表达了Madison一家的愿望，刘学文爽快地表示马上过来。

“我记得她，当初是我和一个同事把她送到福利院的。”刘学文说，那是一个秋收的时节，早晨7点多，起早打水的人们发现了她。“她父母肯定也想给她一条活路，才把她送到乡政府门口的。”

想起这件事，刘学文很是感慨。三和乡有十三个村，每个村三四千人，刘学文当即决定，挨个给村里的干部打电话。

趁着空当，徐女士洗了两个桃子塞到Madison和艾丽手上，Madison吃完之后立刻问姐姐凯利“好吃”用中文怎么说，然后很认真地走到徐女士的身边，抱着她很小声地说“桃子好吃”。

刘学文的努力让 Madison 一家很感动。“反正你们放心，我会发动村里的干部去找的，找到是迟早的事情。” Madison 和这个当初抱过自己的人握了握手，玛丽莲一家决定回去等消息。而在离开三和乡前，她们想去看看 Madison 被遗弃的地方。当初的老井已经不在，在一间破旧房屋后的空地上，翻译告诉 Madison，她就是在这里被捡到的。

九岁的 Madison 一个人站在空地上，随后玛丽莲也走了过去，她抱起 Madison，两个人都哭了起来。“让她们倾诉一会儿吧，每一个人都不容易。” 大家站在不远处，也湿了眼眶。

“四岁那年，Madison 竟然告诉玛丽莲：‘我的中国妈妈，就是让我从她肚子里出来的人’。” 此时，再次看到这句话，我仍然在流泪，这句话让我明白，妈妈对于孩子来说不只是可以给予母爱，不只是可以让孩子得到关心和爱护，孩子把自己从哪里来、是谁创造了自己，看得比一切都重要，他们怀着对生命的一种神圣敬意，希望得知自己如何来到这个世界，希望认识那个给了自己生命的人，希望知道自己还是个小胎儿时是在哪里度过的，这是一种无法用任何东西代替的神圣的情感。妈妈可能不知道自己在孩子心里这般重要，所以才会有了这个寻亲的故事。

令我感动的还有 Madison 的美国妈妈，她对一个异国弃婴竟然如此有爱心，给她母爱，让她幸福长大，并且还带着她不远万里来到中国，帮她寻找自己的生母。在中国收养孩子，养父母最怕的就是孩子长大后被亲生父母找到，和亲生父母相认，所以都会尽量隐藏孩子的这段真实经历，为的是孩子能够把自己当成亲生父母，为的是不让自己多年的付出白费，可是这位美国的母亲却陪着Madison相拥而泣，就在Madison当年被遗弃的地方，虽然那口老井已经不在了。这是怎样的胸怀，这是怎样的母爱，我感动至极，无法用语言来形容这位了不起的美国妈妈，写到这儿，我又流泪了。

Madison来中国寻找自己的母亲，不忘对身边给予帮助的人说声“谢谢”，在她幼小的心里并没有因为被父母抛弃而产生怨恨，并且还能心存感谢，我为这个小女孩感动，我也敬佩这位美国妈妈教育的方法。对于自己的伤痛仍心存感恩，一般人很难做到，可是一个9岁的女孩做到了。我很惭愧，我没有这样的境界和胸怀，可能在多年的教育工作中曾这样对学员提出过希望，但是我自己没有这种胸襟，这是我今后要努力修炼的方向。

这个故事我会讲给金凯听，也想讲给其他学员听，还要在今后的日子里不断在心里讲给自己听，当自己的内心走出恩怨的黑暗小屋时，一切都不再是伤害。

梅有话说

母爱源自于血脉一体，是超越一般感情的挚爱。“爱心妈妈”不是妈妈，但是，也希望能激活孩子们血脉一体的感受，让孩子醒悟，去领悟这种爱，去激活他们干涸心灵里那一点爱的活水，去促使孩子们觉悟自省，让他们能够改过自新，重新做人。

让心再自由些

7月24日

今天省直机关工委来所捐赠电脑，学员和民警都参加了相关会议，会前有很长时间，我利用这个时间找到金凯，他一见着我就腼腆地笑着，问他故事准备得怎么样了，他说已经会背了，问他字都能读准确吗，他说只查了一些字，没有按我的要求把所有拼音标注出来。虽然没有按我的要求办，但我没有责怪他，讲故事本是个快乐的事，不必强求太多，就像我对他的稿子修改的很少一样，我不希望把这件事变成一项任务、一种压力，而希望让他感觉这是一件自己想做而且想做好的事，至于我说的方法，他可以用也可以不用。所以，只要能把字读准确，不标拼音也是可以的。

在教育中，我们常常会用很多过往的经验去要求他人，这些过往的经验太多，就会变成一个个让人压抑的条条框框，接受教育的人就会反感，想要极力打破、极力挣脱，在这种情况下，我们说得再多，要求得再高，即使再正确，又能起到什么作用？在特殊的教育场所里，管理与被管理，矫治与被矫治，教育与被教育本身都充满了对抗性，作为教育工作者的我们，更应该注意这样的问题，很多时候我们把嘴皮都说破了，收到的效果却甚微。这群少年需要更自由的心理环境，更开阔的眼界，更深远的教育效果，所以我们在工作的时候，应尽可能尊重他们的个性，尊重他们的自主性，更能让他们自由发挥，当然这些要在合理的范围内尽量去做。在这种特殊的场所里，谈自由似乎是大忌，管住、管好、管得他们听话才是硬道理。其实，我们不妨放下这种惯性的思维，试试给他们一些内心的宽松度，只有来自内心的驱动力才是最强大的；我们不妨给他们的心多点自由，让他们自己思考如何把事情做好，我想自由没有想象的那么可怕，而且也许会带来一些好的效果。

下午我没有去大队，因为上午进行了大规模的教育活动，下午金凯一定是在习艺，所以不想去打扰，耽误他的劳动时间，让他好好做事吧！

梅有话说

所谓管教就是管制和教育，包括两个方面的工作。从管制的角度来说，管教工作必须有严格的规矩，必须有强大的强制力和约束力，不允许管教对象乱说乱动自由散漫，用明确的规矩和要求去改变他们以往的行为与习惯，通过管制的力量与手段去矫正他们以前的错误行为，让他们逐步形成规范的行为举止。从教育的角度来说，管教工作一样需要遵循教育教学的基本规律，因人施教，因材施教，因（情）景施教，一样需要尊重对象的合理心理需求，这其中就包含适度的自由空间、自由心理的需要。所以，管教工作和适度自由不矛盾、不冲突，只要我们善于把握这个自由的度，我们就能够做到宽严结合，管教结合，就能够更好地做好我们的工作。

有爱，家可以没有四壁

7月26日

酷热的三伏天，武汉这个“大火炉”持续高温，空调房成了宝宝每天待的最多的地方，他对此极为不满，闹着要出去玩，只好在夜幕降临时，开车带他出去转转。打开车窗，风吹进来，带着点凉意，华灯初上，整座城市放慢脚步，忙碌已接近尾声，家成了人们此时最想到达的目的地。

车行至十字路口正遇红灯，宝宝好奇地盯着路边，我顺着他的目光看去，路灯下，一辆写有“专修房屋渗漏”几个字的小面包车旁，一个女人在炒着菜，正是锅铲的翻炒声吸引了宝宝，在她旁边，有一个小煤气罐，一张可以放四个盘子的小桌，几个装满了水的塑料桶，一个男人抱着孩子坐在离女人两步远的地方，他的身边有一个简陋的童车，天气虽热，父亲还是选择将孩子抱在怀里，低着头和孩子笑着说着，逗着孩子的他，全然不觉来往车辆和行人，似乎这车边的方寸之地就是他的家，妻子张罗着晚饭，丈夫陪着孩子，放下一天没有找到活干的失望，放下对酷暑的抱怨，这一刻，他们是幸福的一家人。

周围的车流中，还有许多爸爸正赶赴应酬，旁边的写字楼里还有爸爸们在加班，他们努力地为孩子创造和积攒财富，获得的财富也许比这位爸爸多得多，但在我看来，与其他的孩子相比，这位在父亲温柔怀抱中的婴儿却是最幸福的。眼前这三口之家勾勒出的场景，虽然是与城市不协调的画面，但这没有四壁的家透出的温馨和慈爱有着难以阻隔的穿透力和张力，冲击着我们从来毫不怀疑的定律——有自己房子的地方才是家。

为了有“家”，为了有更大一点的“家”，我们努力赚钱，买房，买大房，忙碌，更忙碌，陪孩子的时间却少了，更少了，不断往家里添置东西，却永远觉得比邻家少些什么，殊不知在这不断增加的过程中，爱却慢慢变少了，转眼间已错过能抱着孩子、能陪着孩子成长的机会，在人生的路上，我们忘记了出发时的目标，离生活越来越远了。

第二天傍晚、第三天傍晚我又去了，却不见他们的身影，特意带去的相机无法留下他们幸福的影像，不知他们去了何处，漂泊就是他们的生活。看着宝宝，我在想，如果有一天宝宝问我“家是什么”，我会这样回答：有爸爸妈妈、有爱的地方就是家。

梅有话说

有爱的地方就是家。所以，作为“爱心妈妈”，给孩子们关爱，给孩子们亲人在身边的感觉，给孩子们家的感觉，这有利于打开孩子们冰封的心扉，有助于孩子们积极改造自己，重新回归社会。“爱心妈妈”的工作，意义就在于此。

我们像父母了吗

7 月 31 日

站在民警值班室里讲故事，这种环境让金凯有些不自在，虽然讲故事的“味道”还欠缺，但他熟练地背完了全文，足见他下了功夫。表扬他时，他说自己一有时间就背，晚上值班也在背，别人都没有背，只有他一个人在好好地背，真是可爱，像一个小孩告诉妈妈自己很用功，比别的孩子都表现得好，希望妈妈以有这样的孩子为荣。我很高兴，不仅因为他用功，更因为他内心对我这位“妈妈”的认同，在妈妈面前，孩子永远是长不大的，他们需要妈妈更多的认可、表扬，也希望能够在妈妈面前撒撒娇，哪怕他现在已是十七岁的小伙子了，他还是有孩子气的一面。

旁边的民警认为他讲得不好，不像在讲故事。我把需要注意的地方向金凯提示了一下，并且自己示范性地讲给他听。我鼓励他，如果在“讲”的方面努力些，可以讲得更好，更生动，更让人感动。金凯离开后，我和民警进行了交流，向他解释：孩子以前没讲过故事，甚至从小便没有听妈妈讲过故事，肯定会讲得差一些，这是第一次，能够认真对待这件事已很好，为了参加讲故事比赛，从构思故事、写故事，到准备讲故事，他的内心经历了很多回忆、反思和沉淀，虽然比赛还没开始，但是讲故事比赛的目的已经达到了。

“我比别人更努力”，表现出了他积极的心理状态，希望他能坚持下去，并在出所后的生活中保持。

问及上个月父亲来所会见的情况，他说因为自己违纪，被处罚不让会见，后来爸爸反复说好话，才争取了十分钟的会见时间，因此没有和爸爸说上太多的话，他让爸爸天热的这两个月不要再来了。爸爸没有同意。他没有提找妈妈的事，可能爸爸没时间说，十分钟太短了。

天气那么热，家长起早搭车来所会见孩子，盼了一个月才能见一次，结果见的时间只有十分钟，我觉得这样的做法值得探讨。从教育的角度来看，犯了错的学员更需要家人和民警一起来做工作，所以会见多年以来一直被认为是联合帮教的一种方式，可是我们在执行的过程中，淡化了会见的这种功能，只觉得这是他们享受的待遇，表现不好就取消，其实这种做法是对学员家长的处罚，坐了几个小时的车来到所里，结果因为孩子犯错而被告知不能见面，心里担心孩子，却又不知发生了什么事，家长的心里一定也很受折磨。就算是因为违纪取消会见，也应该事先通知家长，告知原因，至少可以让家长不用白跑一趟。看来我们的“三像”工作方针不是像写在纸上那么简单，要像孩子的父母，就要把他们当自己的儿子一样来考虑他们的需要，考虑他们父母的心情。“三像”工作方针、人性文化管理需要我们思考的地方很多，需要我们改变的常规细节也很多，这既体现我们的工作理念，更体现我们的工作能力和执法水平，做新时期的人民警察说起来简单，可是我们在工作中如何表现呢？

梅有话说

管理工作、帮教工作需要更多的人性化，这个建议很好。在我们看来，除了闭门帮教之外，积极开展一些社会参与的“开放式”帮教工作，这也许是可以更加积极实践的一个方向。

做妈妈要有社会责任心

8月1日

提起8月1日，大家会想到建军节，我以前也是这样，现在想到的却是母乳周，每年的8月1日至8月7日是国际母乳周，我是一直坚持以母乳喂养孩子的妈妈，所以，在母乳周里特别希望为推广母乳喂养做点力所能及的事情。

我一直思考如何在母乳周向周围的人推广母乳喂养，特别是那些将要生宝宝的妈妈们，苦思的结果一是请广告公司制作一些宣传用的小扇子，去医院产科门口发放宣传；二是自荐去妇产医院给孕妇讲讲喂母乳的感受，以一个母乳妈妈的身份动员大家关注母乳喂养，支持母乳喂养。经过与三个广告公司联系，第一个想法以失败而告终，因为他们要求5000把起印，而我只想印几百把，这条路走不通。对于第二个想法，我给以前自己生宝宝的妇产医院打电话，希望8月4日，也就是本周六在他们举办的“孕妇讲堂”上用几十分钟的时间和孕妈妈们交流我的经验，他们当时没有拒绝。因为每周的课程要在周三确定，所以如果能够安排的话，他们要到周四才会和我联系，这个唯一希望的结果我正在等待之中。

妈妈劝我：人家用什么喂孩子，是否母乳，是别人自己的事，你为什么要管呢？和你有什么关系？别人会觉得你吃多了管闲事。

我解释：对于孩子，不论是不是自己的，我们都有责任去关心、有义务去关注他们的健康，为他们着想，以我国目前的母乳喂养环境来看，母乳喂养率相当低，奶粉的广告和推销阵势却很大，使很多人觉得母乳是最没有营养的，只有吃奶粉才是最好的选择，就连有些曾以母乳喂养自己孩子的奶奶辈们都认同了这种观点，很多人都以奶粉喂养自己的孩子，认为人只有吃异类的奶才可以更好地成长，人吃人的奶是不科学的，这怎么得了？更可怕的是这种不正确的观念形成了强大稳定的市场，左右着人们的大脑。

我要用自己的亲身经历去向周围的人宣传母乳的好处，让人们回到上天为人类制定好的哺养方法上来，虽然个人的力量很微弱，可即使这样我也要努力呼吁，就算是没有办法让人们一时改变看法，但至少也要让他们知道，在如此差的母乳喂养环境中还有人正在努力地坚持母乳喂养，达到这个目标也是好的。

唉！只是不知道医院最终如何来决定这件事，是否能给我这个机会，焦急地等待之中！

予我长袖，我必善舞

8月5日

我自荐去推广母乳喂养的愿望没有实现，医院没有来电。先生说早已想到，医院作为奶粉利益链中的一部分，很难让他们做出推广母乳喂养的实际之举。虽然我也明白其中的道理，但是没有等到他们的电话心里还是有些失望，为什么推广母乳这么难？想做点有益的事情也这么难？朋友劝慰我：个人的力量太小了，需要一个平台，没有平台，没有强大的载体，对于很多事情都无能为力。谈到平台，我联想到了“爱心妈妈”活动，因为有这个平台，我才有机会接近了金凯这个需要母爱的孩子；因为有了这个平台，我才能在离开管教线后依然从事管教工作；因为有了这个平台，我才对管教工作有了更多的思考；因为有了这个平台，我才知道自己对教育工作抱有如此的热情。

看来想做好一件事，平台真的很重要，平台带来的不仅是机会，更是一种氛围、一种文化，能让人们在这个舞台上尽情表演。若是有了舞台却没能舞出自我，那是相当遗憾的事。一个人的能力有大有小，但要做最好的自己，认真、细致、坚持、沉下心来钻研，这是我对自己做“爱心妈妈”工作的要求，理性和感性的结合，对于女同志来说并不容易，我却要力争做到。只有对失足孩子的同情心，没有理性的思考和方法去指导自己的工作和引导他们，“爱心妈妈”工作必然会面临瓶颈，会裹足不前，我希望通过努力打破常规，能够走出这一困境，虽然推广母乳喂养的行动失败了，但是作为“爱心妈妈”，我要加倍努力！予我长袖，我必善舞！

梅有话说

生活中要做成一件事，需要多种因素的促成，其中平台的意义很关键。所以，我们要珍视“爱心妈妈”这个平台，不仅仅是努力去帮助一个特定的孩子，更是要努力去凝练形成一种大爱与无私付出的精神，用这种精神去影响他人、改变他人。也许，这是“爱心妈妈”这件事情更深远的价值和意义。

铺一条通向内心的小路

8 月 7 日

金凯的稿子背得更加熟练了，似乎只有如背书一样的语气才能显示出他的熟练程度来，我没有太多地向他强调讲故事的技巧，不想打乱他的思维，因为讲故事的技巧不是一日之功，短期来说是很难有太大改变的。为了不增加负担，我向他提了两点建议：故事开头和结尾的真心话要慢下来讲，一句一句地说清楚，故事的正文能慢一点就慢一点，如果不能做到，就在几个关键点慢下来，特别是写自己对父亲和母亲感受的地方。根据我的建议，他把前后的段落讲了一遍，效果要比之前好些了，我对他的要求是能在比赛时讲出自己最好的水平就行了。

8 月 6 日是会见日，问他父亲是否来会见了，他说来了，并说父亲是被继母扶来的，因为搬货物扭伤了腰，需要有人扶着才能来，这么高温的天气，腰伤如此重，还要来看儿子，我被他爸爸这种强大的父爱所感动，他的坚持和执着可能是很多人都做不到的，我也要向他学习。我对金凯说，爸爸来看你，那需要人搀扶才能慢慢走出会见室的背影，希望能够永远定格在你的心里，也希望你能带着对父亲的爱去给大家讲这段故事，让学员们感受到父亲是如此爱你。金凯只是点头，并没有说话。

从给他介绍朱自清的《背影》，到让他自己讲自己的故事，到列出《我的父亲》的提纲，到最后故事成型，到现在能够熟练掌握全文，我努力了，金凯也努力了，我觉得这个故事的形成已让他体会到了我想让他体会的东西：通过故事更加理解父亲，理解父爱，思考如何去感恩。情感教育其实不需要太露痕迹，不需要我们说太多的道理，应该去开启他们的情感之门，让他们能够感受到爱，因爱而幸福，因爱而觉得需要感恩，因爱而爱别人。若情感教育只是唾沫飞扬的讲述，我觉得那不是真正的情感教育；若只是对着课本宣讲、灌输什么是爱，要求爱自己、爱他人，这些只会让他们觉得讲的是一个个和自己的生活毫无关系的名词解释。这种在文章中体会作者情感，然后由人及己，体验、回味、思考、醒悟的过程，我觉得就是一种最接近内心情感的教育过程，教育的形式不是只有说、教、讲，引导和启发更为重要，知识可以讲授，而情感如何能够讲授？情感最重要的是体验，是用来感受的，而作为教育者，我们要做的是，找准切入点，从他能够接受的地方出发，开辟一条通向他们内心的“小路”，让他们在这条“小路”上发现自己曾经遗失的宝贵东西，拾起美好的、可以温暖人生的情感，从而让这种温暖留在内心，照亮自己也温暖他人。我们就是铺设这条小路的人，我们需要的是心灵，一颗理解他们、懂得他们的心灵，给他们铺设一条体验情感的“小路”，理解他们的所作所为，即使这些所作所为曾经不被我们认可。懂得他们真正的需要，用情感弥补他们心灵的缺失，这个过程是我们和他们都需要真情投入的，从而产生共鸣，如果没有细腻而真挚的情感和智慧，我们就无法做好情感教育。

附

我的父亲

大家好！我叫金凯，今天我将要讲的是一个发生在我自己身上的故事，一个关于父爱的故事，故事的名字叫《我的父亲》。

从朱自清的《背影》，我想到了自己的父亲，想到了每次与父亲会面后的背影。要知道我曾经是多么恨自己的父亲。

在我很小的时候，妈妈很喜欢出去打牌，也因为这个坏习惯，导致爸爸经常跟妈妈吵架，后来，妈妈选择了离家出走，慢慢的，爸爸的脾气变得暴躁，经常拿我和姐姐出气，记得有一次我把爸爸衣服上的拉链弄掉了，他得知后火冒三丈，在我背后狠狠踢了一脚，重心不稳的我猛地撞到了前面的一块石头上，当时流了很多血，可他连看都没看我一眼，是奶奶火速把我抱起来并送到医院里。当时我心里很恨他：难道我不是他的儿子？为什么下手那么重，那么无情？那时候我很想妈妈，一想到妈妈，我的眼泪便止不住地流，但我也恨妈妈，她为什么抛弃我和我姐，十几年了都没回来看过我们，我多么想妈妈能回家来看一看我们，哪怕只是见一面，哪怕只是见一小会儿。

从小失去母爱的我，性格变得孤僻，也变得不喜欢和别的小孩玩，看着别人的妈妈牵着自己的孩子，我的心里酸酸的；看到其他小孩的笑容，我心里很不是滋味；有人说我有娘生没娘管，嘲笑我没有妈妈，这时，我就会控制不住自己，跑过去和他们打架，事后他们就会跑到爸爸那里去告状，听到这些话后，爸爸也很气愤，会把我拉过来打一顿，于是我撒腿就跑，跑到一个没人的地方，默默哭泣：有妈的孩子像个宝，没妈的孩子像棵草。

慢慢的，我长大了，认识了社会上不少的“朋友”。随着年龄的增长，我也不怎么惧怕爸爸了，他叫我不要和那些“朋友”来往，可我没有听进去，因为当时我恨爸爸，认为没有必要听他的，但是，那一次因为在外面和别人打架，我腿断了，那些所谓的“朋友”没有一个人过问，当时爸爸在武汉做事，他把我接到武汉进行治疗，我那时的身高已经超过爸爸了，可他每天上下四楼都背着我，还要走很远的路去打针，在他的背上，我很仔细地看着，看着他身上全是汗水，我哭了，泪水顺着他的脖子往下流，我不知道他有没有感觉到，当时，我很想问他：爸爸，您累吗？要不要我自己下来走？但是，我始终没有说出口，那时，我才知道爸爸是爱我的，他的脾气变得那么暴躁是因为生活的压力太大，那时才感觉到爸爸一个人养我和我姐是多么的不容易。但是，腿好了以后，这些感动也渐渐淡忘了，我仍然没有回头，甚至走上了犯罪的道路。

来到这里之后，爸爸每月都会来看我，我告诉他路太远不用每个月都来，但是，他坚持不管多远，每月都要来看一下我才放心，每一次见到我，他的眼眶里总是湿漉漉的。我忍住不让眼泪流出来，直到他走后我才擦干眼泪。每一次看着爸爸离开的背影，看着他慢慢苍白的头发和瘦弱的身体，我的心都会隐隐作痛，我知道岁月不饶人，青春不会再来，爸爸为我付出了太多太多，他太苦了，他把一生都花在了我身上。我觉得自己很对不起他。刚进所的时候，虽然看不到爸爸的表情，但我知道，他一定很担心我，怕我在这里受苦。在这里，经过学习和教育，我懂得了爸爸对我的良苦用心。出去以后，我会用行动来证明，我真的改变了，一定会好好做人，让爸爸不再为我操心。我会好好地孝敬他，让他过上幸福的日子。

学员们，我的故事到这儿就讲完了。我为有一个如此深爱自己的父亲而骄傲，为拥有这样的父亲而感到幸福。其实浓浓的父爱一直都在我身边，只是没发现，更没想过去感恩。我想让大家通过我的故事，再一次感受父母的那份无私且深沉的爱，不要身处其中而浑然不觉，再一次仔细看看爸爸、妈妈的背影，珍惜生命中的每分每秒，回报他们给予我们生命和带给我们的温暖与幸福。

梅有话说

情感体验，体验式教育，“爱心妈妈”用心良苦啊！

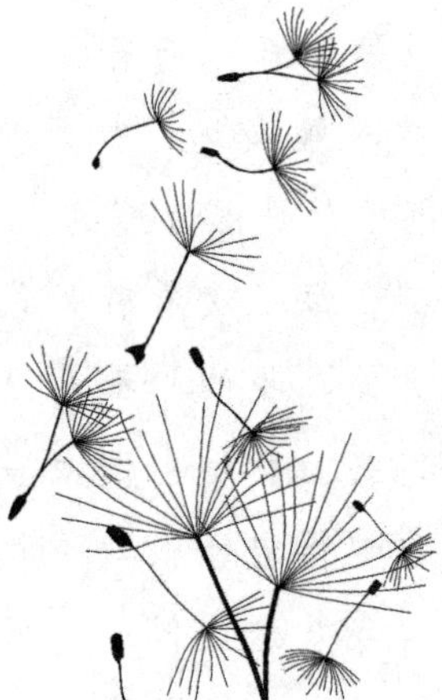

谢谢你的“爱”

8 月 10 日

讲故事比赛决定在周五举行，可是周五我却坐在了省厅举办的法制培训班的课堂上，虽然听着课，心里却一直为自己不能参加讲故事比赛而遗憾。下午就要比赛了，如果今天不来培训而在所里的话，我一定会去看看金凯，给他鼓劲，向他叮嘱需要注意的地方，可是我现在什么也做不了，只好拿起手机给另一位“爱心妈妈”发短信，希望她帮我转告金凯，让他在比赛时慢一点把故事讲好，名次不重要，把故事讲好就行了，我虽然因为培训不能在讲故事比赛现场，但会在心里祝他成功。这位“爱心妈妈”回复短信说：你这么认真，让我怎么不爱你？她引用的是我曾经写过的一首小诗的名字“让我怎能不爱你”。我打趣地回短信：那你就好好地爱我吧，哈哈！

“爱心妈妈”之间的相互鼓励和赞赏，会让这个团队更加有生命力，谢谢这位“爱心妈妈”在短信中的“让我怎能不爱你”，虽是玩笑，我可当真了！

梅有话说

如此的“爱心妈妈”，哪个能不爱呢？哈哈！

推荐你所喜欢的，允许他不喜欢

8 月 11 日

宝宝没出过远门，除了因为看病去过广州军区武汉总院外，就没出过南湖圈了，想想宝宝也快两岁了，应该稍微再加大一点活动圈，所以我选择了汉阳动物园作为本周外出的目的地，我想那么多的动物足以让他兴奋不已。

路程用了四十多分钟，宝宝坐不了那么久，总是提问为什么见不到动物园，好在龟山电视塔及时出现，转移了他的注意力，宝宝用自己简单的词语形容道：好高！显示屏转！转！转！对于这转动的广告大屏幕，宝宝极为喜欢，这种良好的情绪一直支撑了我们后二十分钟的车程。

动物园终于到了。我们沿路热情洋溢地给他介绍动物，可出乎我们意料的是，宝宝显得很平静。去猩猩的“家”时，猩猩、狒狒都在吃西瓜，我们大人见了都觉得好玩，高兴地欢呼起来，可宝宝仍然很冷静地对待让我情绪亢奋的情景。于是我们抱着他马不停蹄地赶到下一个馆，他一路仍然没说关于动物的话题，直到看到满身是泥的大象。宝宝指着大象认真地说：“妈妈，大象没有穿衣服。”旁边的大人听到这句话都笑了起来，并且把宝宝的话重复说给没有听到的其他人。宝宝对大家的反应满脸疑惑。“真的呀，大象满身都是泥，怎么没有穿衣服呢？这还是我们宝宝发现的。”我赶紧表扬宝宝。“是。”宝宝再次强调，之前看到的动物都有毛，所以宝宝认为它们穿了衣服，而大象看起来灰灰的、光光的皮肤像是没穿衣服。

来到马的地盘，好多小朋友都在地上拔青草给小马吃，宝宝对此也表现出了很大的兴趣，挣扎着非要下来去拔草，坚持自己把草放在小马的嘴边，喂了一次后，还要继续去拔草再来喂，开心得不得了。时间不知不觉已到了中午十二点多，快到平时宝宝睡觉的时间了，可是大熊猫、老虎、狮子我们都没看到，我只好边和宝宝说着好话边强制地抱着他离开了，奔向熊猫馆。我想，熊猫这么可爱的动物，又是我们的“国宝”，一定要让宝宝在闹觉之前看到它。可是见到熊猫后，宝宝却一脸平静而无所谓的样子，我兴奋地指着正睡觉的熊猫，讲着熊猫如何如何的可爱，希望宝宝能明白，希望他能够有点高兴的反应。宝宝的笑容终于绽放了，可他是指着外面说的：“下雨了!”并且要求我打起雨伞在雨中行走，原来在他眼里“国宝”无趣，打伞走在雨中才是乐事。

我仍有不甘，快速带他去了狮虎山，看见被困笼中无奈来回踱步的老虎，宝宝冷静地对我说：“宝宝怕，不看。”通过表情，我知道他的“怕”只是说辞，实际上他是不喜欢，只是以“怕”作为理由来拒绝。抱着宝宝离开时，他指着铁丝网说：“打网球。”这个词宝宝已经说了很多遍，起初我一直没有在意，也不理解为什么看动物时他要说“打网球”，这一刻我突然明白：在动物园看见动物都被关在铁丝网里，宝宝不开心了，因为那种高高的铁丝网在他心里只有网球场才有。为什么要把动物关在里面？还有那么多的人向动物抛去杂物？他不理解，也不开心，所以他看似平静的表情里隐藏了内心的不解和思考。他会的语言还很少，不会表达复杂的想法，可我们却没发现，仅仅以为他是对动物麻木，妈妈说：“宝宝是不是有问题？别人家的孩子上动物园不知道多开心，他却对什么都不感兴趣。”他不是对什么都不感兴趣，他对湖面上成排的游船高声欢呼，他对路上小朋友吹出的肥皂泡兴奋地追逐，他对撑伞雨中行走绽放笑容，他对喂小马吃草乐此不疲，他对动物被困笼中平静忧伤，他不麻木，麻木的是我们。

作为父母，我们可以推荐自己所喜欢的给他，但是我们也要允许他不喜欢，我们觉得动物园提供了孩子了解动物、亲近动物的机会，想让他们学会爱动物和小生命，而在他眼里，动物园是一个让动物和他都感觉不到快乐的地方。回来后宝宝对动物园之行只字不提，只是说看到了会转的显示屏。我后悔没让宝宝多喂几次小马，使他在动物园唯一感到快乐的项目草草结束。我在想，如果再去动物园，我只会带他去给小马喂点青草，并且一定带着大量的青草去给马儿们加餐，让整天吃着干草的它们尝尝大自然的味道。

梅有话说

教育的过程不是简单的说教，而是一个互动选择的过程，既然是互动选择，就必须包含彼此的尊重。家庭教育如此，学校教育与社会教育都应该如此。这一点，要提醒每一个妈妈，教育你的孩子，首先要学会尊重他（她）！

冰川时代和他的童年时代

8 月 12 日

坐在电影院里，我是为数不多的没有带着孩子看《冰川时代 4》的成年人，我喜欢动画片，特别是动画片的电影，《冰川时代》是我喜欢的动画片电影之一，不论故事情节、人物设计、动画制作，还是色彩运用，我都十分喜欢，于是会和孩子们一起在电影院里大笑，忘记了自己的年龄。现在的孩子真是幸福，由大人陪着坐在凉爽的影院里，看着让他们快乐的影片，手里还捧着大盒的爆米花。

电影放映完毕，孩子们高兴地从我身边走过，看着他们天真的笑脸，似乎自己也是他们中的一员。看着他们的背影，我突然想到了金凯，脑海里浮现出他五六岁就搭着凳子在大灶台吃力做饭的样子，同样是孩子，同样是童年，差别却如此之大，童年的他一定没有人陪着看动画片，一定没有这么高兴地向父母诉说自己快乐的机会，他的童年和辛酸联系在了一起，他在《我的父亲》中说：我希望妈妈来看我，哪怕只是一小会儿。这就是他童年最大的愿望。一个孩子理应得到的温暖，在他的心里却是梦想。想到这里，我的心沉重起来，若是时间可以倒转，我真想替他的妈妈陪他看场电影，让他体验一下现在孩子们的快乐生活，可是他的童年永远留在了苦涩的过往，就算妈妈再回到他的身边，历史也无法让那个童年的他重新换个场景。我感到一种强大的无奈感，对于这些，我最终没有能力去改变，一个人对于另一个生命来讲可能本来就是渺小的，只是我希望自己的能量再大点。内心的一种“空洞”感觉，时时让我内心不安，所以我才会在每晚十一点后抽点时间看看书，不然一天如此结束在梦乡，我会心感不安。

不知道金凯周五在讲故事比赛上表现得怎么样？他的故事其他学员爱听吗？听众们感受到他的幸福了吗？期待明天的到来，以获知他在讲故事比赛上的情况，期待周二与他见面。

和“妈妈”说说自己的心事

8月14日

坐在我的面前，他只看着我笑，不作声，我也笑着对他说：“比赛的情况和我说说吧！”他回答：“比得不好。”“比平时练习时差些吗?”“比平时好些，但是没得到第一名，只得了第二名。”他边抓头边不好意思地说。“那讲完后有学员说你讲得好吗?”“有，讲完回到座位上后旁边的学员都说我讲得好。”“那挺好的，讲出了自己的水平，比平时发挥得还好些，并且还得到了其他学员的认可，这就是成功了。”“可是我没得到第一名。”“得第一名本来就不是你参加比赛的主要目的，你已尽了自己的最大努力，只是讲故事的技巧可能还没达到更高的水平，所以比起得第一名的学员可能在某些方面还有些差距，但这不能说明你讲得不好。”他点点头说：“我是背得最用功的一个，而且我的文化水平算是低的，他们许多都是初中生。”“所以说学文化还是很重要的，以后多看看书，多学点知识，你的进步会更大的。”“嗯!”

问金凯这次讲故事比赛有什么体会和收获，他说：一是发现了自己的长处，以前不知道自己能够写故事、讲故事；二是能更加深刻地理解父亲对自己的情感了；三是更想让自己出去以后好好赚钱，孝敬爸爸。这次比赛让他发现了自己的潜力，认为自己除了劳动外在学习方面也可以做得比别人好，这是他以前不敢想的。通过写故事、讲故事、反思自己与父亲的情感，感受到了父亲对自己的爱，理解了父亲曾经对自己采取粗暴简单的教育方式的原因，体会了爸爸一个人带着姐姐和自己的不易，所以更想在今后好好报答爸爸。我想这就是讲故事比赛所要达到的目的，这不仅仅是一个简单的比赛，更是一个让他们自省的过程，这种体会、反思后的醒悟，相信比说教有用得多。

和他谈到现在所内的生活，他对自己充满信心，问及出所后的生活以及对自己的规划，他说自己想过。我问他出所后最担心的，他说是家庭，说到这里，他的眼泪扑簌扑簌掉下来。父亲再婚了，继母和父亲经常为了他吵架，那个家他肯定回不去了。自己的妈妈也是不会见他的，所以他没有家。对于他的现状，我没有安慰他，没有说那一切都不重要，没有说只要自己努力就行，因为一个家庭对于一个人的影响是不言而喻的，没有了家就像被放逐天涯，没有归属，没有了根。我劝慰他：“继母和父亲因为你吵架，更多的是因为你当时不听话，总让他们提心吊胆，而且拿你没办法，所以才会因为心情糟糕而吵架。那和你是否是她亲生的并没有太大的关系，即使是自己的儿子，不学好光学坏，亲妈也是要生气心烦的，所以你不能怪她。明年出去，你已经十八岁了，应该找一份工作安心地去做，如果你不怕吃苦，养活自己是不成问题的。”“我不怕吃苦，一点也不怕，我吃得了苦。”“所以你不用担心生活的问题，虽然出去后肯定会面临一段时间的艰苦日子，但如果你能挺住，不去走老路，一定会慢慢好过些的。”他用力点点头。“如果你能够好好开始生活，我相信你的父亲和继母不会再像以前那样吵架了，这些会因为你的改变而改变的，你的改变需要时间和决心，他们的改变需要时间和观察。你要宽容地对待继母，学会理解她。”

如果盲目地让他充满所谓的希望，只会让他脱离现实，面对不幸和不如意，我要做的不是让他忽略，而是让他了解所面对的事情的真相，以宽容理解的心去对待，然后做好自己，在力所能及的范围内改变周围人对自己的看法和态度。让他知道自己可以掌控什么，什么是不可以掌控但可以去影响的，让他清楚生活本来的面目，做好心理准备去面对、去处理，如果给他规划出“丰满的希望”，面对的却是“骨感的现实”，结果只会让他更失望。所以盲目的鼓励是甜蜜的“毒药”，不要告诉他们“一切都会好起来的”，因为所有的事情不会都好起来，比如他的亲妈不会那么容易来认他，他的继母也不会轻易改变对他的看法，在我看来，“一切都会好起来的”是最没有作用的“空头支票”，所以不能轻易开出。

后来我和他又谈到了讲故事比赛得第一名的学员。这位学员名叫王一周（化名），是他们队里的班长，初中文化程度，学习成绩也比较好，所以写故事、讲故事都有较大的优势。我看过这位学员写的稿子，是一封写给“爱心妈妈”的信，很有思想，探讨了一个很好的话题：做一名建筑工人算不算理想？我请金凯带话给他，他写的稿子很不错，希望他把那份稿子改成一篇名为“中华魂”的演讲稿，它很有深意。金凯向我介绍：“他是我的好朋友，就是‘六一’和我一起演节目的那名学员，他的‘爱心妈妈’一直不来看他。”说到这里，正好这位学员走了进来，我叫住了他，把准备让金凯转达的话直接对他说了。他很惊讶，说自己不知道该怎么改那份稿子。我说：“如果你愿意的话，我可以帮你看看，我们一起商量该怎么改，或者你先改，我再看看，提提建议。”他很高兴地答应了。

我问金凯上次与他一起抽烟的那几个学员现在相处如何。他说和以前差不多。我问：不生他们的气了？他不好意思地笑了笑。我说：“好朋友之间要在犯错误之前互相提醒，而不是在犯错误之后去隐藏，大家相互鼓励，多交流一下思想，讨论一下自己的观点也是不错的，就像你和王一周一样，你们这几天可以把‘中华魂’的演讲稿讨论一下，从现在开始做准备。这不是挺好的吗?”。他为难地说：“我不会写，没有参加过演讲，怎么办?”“讲故事比赛你也没参加过，却得了第二名。演讲没参加过，你也要试试，至少体验一下演讲是怎么一回事。演讲是把自己的思考和想法讲出来，真实的、感动自己的一定会感染别人。”

我们还谈到了另外一名学员，他坦白地说：“我不喜欢他。”“为什么?”“他是全队心思最深的，玩心机，也很假。”“为什么这样说呢?”“他经常在表面上说民警好，‘爱心妈妈’怎么让他改变之类的，其实不是这样。”“那也许是他真实的感受。”“不是，就是假的，他知道怎么让民警开心。”“不一定嘴巴上说‘民警老师’‘爱心妈妈’好，我们就觉得高兴，只有你们的生活因为我们而变得更开心点，才是最让我们高兴的事。”这时金凯支支吾吾地说自己还有话一直没说。“没事儿，你说。”我鼓励他。“贾妈妈，我真的感谢……”还没说完他便哭了起来。我赶紧安慰他：“你没叫过我，也没对我说过什么感谢，我觉得这才是你的真实可爱之处，你的表现足以让贾老师开心了，嘴上说不说没关系的，快点别哭了。”他擦擦眼泪说：“我说的感谢是真的，不是假的。”这话我听后更觉得他可爱了。我告诉他，周五我要参加演讲比赛，全所的民警和学员都要去观看，希望他到时在台下给我鼓劲，替我加油，还要关注我的演讲哪些方面好、哪些方面不好，以后在他演讲时也可以作为借鉴。说完后，我见他脸上绽开了笑容，并欣然答应，似乎交给了他一项十分重要的工作，他用力地说了一声“行!”

后来又我们又谈了他们劳动项目的更换问题，我提醒他思想上不要开小差，要记好线圈的数字，否则习艺的产品就不合格了。看看时间，我们谈了近一个小时。为了不影响他的劳动，我让他赶快回车间去，对于新上的劳动项目的适应，他也不想掉队，我就没有多耽搁他的时间了。

在一个小时的时间里，我们谈了讲故事比赛的收获，出所后面临的问题，学员之间的相处，学习和劳动，涉及的内容很多，无法一一罗列，就像一个小朋友在和妈妈述说幼儿园发生的事一样。在谈话中，他两次掉了眼泪，有一次居然是为了感谢我，其实我更希望他不表达出来，因为从他的脸上和行动上我早已知晓，无须多语。

用一小时的时间向妈妈讲述自己的心事，严格意义上也许算不上教育工作的一种形式，但是我觉得比给他们讲两个小时的做人道理更有用，做人的那一套道理有时连我自己都不知道是否真的管用，因为那些道理谁都会说，但是听者未必愿意照做。

✼花絮：

我的宝宝今天一岁十个月了，晚上，他第一次在半醒时不吃奶，而是叫着“妈妈”便抱着我的头睡着了。两个孩子都在努力成长，我很有成就感，很幸福！

梅有话说

正确的归因教育和激励教育相结合，给孩子积极的心理暗示，这些都是教育过程中需要努力做好的方面。“爱心妈妈”对孩子们应该如此，家庭教育中妈妈对自己的孩子更应该如此！提醒妈妈们，再也不要去做“孩子摔倒了去抱怨地不平整”这样的傻事了！

舞台上站着的是“妈妈”

8月17日

被聚光灯照亮的舞台，就在这一刻属于我了。从2006年后我再没有走上过这明亮的舞台，这透着的橘色灯光既让人感到温暖，又充满激情，这灯光吸引着我迈着自信的脚步走向摆着鲜花的演讲台，从幕布后走向演讲台的距离虽然可能只有十步，但这十步的距离却是要鼓足勇气才能迈出的。当我走到前台转身敬礼时，此时面对观众的我不再是从前的我，我不仅仅是自己，因为台下还坐着我的“儿子”，站在台上的我是他的“爱心妈妈”，也许很多学员都不认识我，不知道我的姓名，但是他们知道我是金凯的“妈妈”，我的台上的表现，他和他的学员们一起在观看。

之前我已和金凯约好，这次我演讲需要他加油，还希望他指出我演讲的优点和不足之处，为他参加“中华魂”演讲做准备。“儿子”和“妈妈”共同参与一件事，会更利于建立亲子关系，让我们融为一体。我相信此时的他一定盼望着我的出场，也盼望着我有精彩的表现，所以我全身心地投入到了这次活动中，每天背稿子不少于十遍，上班没时间，下班带孩子也没时间，我就在上下班的路上边走边背，洗澡、吃饭时也默背，哄孩子睡觉也背，宝宝睡了后再背几遍，为的是站在台上的这几分钟万无一失，为的是在台上可以展现最好的自我，给金凯做最好的示范，也要让他享受一下自己有一个让其他学员“羡慕”的“妈妈”的快乐，因为在过去那么多年里，他遭受的是旁人对他没有妈妈的奚落和嘲笑。他高兴地说别人都羡慕自己有个好“爱心妈妈”，会给他亲手做饼干，那种神情一直印在我的脑海里，我希望能带给他更多这种感觉。

站在演讲台前，我没有丝毫的紧张，只希望时间慢些，把我想要讲的讲好。我的目光在观众席上游移，想要找到他的面孔，希望给他一个微笑，但可能观众席太宽，人太多，也可能他坐在最旁边的座位，我很难将目光投向角落，我没能看到他，但我知道他此时一定在认真地看着我，所以我更加自信地站在台上，用最深情的方式去展示我所要表达的情感。

我的演讲在掌声中结束了，我成了特等奖的得主。奖项并没有带给我太多高兴的感觉，完整地表现出了自己的水平，讲出了精彩，这才是我最大的收获。我相信金凯和他旁边的学员们看到自己上台领奖，一定为我高兴。

“妈妈”的身份在很多时候成为我成长和进步的推动力，也成为自律的约束力，身为妈妈，要给孩子做出更好的示范，高标准、严要求成为自我成长的主旋律。

梅有话说

好妈妈树起榜样的力量！赞一个！

敬佩他们和他们的一种生活

8 月 19 日

通过好多天的寻找，最终我再次遇见了他们，就是那些让我震撼的以车（车身上写有“房屋防漏专家”字眼）为家的人们，但这次找到的不只一辆车、一个家庭，而是一个车队，好几个家庭。

还是在那个红绿灯的路口，只是我没有上次幸运，没遇上红灯，只能慢慢地开，多看他们几秒钟，有边吃晚饭边聊天的中年夫妻，有已吃完饭、正抱着孩子聊着天的年轻夫妻，几个孩子在路边的花坛里捉迷藏，还有凑在一起“聚餐”的“邻居”们。在一个昏暗的地方，还有一位年轻的母亲正在给一个小婴儿喂着奶，她家的车在厕所旁边，停在这里，可能是为了方便地从厕所接自来水，可能是因为他们来晚了，只能停在这个最靠近“气味”的地方，也可能是因为路边的幽暗之处可以让她的宝宝安心地睡觉，但不论何种理由，她所处的地方一定是人们不愿意待的地方，在这么艰苦的环境下还坚持母乳喂养让我感动，太多的城市女性因为怕影响自己的美丽外表而不愿意以母乳喂养孩子，我在心里向这位年轻的母亲致敬！

我没有带相机，因为以为再也找不到他们了，只好用手机拍照，并且还要一手抱着宝宝，一手拍照，车子不能停，因为没有遇上红灯，只好开得慢点，后面的车不停地按着喇叭，催着我们，很遗憾，只照了几张照片，并且那位正在喂奶的母亲的位置离马路远、灯光暗，我无法留下她清楚的形象，只在一张照片中隐约可见她的身影。

在我拍照的时候，一位被照的男子笑着问：“你是不是要把照片发到网上去？”我摇摇头否认道：“我是因为敬佩你们才拍照留念。”他们不约而同地笑起了来，边笑边说：“敬佩我们？！”车上的先生认为我不应该那样表达，可以说是给小孩照着玩的。可我认为自己应该说明实情，以这种行为表达对他们乐观生活的敬佩，无须掩饰，我尊重他们和他们的生活态度，勇敢表达本身就是尊重他们的举动。

可能很少有人向他们表达敬佩之意，以至于可能连他们自己也不相信这些话是送给他们的，因为他们是在城市讨生活的底层，这种接近流浪的生活谁会敬佩？谁会感动？

宝宝看见几个孩子没有穿上衣，指着他们说：“妈妈，他们不穿衣服。”我故意问他：“如果他们没有衣服穿怎么办？”“宝宝有。”“那把宝宝的衣服送给小朋友？”“是。”“可是他们高一些，穿不了你的衣服。”“能穿！”宝宝不耐烦地说。“好吧，明天我们把衣服拿来。”“天黑了。”“是的，因为天黑了，所以明天我们再送衣服来。”

我们离开了。我骗了宝宝，因为我们不可能在明天把他的衣服拿来给那些孩子穿，他们是因为天热才没有穿衣服的，他们不需要施舍，更需要尊重。

不论是什么样的环境，都阻碍不了爱的传达，无论是谁，都需要被尊重，无论我们做什么，都需要勇敢地表达爱。

✲花絮：

晚上躺在床上睡不着，我在想是否可以在明天天蒙蒙亮时，给那些孩子们送些早餐，可以准备牛奶、鸡蛋、汉堡包，也可以准备一些肉包子，可是我不知道他们是否会接受这“从天而降”的早餐？

会不会对我送的早餐产生怀疑？一共有多少孩子，需要多少份？以前没有孩子时，时间和精力多的是，却没有这么多想要做的事，现在有孩子了，他把我的时间都占满了，却生出了这么多想做的事。可是早上我还要照顾熟睡中的宝宝，这可如何是好呢？

梅有话说

每一个人、每一个家庭都有自己的生存和生活方式。农民工进城务工辛苦劳累，生活不易，但是他们付出了力量与汗水，他们是值得尊重的！“劳动最光荣”，我们不能只是在每年的“五一”国际劳动节才想起这句话。尊重劳动，尊重劳动者，这些应该是社会的基本价值准则。

哪怕只是给他一种感觉

8月21日

周二如约而至，坐在面前的金凯不说话，只是笑，我好奇地问："怎么了？这么开心！"他回答："学员们说我的'爱心妈妈'演讲得真是好！""原来是为这开心呀！""你演讲的时候他们都在说呢！"他一副很自豪的样子。"那你没有认真听，只顾和学员说话去了。""我认真听了，我觉得哪儿都好。"

我建议他积极参与"中华魂"读书活动，他因没有参加过类似活动而缺乏信心。我鼓励他："讲故事比赛你先前没有参加过，不一样拿奖了吗？也许你以后真的没有机会参加演讲了，可以作为一次体验，试试是一种什么样的感觉，这也是很好的一种人生体验。以后如果你的孩子问你演讲是怎么一回事，你至少不会一无所知。"他笑着，手不断地摸着头。我提出："如果愿意，我可以帮助你，我们一起努力！"

后来我们又谈到了他们新上的习艺劳动项目，他得意地说自己可以做得比别人快，不过也有学员的速度与他相近，所以他还没有绝对优势。为了少耽误他的时间，让他在劳动上有绝对领先的优势，我早早结束了谈话，让他快点回到车间，走时鼓励他"加油"，他跑着回到了车间。

很高兴看见积极状态的他，回想起因别的学员夸我而使他满足的表情，我感到自己和他一样高兴。我能为他做的事很有限，但哪怕只是让他体验一点以前没有获得过的感受，也会让我觉得自己的工作是有益的。也许今生的工作注定就这样周而复始，但就算再简单，也可以做得更好。前几天听到局长说过的一句话很经典：“把简单的工作做好了就是绝活。”这句话高度概括了我们的工作和追求的目标，我们的工作看似简单，没有什么难度，可是能够把看起来简单的事情做到炉火纯青，做到深入细致，做到无可挑剔，做到完美无缺，便是不简单，这需要我们开动脑筋，需要我们刻苦钻研，需要我们努力挖掘，需要我们在反复的实践中找出规律性，需要我们跟上时代的节奏，与时俱进，我正向着这样的工作目标努力。

梅有话说

“把简单的工作做好了就是绝活”，这句话包含了一种实践的真理。工作简单，岗位不重要，这些都不是问题。哪种工作都可以成就专家，哪种岗位都可以走出专家。“爱心妈妈”工作，只要用心做，一样可以走出管教工作的专家！

送自己一朵玫瑰花

8 月 23 日

今天下雨了，妈妈说这雨是牛郎织女相会时流下的眼泪，还说今天是看不到喜鹊的，因为七夕这一天喜鹊去搭桥了，为的是让牛郎织女相会。这传说的真假我不得而知，也不知每年的这一天是否真的都会下雨，不见了的喜鹊是否去搭桥了。不过，我家的“喜鹊”是真的去搭桥了。

2012 年 8 月 23 日，这一个日子我盼了很久，不是因为七夕，而是因为这是我结婚十五周年的纪念日。在网上百度得知，十五周年的婚姻是水晶婚，这样的婚姻已步入珍贵的行列。为了这一天的庆祝活动，我在头脑中准备了无数的方案，只等这一天的到来。

2012 年 8 月 23 日，这一个日子他也盼了很久，他说，十五周年的结婚纪念日恰逢中国传统的情人节，真是难得的机缘，说明我们的爱情可以像情人节一样热烈而持久。为了这个日子，他说一定要请一天假和我好好庆祝一下，就等这一天的到来。

2012 年 8 月 23 日，他所在的监狱在这一天举办服刑人员与妻子相会的活动，共有八名服刑人员参加这个活动，在这一天与妻子更近距离地接触，与对自己不离不弃的她共诉衷肠。今天下雨了，也许是因为这些不抛弃犯了错的丈夫的妻子，让老天感动了。

2012 年 8 月 23 日，我们的结婚纪念日与中国的情人节难得相遇，但这种巧合让我们的种种庆祝方案落了空，我家的“喜鹊”六点半就飞走了。早上起床，我收到了他的短信，短信很长，没有说抱歉，只是祝愿我们更加相爱，祝愿我们的生活更加美好。我回了短信，没有责怪，反而有些抱歉，本想给他们监区这八名服刑人员每人买一支玫瑰，让他们送给妻子，让苦苦等待他们的妻子、给他们生活勇气的妻子，感受女人收到玫瑰时的幸福。可是我的想法没能实现，宝宝昨天一直在发烧，我无法抽身去买花，非常遗憾。

不管爱的是谁，是警官还是罪犯，爱情都是纯洁而尊贵的；不管生活是快乐还是苦涩，相信爱情，它就会给你力量，给你温暖。他们的相聚很短暂，一年也许只有这一天。我们的结婚纪念日很平淡，有节目表，浪漫的节目却没能开演。可这什么也不妨碍，没有收到玫瑰，这又有何妨？只要在心里送自己一朵玫瑰花，让这玫瑰天天开放，爱情便可时时浪漫。

结婚十五周年的纪念，我不打算再补上什么活动，这一天我会牢记，这一天我不见“喜鹊”，“喜鹊”却做了更有意义的事情，不是为自己的爱情，而是为了更多的爱情。

梅有话说

送自己一朵节日玫瑰，爱自己才能真正爱他人！相信爱，相信爱的力量。“爱心妈妈”，加油！

行走在城市高空的剪影

8月25日

我办公室窗外，正在施工中的高楼上，两个人正行走在脚手架上，强烈的日光下，我无法看清他们的容貌衣着，在这几十层的高楼上，他们熟练地移动着，进行着他们的工作，成为这城市高空中的两个剪影。

现代的人们想要逃离城市的拥堵，想要逃离污浊的尾气，疯狂地向城市的上空开辟新的天地，为了能离喧嚣更远，看得更宽，住得也越来越高，住在几十层的楼上，可以轻易看见远方，也不再有来往车流人声的喧闹，可以坐享高处的尊贵。

我天生恐高，一直坚持住在一层——离地最近的楼层，所以很少去想关于高楼的事情，但是当这两个行走于高空的剪影出现在我的视线里时，我的心受到了强烈的冲击，我幼稚地以为现代建筑的机械化程度很高，建不管多高的楼都不是难事，殊不知，还有这样的建筑工人，楼有多高，他们就要站多高，还要在这种高度的脚手架上施工、移动，光是看他们在高处，我的心已在恐惧地“咚咚”直跳，不知他们是如何面对的。

同样站在高空，你可能是在玻璃窗旁，欣赏霓虹闪烁的城市夜景，想的可能是浪漫开心的事，惬意地独享高处的美景，而就在你眺望远方的玻璃窗处，若时光倒流几个月，建筑工人可能也在窗外，但他们无心去看远处，无心去欣赏美景。烈日下，他们站在最危险的高空，不但要保持平衡，还要施工，他们想的不是惬意，而是自己的安全，以及干好自己的活，作为家里的支柱，他们不能有任何闪失。

我对他们心生敬意，正是因为他们的辛勤工作，才有看起来如此挺拔的高楼。我有些惭愧，因为我从来没有注意过他们，以及这样一个辛苦、高危却十分重要的职业，甚至以为那些高处除了塔吊的操作工以外，再无他人。

学员王一周给“爱心妈妈”写过一封信，信中说，他出所回归社会后想做一名建筑工人，但是不知道这算不算一个好的理想，因为某些原因，他没有收到“爱心妈妈”的回信，没有人回答他的疑问。今天，我想告诉他，想当一名建筑工人是一个很好的理想，虽然在我们成长的过程中，特别是在儿时，老师教我们的多是长大了做个科学家、工程师、老师之类的答案，建筑工人没有在我们儿时理想的“标准答案”里，甚至于有些父母还警告孩子，“如果不好好学习，考不上大学，就让你去当建筑工人”，建筑工人可能不是一个被公认的好的职业，听起来当建筑工人这个理想既不够宏伟，也不够体面，做起来也相当辛苦，社会地位也排在后面，可是这不妨碍将建筑工人作为出所后工作的选择，当一名建筑工人，靠汗水给自己和家庭以安定的生活，给城市以现代化的面孔，建筑工人的付出同样会获得社会的认可和尊重，也许现在这个职业获得的认同还远远不够，可是，我们的内心会有最真实的感受。

王一周，当你提出这个问题时，我想你已将这个职业作为自己真实内心的首选职业，也许此时你也在眺望窗外，你关注了他们很久，比我更早地关注了他们，你的思想比我更敏锐，你的思考让内心做出了正确的选择，只是你还需要旁人对你这一想法进行再次肯定，让你更坚信自己想的是对的。虽然我找不出因为做了建筑工人而闻名于世的例子，我也不想去找，因为我们不必一定要用先例来证明自己想法的对错，只要有忠于自己内心的良知，有真实的感受，在法律允许的条件下，靠自己的劳动自食其力的工作都是很好的工作，这与体面与否、金钱多少都无关。

王一周，我想再次给你这个肯定的答复：做一名建筑工人是一个很好的理想。你的理想是高尚的。这个职业需要我们仰视的不只是眼睛，还有内心！

附

给王一周的信

王一周：

你好！

上次讲故事比赛初选的时候，听到你所讲的题为“写给‘爱心妈妈’的一封信”的故事，虽然最终这个故事被你另一个更好的故事替代，但是这个故事中的内容却引发了我的思考。

每个学员都会面临出所后回到社会重新生活的问题，特别是对于将出所的你来说，这个问题可能是你这几个月来不断思考的，通过你的讲述，我感觉到了你内心的一种迷茫，以及对今后想当一名“建筑工人”这个理想的彷徨，你的内心和世俗的观念有碰撞，所以你提了“当个建筑工人是不是个理想”的疑问，希望得到“爱心妈妈”的指点和肯定。从听你讲的那天起，我就在思考这个问题，也一直在心里想着如何回答你的这个问题，却没有找到合适的机会，直到我看见窗外站在高楼施工的建筑工人的身影，我的内心受到强烈的震撼，写下了这篇《行走在高空的剪影》，打算将这篇小文章送给你，用它来回答你关于理想的问题。听说你十一月份就要出所了，希望能给坚持理想的你加点油。

上周二曾和你谈到可以将这封信修改成演讲稿，参加将要举行的“中华魂”演讲比赛，因为今年演讲比赛的主题是《理想点亮人生》，正好是关于理想的话题，如果将你的疑问和对理想、职业的探讨大胆地提出来，可以让更多的学员从中获益，我想那是一件非常有意义的事情。如果在写演讲稿的过程中，你有什么需要帮助的，我会尽力去帮助你，真诚地希望看到你站在演讲台上，表达出一个有理想小伙子的自信和对同伴们靠自己的汗水立足社会的呼唤。

期待着！

贾老师

8月28日

梅有话说

关于理想，关于理想教育，这是我们教育应该很好反思的地方。中国社会转型发展的数十年来，社会越来越多地充斥市侩的利己主义，理想教育也一样充斥着这样的市侩利己主义。我们的一些大人们堕落了，失去了理想信念，他们还盲人瞎马地去教育自己的孩子们，去给孩子们灌输这种市侩利己主义理想观，什么“少干活多挣钱，不干活也挣钱”才是好工作呀，什么“只有当官才是好人生”啊，诸如此类。面对这些，我们都在问，我们的社会怎么了？其实，社会还是那个社会，国人还是那些国人，是我们的理想教育出了大问题，偏离了大方向！这种偏离必须被纠正啊！

给金凯的一封信

金凯：

为了不打扰你太多的时间，以免放慢你追赶最优秀学员的脚步，所以我想这周就只看你劳动一会儿，我们就不坐下来谈心了，给你带来了一篇文章，留待晚上的时候你再看。

我又给你带来了一篇朱自清先生的文章，与上次给你推荐的《背影》是同一个作者，朱自清先生的这篇散文名篇，我已看了很多遍，每次读时心中都有所感，都会对生命、对时间、对自己的生活有不一样的思考，我很喜欢，所以也推荐给你看看。

《匆匆》这篇文章紧紧围绕“匆匆”二字，细腻地刻画了时间流逝的踪迹，表达了作者对虚度时光感到的无奈和惋惜，揭示了旧时代的年轻人已有觉醒，但又因前途不明而感到彷徨的心情。时间是留不住的，是匆匆的！如流水般，一去不复返。不信，你想想看，谁能把时间留住呢？过了今天，到明天；过了明天，到后天，而这些都不可能再出现。时间是物质存在的一种客观形式，是由过去、现在、将来构成的连绵不断的系统，是物质的运动，是变化的持续性表现。时间没有声音，没有影子，没有踪迹。每个人都拥有时间，但是，有些人却无法合理支配时间，只能让时间从他们的身边悄悄溜走。

“我赤裸裸来到这世界，转眼间也将赤裸裸的回去罢？但不能平的，为什么偏要白白走这一遭啊？你聪明的，告诉我，我们的日子为什么一去不复返呢？”这两个反问不是消极地陈述生命来去匆匆没有意义，而是告诉我们要珍惜时间，让生命更有意义。文中这两句话引发了无数人对自己生命意义的思考，也给出了不同的答案，我想听听你的思考和答案，最好把你的读后感写出来，下周二给我，这样我们既可以交流思想，又可以节约时间，同时不耽误你争第一。

对你的劳动，我提点小建议，手上的活，速度很重要，但是掌握技巧也很重要，可以仔细看看做得比你快的学员的动作，包括他的坐姿，他的手型，他每一个动作的角度，然后想办法减去容易造成麻烦的小动作，让自己劳动的每一过程都是最快、都是必要的，这样可以提高你的效率，“发现规律＋埋头苦干＋节约时间”，我想这是取胜的法宝，后两个条件你已具备，现在，在找规律上花点心思，你会成功的。

祝你快乐地劳动和学习！

贾老师

8月28日

附

匆匆

朱自清

燕子去了，有再来的时候；杨柳枯了，有再青的时候；桃花谢了，有再开的时候。但是，聪明的，你告诉我，我们的日子为什么一去不复返呢？——是有人偷了他们罢：那是谁？又藏在何处呢？是他们自己逃走了罢：现在又到了哪里呢？

我不知道他们给了我多少日子；但我的手确乎是渐渐空虚了。在默默里算着，八千多日子已经从我手中溜去；像针尖上一滴水滴在大海里，我的日子滴在时间的流里，没有声音，也没有影子。我不禁头涔涔而泪潸潸了。

去的尽管去了，来的尽管来着；去来的中间，又怎样地匆匆呢？早上我起来的时候，小屋里射进两三方斜斜的太阳。太阳他有脚啊，轻轻悄悄地挪移了；我也茫茫然跟着旋转。于是——洗手的时候，日子从水盆里过去；吃饭的时候，日子从饭碗里过去；默默时，便从凝然的双眼前过去。我觉察他去的匆匆了，伸出手遮挽时，他又从遮挽着的手边过去，天黑时，我躺在床上，他便伶伶俐俐地从我身上跨过，从我脚边飞去了。等我睁开眼和太阳再见，这算又溜走了一日。我掩着面叹息。但是新来的日子的影儿又开始在叹息里闪过了。

在逃去如飞的日子里，在千门万户的世界里的我能做些什么呢？只有徘徊罢了，只有匆匆罢了；在八千多日的匆匆里，除徘徊外，又剩些什么呢？过去的日子如轻烟，被微风吹散了，如薄雾，被初阳蒸融了；我留着些什么痕迹呢？我何曾留着像游丝样的痕迹呢？我赤裸裸来到这世界，转眼间也将赤裸裸的回去罢？但不能平的，为什么偏要白白走这一遭啊？

你聪明的，告诉我，我们的日子为什么一去不复返呢？

语言表达是一种方法，不用语言也是一种方法

8月28日

因为准备了一封信，所以下午去见金凯时直接去了习艺车间，学员们都在埋着头缠着线圈，他侧身坐着，没有发现我站在他的旁边，看着他们熟练的动作，感觉到其中的韵律很美，做得十分快的学员，一只手拿钩，钩针穿梭于线圈的内外，一只手引线，来回于线圈的前后，像一只轻飞的蝴蝶，让我心里也有种想试试的感觉，不过为了不影响他，最终没去尝试。

我把信给了金凯，可能只用了两秒钟的时间，他没说话，我示意他接着做，让他晚上再看信。

王一周可能在质检的岗位，我去时他是闲着的，我把《行走在城市高空的剪影》和信交到他的手上，他有些吃惊，我讲明意图后，他说了声“谢谢贾妈妈！”

走时和正在执勤的民警边走边聊了几句，这位民警说：“怕影响他们的时间，你想得太周到了，其实耽误一下没什么问题的。”我说：“不耽误时间只是其一，维护他们力争上游的积极状态十分重要，要用行动去鼓励他们，让他们感觉到，我和他们一样十分重视他们正在追赶的目标。”

和他们坐下来谈心是我们常用的方法，但只是方法之一，我们希望达到的效果是帮助他们积极快乐地面对生活。如果不坐下来谈，通过关注，让他们的内心感知我对他们思想的认可、支持和鼓励，这可能是比谈心更好、更自然的方法，这种共识的达成，需要双方的默契，半年过去了，我和金凯之间已经有了这种默契，可以不需要语言，可以用更多的形式和方法向他表达我的看法和建议，无形的力量同样会激发他不断地释放正能量。

梅有话说

教育与交流沟通确实需要多样化的方式方法，每一种不同的方式方法会带给孩子们不一样的心理体验和感受。语言是直接的交流，简短直接，可以直视对象的反应并做出调整，对方也可以及时回避；书信等文字的交流则不同，不需要对方即时回应，可以让对方去反复阅读并深入思考，然后再给予回应，同时，文字交流可以更加思维缜密地准确表达。所以，在我们和孩子们的交流中，可以尝试不同的问题、不同的交流内容，适当地采用不同的交流手段和方法，这样也许可以获得更好的交流效果。看来，“爱心妈妈”还是用心良苦啊！

让他们学会从有益的事情中获得快乐

9月4日

今天的见面地点仍是在劳动车间，见了金凯，问他现在的劳动速度，他高兴地说现在做得快多了，而且每天觉得很有意思，越做越想做，越做越觉得自己可以更快些，每天早上一起来便盼望着快点进车间开始一天的劳动，看来他从劳动中获得了价值感，发现了自己的潜力，这比告诉他们“劳动光荣”更能让他们真实地爱上劳动，可能他从来没想到自己的快乐可以从劳动中得来，这也是我上周不打断他劳动的原因，我需要和他一起保护这种劳动热情。为了不耽误时间，我提议：“今天我们就说这么多，你快去劳动吧！”他推辞道：“不用，我劳动速度上来了，现在已经在做超产部分了，多说一会儿不要紧的。”

他说已经看了《匆匆》一文，但是不懂内容，只是觉得可能是在说关于时间的问题，他还问了其他的学员，其他的学员也都不懂，只有王一周说他懂，但是又说不出来是什么意思，只是自己心里明白。看来为了这篇文章，金凯还是费了点劲，在这一周时间里拿着《匆匆》到处找学员研究，说明这周他心里的大事便是把这篇文章读懂，而不是想着找关系好的学员去琢磨点什么违纪的事情做一做。

我们不能只把他们当成矫治对象，喋喋不休地告诉他们身上存在什么样的问题，要改掉什么样的不良思想，其实，要引导他们关注更多有意义的事情，思考更多需要思考的问题，自己寻找答案，比我们天天说千道万还有用。在他们之间，不刻意强调守纪，而是让他们形成一种更有利的关系，把握他们关注的内容、谈话的主题，让“关系”好的学员们成为共同学习和探讨生活的团体，而不是相互掩藏违纪行为的联盟，这样，不用我们说什么，他们就会正确地去做。看到他们这样，我很高兴，特别是，他和关系最好的王一周，建立了互相学习的关系，我很高兴。

只是在我心里又出现了另一个问题，为什么我们开设了那么多课时的文化课，从入所开始，一直上到出所，却没能让他们获得能够读懂文章的能力，哪怕是读懂如此简单的一篇文章字面的意思？而且一个队那么多人都不懂？是到了要反思我们文化课设置问题的时候了，到底这种特殊场所的文化课我们该如何开设？要教他们一些什么知识？如果阅读的水平不提高，如何能够让他们阅读更多的文章和书籍，让读书伴他们成长？没有实效，一切都是空话。我认为，带着他们一篇一篇地去阅读内容，去品味文章，是更为实际的做法，好过让他们面对上千本图书却无从下手。

我提出给他讲讲《匆匆》，他边说好边迅速地从裤子口袋里拿出文章和上周我写给他的信。他说自己每天都把它们装在身上，纸张已磨得很旧，我有些感动，这只是一篇小文章，和一页我写给他的信，他却天天随身带着，可能他从来没有这样重视过其他任何一篇文章，除了这一篇让他读起来没有故事情节、又读不太懂的文章，我想，尊重知识、爱上读书或许会从这刻开始吧！我们一起读了《匆匆》，讲述了人生的短暂，时间的宝贵，人生不能白白走一遭，自己可以赋予人生更多的意义，自己可以有想要的理想和为之努力奋斗的生活。

他表示自己不知道该怎么写“中华魂”的文章，要我给他列个提纲，我说今年的“中华魂”主题是“理想点亮人生”，可以从这篇《匆匆》的思考开始，想想自己的理想：小时候的理想是什么？现在的理想又是什么？他思考片刻后回答：“以前就是想让别人怕我，做个老大，有钱用，有人听我的话。现在想学门手艺、技术，觉得很有意思，想赚了钱让我爸过好生活。”我连忙附和道：“这不正好就是一篇好文章吗?”我帮他理清了思路，确定了大致的内容，要他这周五写好，到时再看看如何修改。王一周也过来了，告诉我“中华魂”的文章写了一部分，但是不会写开头，想让我指导一下。我建议道：“你们两人先商量，看看如何写，周五我们一起来修改。”他们高兴地互相看了看并对我点了点头，这种互助式的思考和学习可能也让他们很有兴趣。

梅有话说

“做有意义的事情，做有趣的事情”。青少年成长的过程，就是不断发现“意义”的过程，发现意义的过程是一种探索，本身就很有趣。可惜的是，我们更多的教育在于硬性灌输，在于应试，发现意义本身被忽视了，趣味丧失了，学习成了很多青少年的“苦差事”。我们能不能重新回到教育的起点，重塑教育的基本价值与功能，让我们的孩子们在发现中找回学习的快乐，在快乐中发现生命的意义、生活的意义和社会的意义？这值得我们不同岗位上的教育工作者反思，也值得我们每一个做家长的反思！

幸福感

9月10日

我对“幸福感”一词并不陌生，可是在工作中少有谈论，直到听到领导在重要的讲话中提起，我甚为惊叹。

我们的工作围绕着相同的主题简单地重复，似乎可以一眼看到边际，重复使人厌倦，没有预期使人安于平淡，日复一日，幸福感悄然地离开了我们的工作，我们不记得工作中还可以言及“幸福”一词，领导的讲话中也难觅“幸福”的踪影，“辛苦”、“努力”、“勤奋”、“忘我”、“无私”成为工作习以为常的修饰和定义。

领导谈到工作的幸福指数，谈到工作应该成为幸福生活的一部分，顿时一种清新的感觉沁入心脾，久违了的“幸福”一词又回到了工作的场景和氛围里，让我们沉睡许久的幸福感一跃而起。我在欢呼，没人能听见，但我自己能听到，像春天被小雨滋润的青草叶，舒展而鲜活。

这本是属于我们工作的追求，这本是我们内心的需要，我们应该从工作中获得幸福感，而不仅仅是升职、表扬、获得奖励，物质的东西容易使工作成为等价交换的砝码，也许由这些带给人的认可和肯定可以让人兴奋一阵，但是难以谈得上幸福，只有在工作中找到幸福的感觉，才可以让人持久地为工作倾心，就像对待初恋的情人，不管别人是否认可，不管是否有人祝福，不管未来是否顺利，都愿一往情深，都愿用自己真实的内心与之贴近。

对待教育工作，对待转化特殊青少年的工作，我总有这种感觉，我总能在与他们的接触中找到幸福感，虽然我所做的、所想的没人知道，也不一定会有人理解，但是我的幸福感就在这样的过程中悄然流淌，让我醉心。这种感受是别的方式无法给予内心的，也正因为这样，不管是否直接从事管教工作，我都愿意把这作为自己的主业，作为自己最愿做的事情。

我觉得工作中的我是幸福的，“幸福”既然回到了领导的视线，我想会有更多的同事们能够幸福工作，从幸福工作中找到自己的价值，就像我在《心灵对生命的承诺》中所写的：正是蕴藏于内心深处的幸福感和成就感，让他们在物欲横流的现实中，保留着属于自己精神世界的追求！

幸福地工作吧，加油！

梅有话说

幸福感是一种心理体验。生活着可以幸福，工作着可以幸福，看着孩子们转变和成长可以幸福，只要心里有幸福感，人生处处都幸福！

为理想哭泣

9 月 11 日

宝宝的理想继长大打篮球、打网球这类长远的打算之后，今天终于找到了一个看起来可以实施的理想，那就是触摸一下卧室的吸顶灯，对于他的身高来说，这完全是不可能的，于是他要求由我抱着试试看，可是他发现不行。我告诉他，长大后可以用梯子爬上去摸，他似乎听懂了，匆匆忙忙地在家里到处寻找梯子，边找边自言自语："不见梯子。"其实我并不确定他是否知道梯子是什么样的。后来他搬了个小凳子进了卧室，我以为他放弃了"理想"，准备玩其他的游戏了，所以没有紧跟在他身后。没过多久，只听一声凳子倒下和他重重地摔在地上的声音，把我的心都快吓出来了，我赶紧跑进卧室，见他趴在地上大声哭泣，看他"五体投地"的姿势，我知道他一定摔得很重，迅速抱起来，边安慰边问他痛处，他没有回答，只是重复一句话："我够不着。"他的执着追求让他感觉不到身上的疼痛，只是伤心地和妈妈描述自己失败的心情。

这是宝宝为自己的理想第一次哭泣，第一次感到努力失败后的沮丧，第一次在内心和身体的双重痛感中觉得身体的痛不算什么。我为宝宝的执着而感动，虽然他只有一岁多，却能树立一个看起来高不可攀的"理想"，虽然找不到妈妈推荐使用的梯子，却能用小凳子搭建起自己觉得更实用的梯子，虽然重重摔下了，却不觉自己摔得有多痛，只是为与理想的差距而伤心。我的宝宝让我觉得惭愧。

我的理想是什么？我为之奋斗了吗？我会因为追求理想失败而伤心吗？我曾经先后有很多理想，最想做与艺术有关的工作，或者当一名喜剧编剧，这些理想离我相当远，所以我几乎没有去寻找通往理想的“梯子”，也没有自己搭建“梯子”，理想只是我的一个梦罢了，所以我总喜欢去看演出，坐在台下，不管上演的是歌舞、戏曲还是音乐剧，我都如痴如醉，我喜欢、我向往，却没有向艺术的道路上迈步。我想当一名喜剧编剧，却没有酝酿过一个剧本，倒是时常在家中现编现演一些好笑的环节，给家人带来了快乐，但我依然只是抱着一个梦而已。

写到这里时，我自问现在的理想是什么。我想除了以上的两个梦外，我的理想就是做最好的自己，不管是妈妈、女人，还是一位普通的警察，我都希望自己能扮演好每个角色，真实、可爱、丰富、全心投入，自然美好地生活和工作。

此时，突然想到多年前写的一篇关于理想的文章（见文后所附），记录了洗脚屋的一位跛脚师傅的理想，在那之前，我几乎没用过“理想”这个词，甚至觉得“理想”这个词有些幼稚，从那之后，我改变了对理想的看法，但是一直没能给自己设立一个清晰的理想，而宝宝虽然年岁尚小，却已有了自己的理想，这让我惭愧。

我前几周与金凯和王一周谈过有关理想的话题，引导他们向自己的理想勇敢迈进，可是若他们反问我的理想，我该如何回答？我是无言以对，还是……我们常以教育者的角色给这群孩子们讲很多道理，说很多关于理想、人生观、价值观的理论，可我们是否思考了自己的人生和生活，是否明确了自己的观念和价值取向？我们的工作、我们的努力是否为了实现自己的理想而不是为了一个个具体的利益？就像我们常常教育孩子们：好好接受矫治不能只是为了减期，而是要把自己培养成为一个对社会有益的人。我们自己是否真的认同这一观点？或者说自己是否真的这样做了？

也许大家会说，做一个民警，把人看守住就行，给管教对象讲的道理是大家公认的道理，也不会有错，何必多想？确实如此，我们可以不多想，我们可以一直沿用常用的模式，这样既不会出错，也不会有人质疑，可是当我们把对这群青少年的教育，看作一个生命与另一生命的交流时，我们的思想自然会有更多的震撼和反思，我们在给予别人时，自己是否真的拥有？

附

愿他如愿以偿

他是一个腿有残疾的人，我不知道他的姓名。

他在一家我偶尔会去的洗脚屋里做足部按摩，很瘦、很黑，给人有点不太卫生的感觉，拖着那条僵硬的腿。我很不愿意由他为我做按摩，结果我如愿了，他给我同去的朋友做。

整个按摩的过程，我没有睡，他认真的动作引起了我的注意，每个动作和神情都可以看出他的专心致志。我突然很想去了解他的腿，可是我知道这样很不礼貌，尽管我只是出于简单的好奇心。

他开口说话时，客人听不懂他的口音，我帮忙解释。我问他是否为河南人，他说是的。从他的眼睛里我看到有喜悦掠过，他可能以为我是他的家乡人，我便和他聊了起来……

问及是否学成回河南后自己会开一家洗脚店，他回答：我没有什么理想，只是想有个手艺，有饭吃，快乐轻松地生活，不想活得太累。他脸上的笑容很真诚、很满足。

很长时间，可以说很多年，我都没有用过“理想”这个词了，“理想”只是年少时的词汇，是《我的理想》之类作文的关键词，如今它只留在那作文本的小格里，从没在我的脑海里闪现过，哪怕只是一晃而过。他虽然口中说没有理想，但可见“理想”是他曾想过或经常想的，其实他有理想，最真实、最能让他好好生活的理想是：有手艺、有饭吃、快乐轻松地生活、活得不累。

他坦诚的笑容和清澈的眼神在我的脑海中挥之不去，虽然事情已经过去几天了，我还是想把它写下来。我欣赏他对生活的理解，简单而深刻；钦佩他能乐观地面对生活，享受属于自己的快乐；羡慕他虽然没有健康的肢体，却拥有最真诚和幸福的笑容。

真心地祝他可以如愿以偿，一生有饭吃、快乐轻松、生活不会太累。

梅有话说

让流沙河跟我们说“理想”：
理想是石，敲出星星之火；
理想是火，点燃熄灭的灯；
理想是灯，照亮夜行的路；
理想是路，引你走到黎明。
饥寒的年代里，理想是温饱；
温饱的年代里，理想是文明。
离乱的年代里，理想是安定；
安定的年代里，理想是繁荣。
理想如珍珠，一颗缀连着一颗，
贯古今，串未来，莹莹光无尽。

美丽的珍珠链，历史的脊梁骨，
古照今，今照来，先辈照子孙。
理想是罗盘，给船舶导引方向；
理想是船舶，载着你出海远行。
但理想有时候又是海天相吻的弧线，
可望不可即，折磨着你那进取的心。
理想使你微笑地观察着生活；
理想使你倔强地反抗着命运。
理想使你忘记鬓发早白；
理想使你头白仍然天真。
理想是闹钟，敲碎你的黄金梦；
理想是肥皂，洗濯你的自私心。
理想既是一种获得，
理想又是一种牺牲。
理想如果给你带来荣誉，
那只不过是它的副产品，
而更多的是带来被误解的寂寥，
寂寥里的欢笑，欢笑里的酸辛。
理想使忠厚者常遭不幸；
理想使不幸者绝处逢生。
平凡的人因有理想而伟大；
有理想者就是一个“大写的人”。
世界上总有人抛弃了理想，
理想却从来不抛弃任何人。
给罪人新生，理想是还魂的仙草；
唤浪子回头，理想是慈爱的母亲。

理想被玷污了，不必怨恨，
那是妖魔在考验你的坚贞；
理想被扒窃了，不必哭泣，
快去找回来，以后要当心！
英雄失去理想，蜕作庸人，
可厌地夸耀着当年的功勋；
庸人失去理想，碌碌终生，
可笑地诅咒着眼前的环境。
理想开花，桃李要结甜果；
理想抽芽，榆杨会有浓阴。
请乘理想之马，挥鞭从此起程，
路上春色正好，天上太阳正晴。

深深的不安

9 月 11 日

今天和金凯见面的时间虽然十分短暂，但我了解了自己真实的内心，并且为这种“真实”感到一种不安。

想到几周都没有和他好好谈心，便准备坐下来和他好好聊聊，在等他从车间出来的时间里，听大队民警说有好几个学员出现了发烧、流涕的感冒症状，还看到有医生正在队中看病，所以一见到金凯的我便问：“你感冒了吗？”他停步在离我约一米远的地方，回答道：“感冒了，昨天发烧了。”他似乎觉得自己是一个传染源，要离我远些。我也没有主动靠近，问他吃药了没有，有没有看过医生。他说医生为他开了药，我嘱咐他及时增减衣服，多喝些水，并且按医嘱配合治疗。问他“中华魂”的演讲稿写好了没有，他说写了，但写得很不好，交给民警了。我又多嘱咐了几句，便去民警那里找他的稿子了，没再和他坐下来聊。

看了他的稿子，写得确实不好，整篇十分凌乱，看来没有提纲他还是不能很好地把握内容，我想下一步还是要和上次一样，帮他先整理思路，然后形成提纲，再慢慢放手让他自己写，如果突然让他独立写作，一时就找不着北了。他们的成长和技能的掌握也是一个逐步放手的过程，不能太急于让他们独立。

我的不安是从下班回到家后开始的。我抱着宝宝，忽然感觉到一种强烈的反差，宝宝从出生到现在也感冒过几次，最近的一次感冒就在前几天才痊愈，我从没有想过和宝宝保持距离，从没想过宝宝的感冒是否会传染给我，因为我是他的妈妈，我怎么会怕他把感冒传染给我呢？可是金凯也是我的儿子，他因怕将感冒传染给我而止步于离我较远的地方，而我这位妈妈也没有主动靠近，虽然内心和语言都在关心他生病的情况，可是我让这种距离依然保持着，这种距离的存在是否证明在我的内心“儿子”和“儿子”是不一样的？这种不一样是因为他们年龄的不一样产生的？还是因为在内心的分量不一样产生的？或者是因为一个是我怀胎十月日夜哺育，而一个是机遇巧合突然成为母子的原因呢？但不管是哪一种原因都证明在内心里，宝宝是我更为重视的，尽管我也重视金凯，但是，这重视的程度绝对是不一样的。我分析了自己的心理，发现在自己的潜意识里，保持这种距离的最根本原因是我保护宝宝的本能，本能地不希望感冒病毒由我带回家传染给宝宝，因为他太小，没有足够的抵抗力，之前的感冒已让他在近十天里受了很多折磨，不能再次被传染了。这些我当时没有意识到的，甚至不用想就跑出来指挥我的大脑和行为的本能，让我觉得有些惭愧，这种惭愧带来的不安一直持续。

我一直以为自己可以把金凯当作儿子看待，一直努力地去做，一直在心底挂念，一直愿意为他做些什么，也想和他一起分享成长过程中的苦与乐，甚至现在看到某些事不自觉地就会联想到他，可我最终依然落入了俗套，我依然不能待他如同亲生，虽然这不是我理智的想法，却在不经意间让我看到了一个自己都不了解的真实内心。

也许“如同亲生”和“亲生”本来就是不能画上等号的，也许“爱心妈妈”和妈妈本来就是存在差别的，写到这里，看见“爱心”

两个字，我觉得刺眼极了，尽管没有人要求我必须待金凯和自己的宝宝一样，剖析后的真相让我对自己的评分一路下跌，甚至跌破了零分。

我不知道还要说些什么，可能现在的我最需要的是冷静思考。

梅有话说

反思是一件好事。生活中，中国人讲求亲疏有别，这是一种传统文化，这种传统文化会潜移默化地影响我们的行动和行动选择。“爱心妈妈”是责任，也是工作，毕竟不能完全等同于妈妈。不过，自觉主动的反思，有助于我们更好地做好这份工作，更好地关爱孩子们，这也是一种收获。

善良的种子发芽了

9月20日

周二由于开紧急会议，下午我没能去看金凯，便打电话给队里的民警，请他们向金凯转达我不能去的原因，今天下午我抽出时间去看他，把周二的“旷工”给补上。

金凯见到我，一副很高兴的样子，笑得很开心，问他的劳动情况，他说现在自己做得很快了，只有两三个人比他快，满脸自豪。问及他爸爸的腰伤，他回答：“已经好了，刚才还给爸爸打了电话，邀请爸爸参加九月二十八日的场所开放日活动。”我又问他：“写爸爸的故事给爸爸看过没有？”他说：“没有，因为稿子被一个学员在疯闹中不慎撕坏了，自己没了底稿，所以没有给爸爸看。”我庆幸地说：“好在我还有，等开放日爸爸来时你念给他听。”这时他突然流下了眼泪，我一时还猜不出他流泪的原因，也许是一种感动，也许是对爸爸的爱此时涌了出来。

问及是否向父亲表达过自己对他的爱，他不好意思地说没有。我想这是很多孩子和父母沟通中存在的问题，其实爱应该勇敢地说出来。

谈到现在的生活，他说每天过得挺开心，现在关系最好的学员是徐涛，不过他快要出所了，和王一周的关系现在不好了，表面上看起来还行，但心里不喜欢他。问及原因，他说队里来了一个年龄很小的新学员，包括王一周在内的很多学员都瞧不起他，总是说新学员身上难闻，不愿意让他接近他们，但是自己愿意帮助新学员，不喜欢他们那种讨厌新学员的样子。每个老学员都是从新学员转变过来的，新学员都希望得到别人的帮助，可是成为老学员后就忘了当初的想法了。我肯定了他友善帮助新学员的行为。但他说自己有时会后悔帮过别人，曾有另一个学员，刚来时总受冷落，自己经常帮助他，但这名学员成为老学员后反倒还和别人一起说自己的坏话，为此自己感觉很难受。我劝解他，如果我遇上这样的事情，可能和你的心情差不多，不过，我们帮助人的目的并不是为了将来让别人说自己的好，这只是当时情境之下的一种纯净善良的心境，让我们去帮助需要帮助的人。如果将来这个人说了我们的坏话，可能我们会不舒服，可是不要忘记日后继续我们的友善之举，因为在给别人温暖时，我们自己也正在享受人间的温暖，所以不要影响了自己传达爱的信心。

在外面的金凯充当别人的打手，一定没有想过那些与他素未相识的人的感受，而自己经历了新来时的孤独和对陌生环境的恐惧后，便理解了新学员的心境和内心的需要，于是自己的善良被特殊的环境催生得很明亮，这明亮并不耀眼，虽然只是一束微光，可能只是多和新学员说说话，不嫌弃他们，不喜欢别人对新学员的冷落，但是我看到了他内心的巨大变化，从冰冷到温暖，从希望别人怕自己到希望能够爱别人，我真的很为他高兴，心里溢满幸福。

善良在这群特殊孩子的心里深埋，我们的工作就是打破上面的坚冰，让这善良成为他们内心不断涌出的泉眼，不必说一定要他们改掉什么坏习惯，也不必说一定要他们改变什么坏思想，帮助他们开启自己的良知，培养他们的爱心，鼓励他们的善良之举，让美好填满他们的内心，丑陋自然没有位置，由此他们都会变成善良的孩子。

在与金凯共同走过的日子里，他总能给我带来一些思考，总能给我带来一些喜悦和惊喜，总能让我看到工作的价值，总能用点点滴滴让我发现他的可爱，对他充满信心，我的心离他越来越近。

也许你会说这小小的善行根本算不上什么，毕竟不是跳入江中舍己救人，可是对于这些特殊的孩子们来说，是多么的可贵，他们心里良知的种子已悄然发芽，这小芽鲜嫩而脆弱，需要我们发现、培植、呵护和不断地灌溉，这才是我们努力的方向。

梅有话说

法国作家雨果说过："善良是精神世界的太阳。"有一颗善良的心，才会有同情、理解、怜悯的情感，才会有一双能发出友善光芒的眼睛，我们看待人、事、物，才是积极光明的，我们的身心才会健康。曾经有这样一则故事是这样讲的：一位禅师见一蝎子掉到水里，决心救它。谁知一碰，蝎子蜇了他手指。禅师无惧，再次出手，岂知又被蝎子狠狠蜇了一次。旁边有一人说：它老蜇人，何必救它？禅师答：蜇人是蝎子的天性，而善是我的天性，我岂能因为它的天性，而放弃了我的天性。"向善"，是方向，"人之初，性本善"，作为感知人间烟火滋味的个体，善良是我们最起码的道德需求。人性的善良被启迪、被唤醒，这是我们教育矫治追求的目标之一，是"爱心妈妈"工作成效的重要反映形式之一。"妈妈"们，辛苦了！

他的愿望实现了

9 月 28 日

把《我的父亲》讲给爸爸听是金凯的一个小愿望，今天这个愿望终于实现了。

所里举办的“携手护苗 点亮心灯”主题活动，邀请了学员家长前来参加，金凯的爷爷、爸爸、叔叔、姐姐都来了，活动开始前大约有一个小时的会见时间，这次会见与平时的会见不同，地点没有设在会见室，亲人们可以不用被大玻璃隔着，以电话沟通，而是面对面地在一起，可以拥抱，可以拉着爸爸妈妈的手说话。原本的安排是让“爱心妈妈”们与学员父母见见面，一起和孩子座谈，可是我和金凯的家长只打了个招呼便走开了，因为这样的见面机会十分难得，我不想打扰他们，只想把时间都留给他们，让他们尽情地享受这种没有距离和隔断的见面时间。

在活动中，学员们为家长们演唱了歌曲，表演了“三句半”，背诵了《弟子规》。其中一个环节是讲故事，这个讲故事的人就是金凯。为了把故事讲给爸爸听，之前我和金凯交流过几次，他都很有把握地说没问题。在他讲故事前，主持人首先向大家念了我写给金凯的那封引导他写父亲的信，之后金凯才开始讲他的故事。金凯的故事吸引了在场的每个人，他的讲述也深深触动了自己的内心，他是哭着讲完这个故事的。他哭诉自己曾经的伤痛，对父亲曾经的误解以及今天才明白的爱，每个人都在掉眼泪，我也不例外，其实看这个故事文稿最多的人是我，可是我依然不能让眼泪止住。他的爸爸也哭了，并被主持人请上了台，可是除了落泪，他什么也说不出来，只是和儿子紧紧拥抱在一起。这个拥抱可能是一个父亲日夜都盼望却一直没有实现的，在今天这个拥抱里，他的情感终于有了一个释放的出口，这个拥抱融化了因生活的坎坷而冰冻的心，这个拥抱还原了一个父亲与儿子内心最真实的情感。

接下来是我上场的环节，我要以金凯“爱心妈妈”的身份发表感言，为此我选择了“妈妈手记”的第一篇，与在场的所有人分享自己的“爱心妈妈”心情，之后准备说一小段简短的话，可是我没有机会说出这段话，因为当念到其中的“要何等的心血才能让一个小小的婴儿长成如此这般的强壮，这样的成长要多少个日夜的期盼”时，我忍不住哭了，虽然两次停住，希望让自己平静下来，可越是想克制，就越克制不住，极力想压抑的情感变得更猛烈了。我只好交给主持人帮自己念下去。我回到座位后，眼泪仍止不住地流。

这一天我哭了很多次，看见孩子们向父母献花，我哭了；听见一个母亲责备地对孩子说：“你为什么偏偏要跟你爸爸在一起，不和妈妈在一起?!”这位母亲懊恼地诉说自己婚姻的失败造成的如此后果，我和她一起掉眼泪。

有一位同事在活动结束时对我说：“你是我们这个系统的‘倪萍’，总是煽情，让我们掉眼泪。”我不是倪萍，也无煽情的本领，我只是一个妈妈，以妈妈的视角看这群孩子，心怎会不受伤？眼泪怎会不流出来？心太柔软就容易受伤，其实这一天下来，我的心情是极不平静的，一直到深夜。

在活动的现场，还有一位带着一个十个月大孩子的妈妈，孩子很听话，从八点多到十一点半，几乎没有哭过。我过去看这个可爱的小婴儿，发现孩子嘴唇很干，问及原因，说是带来的奶瓶存在院外了，也就是说，孩子这几个小时一直没喝过水。我快速地去找了一个一次性杯子，用刚烧开的水烫杯消毒后，倒了满满一杯水给孩子送去。小宝宝一看见杯子就想伸手来拿，可见孩子有多想喝水。这位妈妈对我说，她是个离异的母亲，现在这个小宝宝是和后来的老公生的，以前因为对孩子管得少，导致孩子来到了这里，她应该向“爱心妈妈”们学习。听到这样的话，我很高兴，并不仅仅因为她对“爱心妈妈”们的认可，还因为她认识到了爱自己孩子的重要性，她的小宝宝一看就是一个有“贫血症”的孩子，我问她宝宝是否贫血，她说是的，但没太在意，我向她介绍了自己对付宝宝贫血的好办法，她很高兴，说要回去试试。从很多方面可以看出这是个比较粗心的妈妈，对孩子的疏忽很多，真希望此行能够让她更关心、更关注自己的孩子。

梅有话说

欢笑和泪水，背后是“爱心妈妈”们爱的奉献。

一生的第一次拥抱

10 月 9 日

一个长假结束了，节日期间加班，辅导学员们演讲，常常会在大队里看见金凯，由于我要忙工作，看到他只能点点头，他冲着我笑，眼神里是一种熟悉和依恋，由于我的时间紧，便没有再进一步地与他进行交流。

今天见到了他，还是那样笑着，问他上次爸爸来所参加活动的情况，他说爸爸劝自己以后不要再走老路了，回家好好做事，好好生活。我想知道他的想法，他说自己也是这样想的。问及学员们听了他的故事后的评价，以及对这次活动的感受，他是这样说的："学员们都觉得我讲得感人，他们都哭了，并认识到，来到这里真的是一生的耻辱，虽然以前不这么认为，但是这次活动后他们这样想了。"我对他的话表示赞同："是的，你讲得非常真实且投入，在场的家长和来参加的领导们也都流泪了，我想你和你的爸爸是体会最深刻的，所以你爸爸走上台后除了流泪，什么都说不出来。你拥抱爸爸时是什么感觉?"他说："我从小到大有记忆以来一直没有和爸爸拥抱过，这是第一次拥抱，感觉很好。"讲到这儿，我看到了他眼里的泪光，一个如此简单的拥抱，对于金凯和他的爸爸来说却是难得的第一次，在这个拥抱里，他找到了一个孩子想要的安全感，这种安全感在他童年是极其缺乏的；在这个拥抱里，他得到了一个孩子想要的呵护，这种感觉也是童年中的他想要的，因为他只有几岁时便要独立面对生活；在这个拥抱里，他找到了爸爸对孩子的温情，这种温情是他童年面对发怒的父亲时在内心千般呼唤的；在这个拥抱里，他找到了父子间内心最近的距离，曾经的他因对父亲深深的恨而使两颗心对立在遥远的距离；在这个拥抱里，他用不断掉落的泪水使一个父亲感受到了感恩和爱，以及自己内心真实的悔恨和重新开始生活的勇气。那一刻，我们都在为这对父子高兴、感动，对他们今后的生活充满希望。如果这样的拥抱可以以常态的方式一直出现在他们的生活中，就算生活再艰辛，我想他们的故事中也不会有在所里的这段记忆，可是这人生中的第一次拥抱居然是在这样一个特殊的环境里，以这样一种特殊的方式展现的。

谈及这次活动最大的收获，他是这样回答的：“向爸爸说出了想说的话，如果没有这种机会，不知道该怎么开口，这次说出来了，觉得很开心，人也很轻松。”这不正是我之前努力希望金凯做到的吗？理解他人，感恩生活，虽然我没给他说教人为什么要感恩，但他在真情中找到了内心感恩的需要，也许这也算是一种不错的方法吧！此时，我感觉到了一种做母亲的欣喜和成就感，因为孩子的成长，因为我看见了孩子美好的内心和真挚的情感。

他对我说，还有四个月自己就可以走了，在习艺方面，现在自己是超产最多的，也没有违纪，所以减了好多天的期。问及现在的自己和以前有什么不同，他若有所思地回答：“以前管不住自己，现在可以管住自己不违纪，遇事了会思考一下能不能做；以前和别人发生矛盾了就忍不住会打架，自己心里气得受不了，现在如果遇到这样的情况，会静下来想想，朝好的方面想，心里就不难受了，也不想打架了。”看来他学会了自我管理与控制，学会了独立冷静地思考，学会了理智地衡量利弊，他真的成长了。我告诉他，在活动中我本有一段话要说给大家听，但是因为当时被你的情绪感染，被你的故事感动，我不停地流泪，以致没有说下去，现在我想说给你听。他把眼睛睁得大大的，看着我，等我说话。我说：“我是个新妈妈，自己的孩子只有一岁多，没有多少做妈妈的经验，所以当时我和你约定，我学习如何做个好妈妈，你学习如何做个好儿子，结果你的进步比我快，比我明显，你在学习、习艺各方面都有了很大的进步，并且还有很多优点在不断显现，所以想请你的爸爸相信，今天的你不再是昨天那个让他操碎心的你，今天的你有勇气、有决心改掉以前的缺点，重新面对生活。”听完后他开心地笑了。

问起和其他学员的相处情况，他说挺好的。提起那个最小的学员，他向我介绍：“现在他自己的妈妈来了，他的心情要好些，不过毕竟太小，还不懂事。”俨然一副大人的样子。我提议：“多关心一下他，自由时间里如果没人和他说话，你就找他说说话，不要让他太想家。”他点点头说：“好，我知道。”

这名最小的学员叫张超，个子小小的，像个小学生，父母离婚后，他选择和爸爸在一起。爸爸是一个不太负责任的人，很少管他，使他染上了很多坏习惯。妈妈这次活动日来时，我和他们一起在民警办公室聊过，他的妈妈说为他花了很多钱，但他不好好上学，实在没有办法。说到这些，他和妈妈都忍不住掉眼泪，我也没忍住。我和他们母子谈了很长的时间，可能他因此认识了我，所以今天我和他的“爱心妈妈”一起等待他们出来时，他和金凯一起来到了我面前，我微笑地说：“妈妈来了，心情好些了吧？”“是的。”一看他可爱的样子，我就想抱抱他。我催他：“不过你的‘爱心妈妈’在那儿等你呢，快去吧！”妈妈没来会见时，这个孩子的心情总是不太好，我一直比较关注，多次和金凯说要帮助他适应，后来一大队民警希望我认领他当儿子，把金凯放下，因为金凯现在一切都挺好的，不需要“爱心妈妈”了。我没有同意，因为自己说过要陪伴他成长，不能在取得一点小小的进步后就不管他了，那样会伤了他，所以我没有答应大队的请求，建议别的“爱心妈妈”与他结成对子。在我看来，这些孩子真的不能再受伤了，妈妈对他的承诺一定要实现，如果妈妈都欺骗他，他怎还会相信他人？陪伴他是我一定要做到的。

真想对这个世界上的所有父母说，请拥抱一下孩子吧，别让他的心受伤。

✲花絮：

谈话后，我去习艺车间了，想看看他的进步。不看不知道，进步真的很大，他手指灵活地将各个动作熟练地合成一体，没有一个多余的动作，没有一丝的停顿，手就像一只小蝴蝶在不停地飞舞，真棒！

梅有话说

拥抱是零距离的呵护，拥抱是给孩子满满的安全感。关心我们的孩子，给他们一个深深的拥抱吧！

母亲是一种收获

10月12日

家里要办妹妹的喜事，有大量的准备工作要做，很多外地的亲朋好友要来参加，所以接待量很大，妈妈没时间帮我带孩子，我只能休公休假，全面上岗带宝宝，小宝宝迎来了可以连续两个星期在家的“全职妈妈”，不过金凯会有两周的时间见不到我了。今天是我休假前上班的最后一天，我去找他，告诉他自己这两周家里有事，需要休假，不能来看他。金凯坐在教室里，一见我出现，眼睛里便流露出高兴而亲切的目光，这种眼神让我最感欣慰，比任何肯定、表扬的话都有说服力，这种目光说明我在他的心里，他也感受到自己在我的心里，这种默契，本应属于母子之间，就如同我的宝宝看见我，他的笑容会很特别，这种笑容只出现在与我相对的时候，这说明我是他的妈妈。

我当母亲的时间并不长，是一个新妈妈，却享受了很多快乐，与其说当母亲是一种付出，不如说当母亲是一种收获，这种收获并不全因付出而得到，自然界给了我们这样的繁衍生息方式，给了母亲爱孩子的力量和意愿，所以母亲才会得到如此多的快乐和精神上的满足，孩子是一种恩赐，不论是宝宝于我，还是金凯于我，都是这样，因为他们，我才变得更加丰富。

梅有话说

母爱是付出，更是收获。有付出，就一定有收获。祝福你们，妈妈们和“爱心妈妈”们！

母爱不只是母亲的专利

10月20日

两周的公休假覆盖了妹妹的婚期，全家全力以赴，为这场婚礼做准备。

从亲友名单的确定、座位的安排、接送的车辆，到新房的布置、婚纱的选定、化妆的定妆、妈妈的穿着，每个细节我都想考虑周到，希望这场婚礼处处都留下美好的记忆。

婚礼后，妹妹将展开她全新的婚姻生活，和相爱的人一起生活，看见她的幸福，我从心底高兴，心里却充满了不舍。当新郎在众人的陪伴下将她抱上迎亲车，在车子起动的那一刻，我流泪了，曾经的小女孩就坐在这辆车里，成为美丽的新娘。仿佛这二十七年只是一瞬间，我的思绪回到了二十七年前……

十岁时的我相当糊涂，不像现在的小孩这般聪明懂事，很多大人的事都知道。妈妈怀孕了，我只觉得妈妈长得胖胖的，不知道怀孕是怎么一回事，一天早上起床后，小姨告诉我，妈妈给我捡了一个小妹妹，我关心地问："在哪儿捡的?"得到的回答是在"医院"。我便跟随小姨去了医院，走进病房那一刻，我被妈妈怀里的小婴儿惊呆了，晨光穿过窗户照在她红润饱满的脸上，五官小巧精致，头发黑黑的，鬓角边还有小卷发，好像一个洋娃娃。我没有抱她，因为她太小太小了，以致那时的我根本不敢抱她，这是后来回想起来让我非常遗憾的事。

我为妹妹取了名字，很高兴爸爸妈妈能够采纳一个十岁孩子的意见，其实那时我还不满十岁。我给妹妹取名叫“杰”，因为我的名字是“俊”，“俊杰”合起来的寓意，是希望我和她都是优秀的。“杰杰”一直是我们呼她的小名。

妹妹从小就听话可爱，两三岁时，她就特别喜欢我给她梳头打扮，我会给她用各色的橡皮筋扎上许多小辫，还带上丝带和头花等装饰，设计出很多漂亮的发型。我经常带她到家门前的沉淀池上玩，坐在上面看天上的云。我会教她观察天上的云朵，它们有的像马，有的像大象，有的像小鸡，有的像山，幼稚的我觉得自己的作文写得很好，希望杰杰以后也要像我一样会写作文，而写好作文的第一课就是要学会观察和想象，所以从看云朵起，我幼小的心里已打算开始培养妹妹了，虽然现在想起来很好玩，但当时我是极其认真的，而且是有计划地实施“培养”计划的。

我每天放学最喜欢的事就是和妹妹玩，即使她在睡觉，我也会把她弄醒，而她也很可爱，就算是没有睡好，被弄醒后，睁开眼的她也会给我一个笑脸，从来不会因为没睡好而哭闹。她如此善解人意和宽容，才让我没有一丝打扰别人睡眠的“罪恶感”。我上学的时候，记得妈妈在下雨时抱着她来接我，打着一把长柄的大红伞，杰杰穿着妈妈给她织的手套线的白线衣，配上她的小卷发，从教室外向里面张望，寻找我的身影，那是我心中最温暖的画面。

妹妹四岁时，我来到武汉上中专，妈妈带着她来看我，她穿着白色带红点的草莓小裙子，牵着妈妈的手，走进我的寝室，妈妈、妹妹和我一起睡在我的床上，床那么小，我们三个人却睡下了。

等我工作了，妹妹那时已上小学，放假了她到我单位来玩，我给她做了虾球，那是她第一次吃虾球，她现在都记得。我还带她去吃了炸鸡腿、冰激凌，这些都是她第一次吃。为了培养她，我还让她一个人去宿舍对面的菜场买菜。

后来她上大学了，每周我们可以相聚一次。我们那时迷恋吃金师傅的鸭脖子，每周我都会给她买；有一年下大雪，我去给她送了棉鞋；我们一起在雨中看了张学友的演唱会；我手术时，她在医院陪我；妈妈住院时，我和她一起在医院陪妈妈；我们一起去泡温泉，一起去内蒙古看草原，去青岛、杭州、宁波吃海鲜，我们都爱上了海瓜子……我希望自己所有美好的经历中都有她。

她工作后，我喜欢数落她没做好的方面，希望她能够做得更好，我总觉得她有潜力而没有很好地发挥，想了很多鼓励和引导的方法，希望她将来的日子能比我好。

她恋爱了，我喜欢问很多问题，希望知道男朋友对她好不好，我总觉得她应该获得更多的爱，总怕那么纯洁、那么善良的她受委屈和不被珍惜，或别人无视她的好。

现在，终于所有的心都放下了，她高兴地和相爱的人一起坐车去了自己的新家。她是我的妹妹，也像是我的女儿，我既有高兴，也有不舍，既伤心，也欢喜。

今天是一个特别的日子，在这个日子里，我感觉到原来母爱不只是母亲的专利。

梅有话说

姐妹情深，爱心满溢啊！赞一个！

打开自己的思维，带孩子去看更宽广的世界

10 月 25 日

假期还没结束就接到领导的电话，要我提前上班，辅导学员张忠翔演讲，因为他将代表我们所参加省局组织的“中华魂”演讲比赛，时间很紧，只有五天。

我用了一天的时间修改好演讲稿，突出了他的思想转变过程，把他的今天和理想的不正确联系起来，把现在的个人理想和整个社会联系起来。对于修改后的稿子我还是比较满意的。

去大队送稿子的途中遇见一大队的民警，说张忠翔因为只有不到一个月就满期了，而对演讲比赛无所谓，被狠狠地批评了。我想这个小家伙的心里可能没这么简单，所以决定在辅导前先和他沟通好思想。

谈心时他告诉我，现在最大的不舒服来自于民警对于自己的误解，他并没有因为自己快要走了而不用心演讲，可是民警总觉得他这样。我不解地问：“民警的误解来自于哪里呢？是什么让民警产生了误解？”他向我解释，之前的一天，有外面人来参观，民警要他演讲一遍，由于好几天没有练习，所以演讲得不好，并且那个演讲的稿子让他觉得很“假”，自己讲的也很“假”，所以不喜欢，民警就

以为是他不想好好讲了。“你可以把这些告诉民警”，“没必要，我不喜欢解释，误解就误解吧，没什么了不起”，虽然嘴上说不在意，可是他的表情和眼神告诉我，他心里很委屈。“误解也许真的没什么了不起，但是我们没必要让别人误解，让别人了解真实的自己也没什么不好”，“我现在根本不想好好讲”，“如果这样，民警不就更加认为你是因为要走了才不愿意努力吗？”他仍然是一副不屑的表情。

我转换了话题，问他“以前你在家和父母的沟通怎么样？”，“还可以，但是不说内心里的话，我不愿意对别人说自己内心的东西，这是我的习惯”，“人都有自我保护的本能，内心不可能完全暴露给别人，但是也许可以开个窗口让自己信任的人了解”，“我以前就喜欢我的朋友们，喜欢上网打游戏，不愿意回家”，“你打游戏会影响上课吗？”，“会，逃课去网吧”，“父母知道后怎么对待这件事？”“打了我”，“怕吗？管用吗？”，“怕，但是不管用，我还是继续去”，“从你的角度来看，当孩子遇到类似的问题时，父母怎么做才是有用的，才可以帮助孩子不至于一直错下去？”，“没有办法，父母是没有办法的，直到孩子自己醒悟，我一直玩到快上高中，几乎玩了所有的游戏，觉得不好玩了，才不去玩了”。

没想到在孩子的教育问题上他会如此看待，他觉得父母在某些阶段和事情上是无能为力的，他是一个有自己主意的孩子，对待这样的孩子，说教可能没什么作用，最重要的是让他体验和感受。

当我把话题再次转入演讲这个主题时，我说了这样一段话：“对于这次演讲是否投入，是否应该去努力，是否会给你带来实际利益，我们暂时先放下，而是一起来设想一下：如果你演讲得不好，站在十名比赛选手里，自己的心里是一种什么样的感受？如果演讲出了自己的水平，虽然自己是年龄最小的一位选手，但是从水平、精神面貌来讲一点也不比其他选手差，甚至比他们更优秀，自己的感受又会怎样？有时候我们不为别的，只为自己而战，为了自己的荣誉和集体的荣誉而战，因为你叫张忠翔，你需要用自己最大的努力去展现自己的实力，需要用自己的实力赢得他人的尊重，希望你考虑一下。”

他沉默了一会儿后告诉我：“我想我可以表现好，而且我也喜欢这次的稿子。”他的脸上露出了轻松的神情。

在多年的管教工作中，我们最善于用的方法是将个人的表现与自身的利益联系起来，以此来激励个人，产生积极的态度和行为，但是如果我们面临的对象是像张忠翔这样快要出所、没有太多实际利益可以用来驱动的学员的话，我们总显得有些底气不足，甚至会有些束手无策。其实，当面对这些对象时，我们需要的是智慧，一种不用利益驱动而以内心驱动的智慧，从一个人的心理需要出发，让他从心理上去积极面对事情的智慧，换个不是心理学的名词就叫作荣辱观的教育。

用人被尊重的需要，用人被认可的需要，我让张忠翔放下了之前的思想包袱，轻松美好地面对一次演讲，把一项强加的任务转变成一个秀出自己的舞台，留下一个美好记忆的片段，一切都变得轻松。

所以，当我们要理解别人时，请先打开自己的思维，如果教育者的思维拘泥于狭隘的空间，何以引导孩子们看见更宽广的世界？

梅有话说

我又想起了马斯洛心理学，想起了他的需求层次理论。

尊重从什么地方开始

10 月 26 日

张忠翔已经会背演讲稿了，上午主要辅导他演讲的技巧，他的演讲太过强调抑扬顿挫，让人觉得十分的“假”，没有感情。我问他自我感觉如何，他说：“我觉得好假呀!”没想到他自己也感觉到了这一点。在我看来，演讲就是讲出自己的感情和观点，讲出自己希望让听众了解的内心感受，语气、语调等所谓的技巧，只是情感表达的需要，而不是刻意追求的目标，当然，每个演讲者的风格不同，可能对演讲会有不同的看法，但我是这样认为的。我告诉张忠翔，离比赛还有四天时间，我们的目标就是让演讲不再“假”，去掉那些人为的抑扬顿挫，去掉那些夸张的手势，回归内心，找到自己内心真实的感情，让情感自然地流露。

为了让他更好地理解演讲稿，我一句一句讲给他听，告诉他每个句子是一种什么样的感情，应该以什么样的口气演讲，一上午我们从一句一句地念，到一段一段地体会，不知不觉间几个小时就过去了。

他突然对我说：“贾老师，我给你搬个凳子坐吧!”

这时我才发现自己一直陪着他站着。我没有让他去搬凳子，还是坚持和他一起站着，一直到中午下班时间。之前陪着他站着是无意识的，因为他站着，所以我就很自然地和他一起站着，之后没有让他去搬凳子，是觉得孩子可以为了演讲一直站着，我怎么能去坐呢？而且，和他一起站着，至少可以从心理上让他感觉我们是在一起做一件事情，而不是只有他在做，我在旁边指挥他如何来做。对一个不愿轻易将感情流露出来的孩子来说，尊重他，与他以诚相对可能是交流的最好途径。

走出大队时，我的腰已僵硬得像块板子了，而且很痛，我有比较严重的腰椎问题，持续一种姿势太久就会有这样的症状，回家躺在床上告诉妈妈我腰痛，她知道原因后说我这是不必要的“牺牲”，我不以为然。妈妈问我，如果是我的宝宝演讲，我会陪他一直站着吗？我想可能不会，至少不会一直站着，但是对于一个特殊的孩子来讲，我的任何一个小举动都会给他敏感的心理带来不小的涟漪，所以尊重、理解他们要从最小的地方开始。

梅有话说

尊重、理解要从最小的地方开始。对待管教的孩子们应该如此，对待每一个人都应该如此。“爱心妈妈”这样做了，我们也一样要这样做！尊重、理解有时候比严厉的批评、呵斥更能改变一个人啊！

脱去“外套”，看见内心

10 月 27 日

几天都忙着辅导张忠翔，一直没时间去看看金凯。今天在辅导开始之前专门去车间看了他，告诉他，虽然我的假期提前结束了，但是因为演讲比赛就快开始了，时间很紧，所以这几天没有时间和他坐下来谈谈心，只能等到下周再聊。他没说什么，只是笑着点头，我拍拍他的肩膀，让他坐下继续做事，之后又投入到张忠翔的演讲辅导中去了。

我发现张忠翔的鼻子一直堵着不通气，问及原因，他说前段时间感冒后就一直这样了。

今天的辅导我们主要纠正一些读不准的词语，他的普通话中只有平舌音而没有翘舌音，于是我有意训练他的翘舌音，他笑着说把舌头卷起来发出的声音很怪。为了不给他太大的压力，我耐心地告诉他，如果能够把这些字读准，听起来自然要悦耳得多，只是因为不习惯才会觉得怪；如果实在不能完全做到，尽力就行。我不做太严格的要求，但是希望这几天你可以尽力尝试，也许多练几遍后，感觉会好起来。

演讲是要有肢体语言的，但我没有特意为他设计，而把这个权利交给了他自己，让他在自己想要做手势的地方、觉得能自然做出手势的地方、不会影响表达的地方做手势，怎么舒服怎么做，希望他慢慢琢磨，作为下午的课后作业。他有点为难：“我不会怎么办?”“不先试试怎么会知道呢？明天让我们一起检验你隐藏的潜力吧!”我鼓励他，他笑着抓自己的脑袋。

虽然在演讲方面我有很多经验，完全可以把一切都规定好，告诉他如何去做，可是我没有这样，希望他感到这是一种自己主导的事情，我只不过是一个可以提供参考和建议的观众，让他体会其中的乐趣，让他主动地去做，而不是执行民警命令的“机器”，并且符合自己心理的动作和语气才是最真实的，才会脱离“假”的印象，才会真正感动自己从而感动别人。

很多同事都认为因为我自己会演讲，所以有足够的经验去辅导学员，其实不然，经验的分享只是一部分，更重要的是在辅导过程中与学员的交流，引导他们从中体味人生、体味真情，放下所谓的演讲“外套”，自然地表达自己的内心，而且我从来不和他们制定想要取得名次的规划，这是我辅导学员们取得进步最有效的方法，曾经的李雨晨就是最好的一个例子。

梅有话说

真性情才是真经验。人生，就要多一些真实，少一些虚伪做作。

“说客” 的终结

10 月 30 日

虽然明天张忠翔就要参加比赛了，但今天是周二，我还是选择先和金凯见面，好几周都没有和他好好聊聊了，所以再紧张的赛前准备也先放一下，因为我是他的“妈妈”。

金凯说现在一切都挺好，自己的劳动速度很快，与其他学员相处得也不错，想好好表现，在年终评比中评个“优秀学员”，这样说不定二月份就可以回去。看着他微笑的面庞，我突然觉得他已不是那个第一次坐在我对面的男孩了。他整个脸都是舒展的，没有深锁的眉头，没有怨恨的眼神，没有因不愉快而咬着牙、轮廓鲜明的脸庞，舒展轻松的表情让他的五官看起来柔和而纯净，原来美丽的心情可以让人的容貌更阳光。

我们交流的主题再次聚焦到张超的身上，就是那个年龄最小的学员，金凯经常帮助他。金凯向我“诉苦”：“他可把我害苦了，每次起床叫他一起去刷牙，他不去，等我刷完了，他又要我带他去刷，被子也不会叠，我教他后，他连叠被子的劲都不想出，在劳动方面他也慢得很，是全队中最慢的一个，他完全是个小孩。”

说起这个张超，金凯完全像一个大人对待一个小朋友，边说边笑，有点哭笑不得的感觉，似乎“爱”并“无奈”着，那种内心的柔软让我的心也随之暖融融的，一个小时候缺少母爱的孩子现在能像一个大人、像一个母亲一样看待身边小些的学员，把别人的缺点和给自己添的麻烦当作一种无计可施的玩笑，如此宽容让我感动。

我好长时间都没把谈话主题放在金凯自己的身上，因为我不愿意不断重复那些看似鼓励的套话，空洞而遥远，无法让内心有所感悟，我更愿意让他和我一起分享他的生活，在这种分享中去支持他正确的做法和主张，将目光投向身边的人，从而窥见他最真实的内心，无须说要感恩，因他已在感恩生活，无须说要付出爱心，因他已让别人体会到爱了。

作为一个教育者，当我们说完了想说要说、想教要教的话后，也许就到了不需要说、不需要教的时候了，因为还有更多的生活点滴和难以言表的内心需要分享，需要我们用行动去支持、去鼓励。也许我以前曾经这么做过，但那是无意识的，我也曾经非常在意自己“说”得可好，“教”得可深入，可是现在我觉得一切都变得更自然，我深深地感到，教育者应该是一个好的生活伴随者、分享者，而不是一个“说客”。

✻花絮：

这次交谈仍然被人为地打断了，因为大队民警想与我谈演讲的事情，所以我们只好盼着下周二的到来，可能一个妈妈永远都觉得和孩子有说不完的话，永远都会觉得时间短，就算我们的交谈已有一个小时，我仍然觉得是短暂的。

梅有话说

“一个好的教育者是一个分享者，而不是一个说教者”，说得真好！让我们努力做一个爱心的分享者，去分享，去聆听，去启迪，去帮助成就孩子们！

我叫张忠翔，我要做到最好

11月1日

演讲比赛昨天下午已经结束了，我得到的消息是：张忠翔抽到第一个出场的签，十个选手中得分排名第六，最终只获得三等奖。带队的领导说如果出场晚一点，得二等奖是没有问题的，但运气似乎不佳。

早上来的第一件事，就是去看看张忠翔，他脸上写着歉意和不甘，他认为自己讲得很投入，普通话也注意了，听众们都认真地在听，自我感觉可以得二等奖，就差那么一点点，与二等奖擦肩而过。

“我们的目标是讲出自己的水平，如果达到了，觉得自己讲得很好，那说明你的表现是让自己满意的，我们都努力了，至于结果，不是最重要的，而且比赛受各种因素的影响，可能所有比赛中第一个出场的选手在分数上都吃亏，不过这并不影响他在听众心里的感受。比赛结束后有人说你讲得好吗？”“有，有好多人都说我其实讲得挺好的。”“很好，一个表演者最需要的是观众的认可，我们得到了。”

他还是心有不甘，因为比赛前他曾决心至少要得个二等奖，结果和自己想象的不一样，且运气不佳，所以心里自然不能在短时间内心平气和地接受这个结果。我没有多说，只是拍拍他的肩膀，用坚定的眼神给他以力量和肯定，接下来就由他自己去慢慢咀嚼和消化了。

整个演讲辅导在这一刻才算真正完成，而不是在演讲比赛结束时，自我感觉这项任务完成得还不错，化解了他的消极情绪，打开了他的积极情绪，让他变得投入，让演讲不再“假”，我们一起为目标努力，他不再考虑实际到底有多少收获，我们收获了忙碌和充实，他收获了自信，能够站在舞台上尽显自我。可能这次演讲是他人生中最后一次演讲，因为他出所后可能会出去打工，很难再有这样的舞台、这样的机会去演讲。我坚信这次经历会是他一生中宝贵而深刻的记忆，因为他在这个舞台上深深地感受到了“我叫张忠翔，我要做到最好!”

这个孩子在这个月就要走出这里，我把这篇帮他修改的演讲稿保存了起来，也保存下我对他的记忆。

附

小理想　大愿望

张忠翔

尊敬的各位领导，民警老师们，你们好，我是学员张忠翔，今天我演讲的题目是《小理想 大愿望》。

不同的人对理想会有不同的理解，我认为理想就是能让我为之奋力追求的一个目标。它不能只是一座让我遥不可及的空中楼阁，而是通过我自身的努力，能够一步一步实现的美好愿望。

如果您要问我的理想是什么，那么我会告诉你，我的理想是：等我成年以后，我要努力当一名合格的好父亲。请大家不要笑话我，这就是我最真实的理想，它来自于我成长的亲身经历，可能对于别人来说我的理想不可理解，但对于我来说这个理想是那么的沉重和来之不易。

16岁的我，如今来到了这里，这是我人生中非常沉痛的教训。还记得刚来时，我经常彻夜难眠，望着窗外的夜空，我的大脑被无尽的思绪拉回从前。在学校第一次被人欺凌后，我回到家里感到那样的委屈和无助，父母对于我来说只是一年见一次面的陌生人，年迈的爷爷总是有做不完的活，我只能在心里对自己说，过去了，以后就不会再发生了，可事实并非如此，同样的事情还是经常发生，只有在一次愤怒的爆发还击以后，我发现，再也没人敢无故地欺负我了，我兴奋极了，慢慢地也学会了用拳头说话，看见那些惧怕我的目光，我得到了一种空前的满足，我变成一个“混混”，我把成为黑社会老大作为自己的理想，有了敲诈勒索等不良习气，最终落得如今的结局。我曾经在心里无数次地责怪我的父母，哪怕吃得再差、穿得再差，我也希望每天回家后能看见自己的爸爸妈妈，而不只是电话声中的那几句：爸爸妈妈也想你，要听爷爷的话，好好学习……他们不知道我有多少思念、迷茫、无助和委屈想向他们倾诉。

在这里，通过民警老师的耐心教育，我改掉了许多以前的坏毛病，日常的文化学习和丰富多彩的活动，充实了我的大脑，让我学会了思考。特别是这里的“爱心妈妈”，让我感觉到了久违的母爱，教会了我许多做人的道理。再次回想自己的经历，我无颜以对，为什么那么多留守儿童能够成材而我却犯了错呢？如果我能够多理解父母一点，能够体会他们为了生活而奔波的苦，如果我的第一个理想不是做黑社会老大，而是树立一个正确的理想、立志做一个对社会有益的人，好好学习，用知识而不是用拳头赢得别人的尊重，我想我是不会走到今天这一步的。

当认真阅读完《理想点亮人生》这本书后，我决定把做一名合格的好父亲作为自己的理想。可能，我的理想在别人看来不太崇高，甚至显得有些怪异，但是对于我来说，却是我人生中最大的愿望。因为，一名好父亲，能够给孩子一个美好的童年，社会就会因此少一个不幸的违法少年；一名好父亲，能够给孩子好的教育，社会就会因此多一名优秀的有为青年。如果每个父亲都能够成为合格的好父亲，未来的一代将更加充满阳光和希望，我们的国家才会更繁荣富强。一名好父亲不只对一个家庭重要，对整个社会也很重要。好父亲的标准其实很高，不是那么容易做到的，它需要我用一生的努力去实现。我要痛改前非，踏踏实实做人，以后组建一个幸福美满的家庭，给孩子温暖和无微不至的关怀，让他健康成长，让他感受到爱，学会付出爱。我会用实际行动教会孩子明辨是非，如何做人，我会用我的智慧和汗水成就美好的生活，引导孩子树立正确的人生目标，用自己的一点光亮，回报社会，感恩生活！

谢谢大家，我的演讲完了。

梅有话说

但问耕耘，莫问收获。人生，努力了就是一种自我肯定，能够自我肯定就是一种成功，因为，你没有活在别人的评价里，没有丧失真的自我。努力吧，少年！

蜕变

11 月 6 日

明天有帮教团体来所演出，学员们也要出两个节目，所以今天下午所有的学员都在进行节目排练。

我和金凯的谈话依然在民警的办公室里进行，这种环境总是让人有些不放松，但是只能这样。今天还是会见日，金凯的父亲和爷爷都来看他了，奶奶因为晕车，这次没有来。

这个下午的交谈是一次深入的沟通，我们探讨了许多问题，时间也很长，因为内容太多了，所以列出关键词，以避免内容杂乱。

关键词：房子

会见时父亲说想要在城里买个房子，等金凯回去后可以住在城里，他们现在的房子在农村，离城里有些远，买房子大概需要二十万元钱，父亲说可以先付一部分，然后再每个月还贷款。金凯决心出去后好好做事，和父亲一起来供房子，他脸上洋溢着将要住进城里的喜悦和期盼。

关键词：工作

他出去后，父亲会帮他找一份工作。金凯告诉父亲，不管是什么工作他都愿意干，哪怕是到工地去打小工。他向父亲保证自己不会再犯错了，他会努力靠自己过日子，早日自立。我问这些话以前是否对父亲说过，他说这是第一次。说到这里，他流下了眼泪。我没想到他会在这时流眼泪，也许在他心里觉得为有这样的认识，自己付出了太多的代价，也许在他心里这个承诺十分重要，不管是什么样的心情，他的眼泪告诉我他说这些话时的心是真诚的。

关键词：转变

从不愿意工作、只想去抢别人的，到现在深刻明白要自力更生；从对他人的行为十分介意和计较，不能从怨恨中抽身，到现在主动关心帮助他人；从对父亲的误解到对父亲真心的感恩；态度从消极到积极，他有了很大的转变。

我问他这些转变的原因在哪里。

他回答，是因为劳动和“爱心妈妈”。劳动让他感觉到了从来没有过的快乐，每天都想去劳动，想做得快些，想超过比他快的人，想要成为最快的人。

我问他为什么会有这种积极的态度。

他说因为惧怕，怕别的学员嘲笑他。他从小最怕别人笑自己，以前别人笑自己没妈妈，自己就和他们打架。在不能完成任务的日子里，他也觉得害怕；初到这里，各种不适应，各种陌生，他心里充满恐惧，想逃出去，想让爸爸找关系把自己弄出去。看来一个学员最难过的是陌生环境关，也许“爱心妈妈”应该出现在他们刚来这里的那一刻，这样，他们的心里多少会踏实些。

在这样的一种恐惧中，他经过挣扎，最终觉得只有改变自己的现状才能够让别人不再嘲笑，所以他开始努力做事。当第一次完成任务时，因得不到信任，他甚至被怀疑是偷了别人的成品。他不气馁，努力做得更快，现在没有人不相信他了，他的排名已经在前三名了。

说完这些，他把目光投向我，我知道他准备解释“爱心妈妈”对他的作用，这时，我打住了他想说的话：你是个了不起的小伙子，在艰难的时候选择了坚强，在别人的嘲笑中选择用自己的行动得到别人的尊重，有你这样的儿子，我很幸运。之所以这样做，是因为我不想让他用语言来表达我对他所起的作用，也不想听他说“谢谢”之类的话，我希望我们像一对真正的母子，有足够的默契，不需要言语，不需要道谢，一切自然流露，一切的喜悦都在笑容里绽放，所有的悲伤都在眼泪中流淌。

关键词：爱

我问他，如果回看自己以前的生活，从一个孩子的角度来看，什么可以使他不走上违法犯罪的道路，未经思索，他便坚定地回答：“爱！”

“如果有爱就不会走这条路？”

“是的，如果有妈妈在，如果别人没有笑我没妈妈，我就不会去打架，就会好好上学。”

“想妈妈时你会告诉爸爸吗？”

“没有和爸爸说过，我和爸爸很少说话，几乎不说什么，后来我很少回家，一年 365 天我可能只有 60 天会和爸爸见面，一般我在没钱时才会去找他。”

“那你想妈妈时会和谁说呢？”

“和姐姐说我想妈妈了，我们也会互相说。”

我不知道那个小金凯是如何与姐姐相互述说对妈妈的想念的，但我知道不管如何表达，都无法让一个幼小的心灵停止对母亲的想念，没有他人的安慰，没有人告诉他该如何找妈妈，没有人代替妈妈来爱他，那种在无奈悲伤中的挣扎是我所不能、也不敢去设想的，小小的、柔弱的心就这样一次又一次被现实割裂，直到无力再恢复，直到这个小小的心灵从那些“朋友”中寻找安慰和需要。作为母亲，我的心里也因此受伤，我没办法让时光倒退，我无法穿越时空去安慰那个小小的他，我不想现实对孩子们对此冷酷，可是伤害从未停止。此刻，我心里被无奈占据，甚至有些失望，多想让母亲们都能多爱孩子一些呀！

“天下的母亲都爱自己的孩子，如果母亲放下孩子，一定是有很多不得已的原因，我们应该理解母亲内心的苦。”

“嗯。”金凯点点头。

关键词：宽容

我称赞他：“你很了不起！”他有些诧异。

“你的宽容是很多人做不到的，虽然你也曾经对很多事情耿耿于怀，但是你最终选择以宽容的胸怀面对一切，你宽容了妈妈。也许很多孩子会记恨远离的妈妈，会一直不原谅，而你不管是否有怨言，都没有执意去追究妈妈为什么会如此狠心，你心里留着对母爱的渴望，对母亲的想念和宽容。”

“你对学员也很宽容，比如说对张超。”

“我实在是拿他没办法，有时也烦他，可他还是那样，什么都不懂，只有帮他。”

“也许以前的你遇见这样的情况会选择真正地烦他，会不理他，会讨厌他，而现在的你把这些由他带来的不便变成了一种无可奈何的原谅，没有排斥，你宽容对待他的不懂事，有你帮他，他对陌生的环境至少不会像你当初来时那般恐惧，你的宽容和友爱让身边的人感受到了生活中爱的存在。”他摸摸头，说：“我没想这么多，只觉得他是个小孩。”其实这个孩子也只比他小两岁，这说明他已经可以站在更高的层次来看待一些让自己不快乐的事和麻烦事了，他成长了，他在不知不觉中学会了付出爱。

关键词：坚定

他现在的状况很不错，问及如果有人再让他帮忙做点违纪的事情，他会不会同意，他坚决地说不会。我扮演拉他违纪的人，作了很多利用人情、面子等方法让他一起违纪的假设，他都拒绝了，他只坚定一条：不管怎么说，违纪的事情我都不干，不违纪的忙可以帮。我又假装出所后拉他再次吸毒重走老路的人，让他像以前那样去做来钱容易但是违法的事，他强调：不会了，我再也不会吸毒了，自己赚的钱还是用得踏实些。我又设计了一种情形：“如果别人嘲笑你做的既辛苦拿钱又少的工作呢？”“我也会坚持的，我现在不怕吃苦，不怕累。”他的坚定至少在这一刻是不可动摇的，希望出去后的他能固守这份坚定的自食其力的信念。

我们的谈话一直持续到快下班的时间，结束后我觉得有一种满载而归的喜悦，我们希望从工作中得到的不正是这些吗？脑海里不由得浮现出“情不知所起，一往而深”这句话。

梅有话说

这就是一个少年的成长和蜕变。只要有爱心，只要有耐心，给予孩子们成长的机会，社会就没有坏孩子，只有暂时没有长大的孩子！

爱的不同表达

11 月 18 日

今天是值班的日子，中午去食堂吃饭，一大队的学员也正巧开饭了，一进食堂大厅的大门，我的目光就不由自主地去寻找金凯的身影。当我把目光投向他时，他正冲着我笑，我示意地点了点头，有种想走过去的冲动，但迅速改变了主意，直接走向了打饭的窗口，这种思维的转换可能只有一秒钟。

是什么让我在短短的一秒钟里改变了脚步的方向？是什么让一个“妈妈”看起来有些“冷”？是什么让我只对“儿子”投去了一个相遇后充满喜悦的眼神，却没和他说几句关心的话？我本来是有话要说的，因为周二的“爱心妈妈”活动日省局领导来所检查，我没能去看金凯，想和他解释一下原因，可是由于还有那么多学员都在那里，我改变了想法。也许我的到来和简短的交谈会让金凯觉得温暖，可是还有那么多的孩子，他们看到这一幕也许心里会不好受，这种心理的落差也是一种无形的伤害，虽然我无法去让更多的孩子获得爱，但是却不能因为爱一个孩子而伤了其他孩子的心。

我曾说过做母亲是一种情怀，不被人察觉的眼神交流已传达了我的爱，而改变自己脚步方向的行为更是一种爱，一种对其他孩子的爱。

希望金凯不会因此而对妈妈失望，能够理解做妈妈的心境。

梅有话说

爱在细微处表达，更成熟、更理性的爱！赞一个！

努力的结果让我明白要更努力

11 月 20 日

周二，孩子们在操场周围种树，有很多从院墙周围移出的树要种在那里。

我走向操场，先看见了可爱的小家伙张超，他拿着一把小铁锹挖着土，我问他以前种过树吗？他摇摇头。我问：“有劲挖土吗？”他坚定地回答：“有劲！我在少林寺学过武！”一副很骄傲的样子。“那你会打什么拳呢？”，“八步连环拳！”，我笑了起来，他的样子让人觉得可爱得不得了。

我找到了金凯，他和几个学员正在挖树坑，问他们是否喜欢在户外种树，得到的回答居然是否定的，我还以为他们更愿意亲近自然呢！金凯说：“习艺又换了项目，新项目特别小，虽然只用绕八圈线，却很不好做。”几个人都转过来应和。

看见另一名学员有些面熟，问他是不是新学员，他说：“也不新了，虽然来的时间不长，但是也快要走了。”我想了想，原来是上次表演过“三句半”的学员，怪不得如此面熟。

“你很有表现力，表现得很生动，‘三句半’的稿子是不是你写的？”

“不是我写的，要是我写会更有趣。”

“是吗？那你应该写一个，就算你走了，也可以由以后的学员来表演。你叫什么名字？”

“王杰逊！”

“噢！”

他停了一下说：“我认识你！”

“是吗？”

“你是‘爱心妈妈’里最好的一个妈妈。”

“‘爱心妈妈’都很好。”

他又挖了一锹土，笑了一下，不过这种笑有点冷。

“你有‘爱心妈妈’吗？”

“没有。”

“是什么原因？是不想要还是？”

他没有回答，只是淡淡地笑了笑，我也没有再追问了。

天下起雨来，我只有回办公室了，这周的“爱心妈妈”活动就这么结束了。

没想到，没有“爱心妈妈”的学员对“爱心妈妈”们如此关注，还在心底有了评价，我以为只有金凯会在意我的到来。一名“爱心妈妈”也许只是对一名学员进行帮教，其影响却可以辐射到更多的学员，也许“爱心妈妈”的表现会让他们对这个世界有不一样的看法和想法。我不知道他冷笑的确切之意，但心里却为之一沉，当妈妈容易，当好妈妈却不容易，“爱心妈妈”也是如此。

晚上睡觉前我和先生谈到这件事，他鼓励我：“你很久没人表扬了吧？这个学员说你是最好的‘爱心妈妈’，这是什么都换不来的真心表达，你要加油哟！”“他的肯定让我觉得自己还要更努力，不敢有半点松懈了。”我回答。

梅有话说

一件事，评价众多，这很正常。但是，我们也应该了解评价者的出发点和实际动机是什么，这样会更有利于帮助我们开展工作。

茫然

11月27日

全家人几乎同时都患上了感冒，宝宝也没能幸免，不停地流鼻涕、流眼泪，一副可怜的样子，晚上身上发热，睡不好，从深夜两点直到凌晨五点半才睡着。等他睡着了，我却睡不着了，宝宝每次生病都是我内心受伤的过程，都说母亲能享受到比别人更多的快乐，我却认为受的伤更多些。

因为不想给宝宝滥用药物，很多时候我都是通过母乳、怀抱以及不停地和他说话来安慰他，帮他度过最难受的时候，我会亲吻他的额头，夸他“很棒”，让他能够在鼻塞时慢慢睡着，每次他因不适而烦躁哭泣时，我都会抱着他轻声地说“妈妈爱我的小宝宝”，或者让他平静下来听我唱他喜欢的歌，歌曲中有他最爱听的故事，是我自编的。

我妈妈说只有抗生素才是最有效的感冒药；而我认为妈妈的陪伴和想吃就有的母乳才是；两岁的宝宝却说吃紫薯能治好感冒，因为紫薯是他近段时间餐桌上的“新宠”，他认为紫薯是全能的。

我妈妈说太爱孩子会宠坏他，而我却认为爱多了不会坏，金凯正是因为爱少了才会有今天的悲剧。睡前我在想，金凯小时候生病时，谁带他看病？谁来安慰他？谁来陪伴他？他那时的需要能有多少被满足？比起他，宝宝算是幸福的了，至少爸爸妈妈都在他的身边。

因为要照顾生病的宝宝，我请了两天假，两天中恰有一天是周二，于是我给大队的民警打去电话，希望他们转告金凯这周我不能去看他的原因，放下电话，我的心里才好受些，不然总觉得心里过意不去。

天下有很多幸福的孩子，可是也有太多不幸的孩子，当我们的孩子享受幸福时，一定要想想可以为不幸的孩子做些什么，这也许是我们感恩生活最好的方式，只是虽然我现在想到了却做得不够，一直没为金凯做些什么，这也是我曾经沮丧的原因，对“爱心妈妈”的工作，我也感觉有些茫然。

梅有话说

爱要理性，只有理性的爱才不怕多。爱自己的孩子如此，做“爱心妈妈”关爱孩子们更是如此。只要有理性，心中就不会茫然。

若过往不能重来，不如书写未来

12 月 4 日

上周因为宝宝生病，没有见到金凯，请民警转告我没到的原因，可惜他没能把话带到，不过金凯说他知道我一定有事，也许是在开会来不了，看来他知道他的“爱心妈妈”是不会无故缺席的。

据他描述，每个星期从车间起身来见我时，旁边的学员都感叹他有这么好的一个“爱心妈妈”，都会向他投来羡慕的目光。我疑惑：“不是有很多学员不愿意选‘爱心妈妈’吗?”“他们不是不想，其实每个人心里都想，只是有的不好意思说，有的不知道应该选谁。”

看来“爱心妈妈”的选择和结对还不能只是一个简单的见面和认领，孩子们需要一个空间和时间的了解。

我问他：“在学员们心中，什么样的‘爱心妈妈’是他们喜欢和需要的，他们希望‘爱心妈妈’做些什么?”

“关心，还是关心。”

“什么样的关心?”

“交流，以前在外面不愿意说的，还有在这里没人可以说的，就和‘爱心妈妈’说。”

“那只愿意和‘爱心妈妈’谈这里的生活还是所有的一切?”

“希望什么都谈，就像贾妈妈你和我一样，谈很多方面的东西。”这是金凯第一次这么称呼我，并且直接地称我为“贾妈妈”，而且那么自然。

“有了‘爱心妈妈’，而且‘爱心妈妈’每个星期都来看我，我觉得心里好过多了，如果每个学员都有‘爱心妈妈’，而且每个星期都能来看他们，那该有多好！”

“我能为你做得很少，只能是一种内心的陪伴，很多时候我都在惭愧，我无法弥补你过去的缺憾，无法让时光逆转，因为当时那个失去妈妈的小金凯我不认识，有时我真希望一切可以重来，我愿意把小金凯接到身边，做他的真妈妈，可这只能是一种想象，现实中我可以为你做的真的很少。并且我没能做到对你如亲生孩子一样，我的宝宝生病了，我日夜不眠地照顾，而你生病了，我只是问问情况，知道你看了病、吃了药就放心了。而且那次你感冒了，你站在离我有一步远的地方，怕传给我，我也没有走上前去，为此我很自责，因为我怕把感冒病毒带回去传给我的小宝宝了，也请你原谅我，这些我本来想在你走时说给你听的，今天不小心说出来了。”

金凯流着泪说：“贾妈妈你对我已经很好了，我小时候发高烧，爸爸根本不管我，姐姐把我带到爷爷家，爷爷才把我带到医院去打针，没有吃的就自己做，没人管我的。”

“你现在还会经常想妈妈吗？”

“还会想，一想就哭。”

“我没有办法帮你找回妈妈，这也是让我很无奈的问题。”

“她不会认我了，如果愿意认我，不会我这么大了还不来认的。”

“你能想念妈妈不记恨妈妈，这种宽容让我感动，你幼年缺少母爱的伤口可能永远都在那儿，要想让伤口愈合，可能只有通过你成年成家立业后，用自己的双手创造一个幸福的家庭来实现，可能这个家庭不太富裕，但你能给妻子和孩子一个安稳的生活，让孩子享受父母的爱护，那时你对孩子爱的付出，可能才会让你内心的伤口不再流血。当我们失去的不可能找回时，也许只能用付出来抚平，让你的孩子获得幸福就像那个童年的自己获得了幸福一样，你的生活会因这种不同的方式变得完整。当然，这需要你能够把握自己，能够踏实生活，能用自己的双手和汗水，尽一个父亲的责任。”

金凯边流泪边微笑着点头，可能他从我构建的未来中看到了自己被抚平的伤痛。

还有两个月就要出所了，问他有什么打算，他说爸爸想让他学开车，可是自己想学厨师，爷爷和叔叔也想让自己学厨师，因为他们觉得自己做的菜味道很不错。“开车可能以后人人都会，以此为生不是长久之计，厨师是一技之长，我觉得当厨师挺不错，如果爸爸不同意，我可以在会见日时和他商量一下。不过当厨师也不是那么轻松的事，你出去以后能静下心来去学，静下心来去做吗？比如说气温很高时还在炉前烧烤？”“我不怕吃苦，现在天天都想做得比别人好，看见别人做得快，自己就想做得更快。以后我会好好做事的，不会像以前，无论什么事只做两天就跑了，以后再也不会了。”

他快要出所了，我一直在想送点什么给他，可是一直想不到合适的，我问他需要什么，他说不要我送他东西，只希望出去后还能经常和我联系，有事情可以和我谈谈心就行了。不过最终我还是把想出礼物的任务布置给他了，他笑了起来。

梅有话说

人生，只能不计前嫌，一路向前走。祝福孩子们！

孩子的不幸是这个世界的悲哀

12 月 6 日

十二月的会见日就是今天，我一早便在管教区的大门口等待金凯的家人来会见。他们来得比平常晚一点，没有能赶到第一批会见，不过我因此有了更多和他们交谈的时间。

金凯的爷爷、爸爸和继母三个人一起来看他，我第一次见到他的继母。他的爸爸向她介绍我后，继母说金凯在电话中经常提到我，继母看起来年纪有些大，但是衣着打扮却显得年轻，言谈中让人感觉通情达理，很容易沟通。谈到金凯出所后的问题，爸爸确实想让金凯学开车，我说他自己想学厨师，掌握一技之长，并且他对炒菜有兴趣，继母附和说金凯炒菜真的很不错，味道很好。我提出孩子出去的头几年还是重新犯罪和复吸的危险期，如果能学习他想学的技艺，并且可以以此为生，如学厨师，不管是去餐馆打工，还是自己开个小炒店，生活应该都是有一定的保障和安定性的，长大成人后，有了一定的自控能力，可能就不会再重走老路了，不然之前领悟的道理很可能在面对现实重重的困难和诱惑后化为泡影。他的继母很怕他改不好，不太相信他能够重新开始。我说：“至少现在他是想改好的，他不愿意在任何方面输给别人，不再违纪，还乐意帮助别人，他的心里有很多美好的东西，而且他现在不像以前怕劳动，总想抢着做事。我们谁都不能保证他出去以后一定会做到什么样，但是至少我们尽力为他铺平了道路，尽了我们的一份心，履行了我们的一份责任，如果这样，他仍然走了老路，那是他自己的选择，我们也没有办法，但是如果可以为他做的却没有帮助他的话，我们的心里一定会为此难过的。他是一个可怜的孩子，不能让他今后都在这种不幸的阴影下度过，再说，如果他未来能够好好生活，你们做父母的也可以少操些心。”

继母点点头，把眼神投向他爸爸，说：“学厨师可以，好找工作，以后自己干也行的。”爸爸没有什么表情，也没有作答。这时金凯已来到会见室，爸爸去和他说话了，我和继母继续谈话。

我说：“金凯曾经说过，虽然你不是他的亲妈，但对他不错，只是自己不听话，走了错路。你比亲妈做得更好一些，以后他回去了，你和他的爸爸就是他的依靠和支柱了，他从小没有妈妈，很可怜。”

我的话打开了继母回忆的闸门，她娓娓道来：“他的妈妈和爸爸是在外面混的时候认识的，十四岁的时候他妈妈就和他爸爸在一起了，十五岁就有了他的姐姐，那个时候他的爸爸只有十九岁，一年多后又有了金凯。后来，他的妈妈又和同村的另一个人有了孩子，就和别人走了。他的爸爸不想管孩子，看见孩子就打，两个小孩可怜得很，是命大才活过来的。我四年前和他爸爸结婚，我的前夫因脑溢血去世，我有两个女儿，现在都出嫁了，一个儿子在部队，现在已是士官。我找了金凯的爸爸后，我的娘家人都和我断了来往，因为当时他们家乱得很，两个孩子既没人管又不听话，他的爸爸也没有正当的工作，起初告诉我他在服装厂工作，可事实上他是帮别人要账的。第一次到他们家是在大热天，当时他的姐姐已经十四岁了，却没鞋穿，热天还穿着一件破春装和一条很小的裤子，没有内衣、内裤。第二天我花了几百元钱去给她买了几件衣服。现在我两个女儿的旧衣服都给她穿，她穿的足够多。你想象不出来孩子有多可怜，那时的金凯，没有钱就卖家里的东西，什么东西都拿出去卖，包括他爷爷家的棉花、谷子都卖。后来他还吃上了麻果。你说我的家人怎么会同意我嫁进这样的家庭，我好不容易养大孩子出了头，又掉进了这样的生活困境中，家人都觉得我不可理喻，我只当是前世欠这一家的。后来，我把他的爸爸和姐姐都弄进了我所在的棉纺厂上班。姐姐也是从小没人管的‘野孩子’，上不了几天班就想跑，我就和大门的保安商量，没有我陪着，不让她出大门。怕她乱花每个月的工资，我就帮她存在卡上，卡交给她的姑姑管，以后有用的时候再用。他的爸爸自从和我结婚后，四年以来都在厂里上班，工作很努力，技术也不错。以前给金凯找事做都是干两天就不干了，连带的被子也不拿回来，棉花絮都不知道丢了多少床，所以我感觉他学不好，不过你可不要告诉他这些。”

看来这是个了不起的女人，不管因为什么和金凯的爸爸走到一起，能做到这样确实了不起。我说：“你不是欠他们的，是上天派你来拯救他们的，不然谁来关心他们，帮助他们呢？你是个了不起的好妻子、好妈妈！”

“你是个好人，不是自己的孩子还对他这么好，我们做得不好，下次来时我想给你带些农村的豆丝、糍粑感谢你，我们也没什么好东西。以后他出去了，你还是要帮我们管着他，有时间了请你去我们那里看看他到底怎么样，这样他会好好做事的。”

“东西不用带，你们的心意我心领了。二月份他出所时你们准备来接吗？怎么打算的？”

“来接！找儿子战友的车来接，已经和别人说好了，接到后带他到武汉买衣服。”看来家里都已经计划好了。这时金凯的爸爸过来要继母过去，说金凯要和她说话。

他们聊了很长时间，后来继母告诉我："他说出去以后要好好孝敬我，以后老了养我，我告诉他以后你会去我们家看他的表现好不好，所以一定要给'爱心妈妈'争口气，不能再学坏了。"

金凯的爷爷过来对我说："你对他好，如果他不听你的话，你就狠狠地打他，帮我们打。"

"那可不能打，毕竟孩子大了，回去后，你也要劝劝他爸爸，不要打孩子了，要多和他谈谈心，不然越打越有逆反心理，方法还是要注意的。"

在和他爷爷的聊天中得知，老人今年68岁，种了十七亩田。虽然我不知道十七亩田是什么概念，但是从他自豪的表情中我看得出来，一定是一大块地，他说自己什么病都没有，累点也不怕。老人脸上的皱纹如同石刻一般，想来日子一定是辛苦的，不过没病、能做事，也是一种福气，希望他的身体能一直如此健康。

期间有另外一对父母向我打听自己孩子的情况，我不认识，无法回答，他们问我为什么自己的儿子没有"爱心妈妈"，我说"爱心妈妈"是孩子们自己选的，有些孩子不想选所以没有。这位妈妈显得很失望，看着旁边同来的人说："有个'爱心妈妈'怎么不好，为什么不要呢？"

张超的妈妈也来了，我和她聊了聊张超的趣事。我告诉他的妈妈，张超向我们投诉班长不让他吃零食，其实吃零食是要按时间的，而不是想吃就吃的，但他想随时吃。他的妈妈听后说："环境一适应，他的坏毛病就会显出来，你以后多帮助他。"

"虽然我不是他的'爱心妈妈'，但是去看我的'儿子'时我也会问问他的情况，并且我的'儿子'和他在一个小组，他也在生活中帮助他，你放心吧！”

会见结束的时间到了，我把金凯的家人送出了大门，下下次再来，他们便可以接金凯回家了，我心里既高兴也略有些失落感。

梅有话说

有家的孩子就有爱，有爱的孩子就该有未来！孩子，加油！

孩子们都要考试，只是考题不一样

12 月 11 日

自从上次会见后，我还没有见过金凯。不知道他和家人沟通得如何，所以盼着周二下午早点到来。到时间了，我们在谈话室坐下，他很高兴，说家长同意了他当厨师的想法，出所时可能正是过年的时候，等年一过就去学。他的表情告诉我他信心百倍。

我说："听说你以前做事都不能坚持下来，所以你的家人担心这次也会这样，我把你的变化告诉了他们，说这一次你会坚持下来的。你可要用你的行动证明我的保证是对的哟！"

"这次不会了，真的不会了，我想了很多，这一次到这里来，家长还来看我，是对我还没死心，觉得我有希望，如果这次出去后仍然走以前的老路的话，再进监狱，那就会让他们对我真的失望，不会再抱有希望了，也会离开我的，并且到时候别人也会笑我爸爸有这样的儿子，爸爸老了也没人管他了，所以我真的不会了。"看来他对自己今后的生活还是想了很多的，也清醒地认识到不能一错再错了。

"你的继母说因为你吸毒，所以无法相信你"，"我决心戒掉，以后我连烟也不抽了，一定戒掉。"看来他的决心很大，不知道是否能做到。"戒烟是个不错的主意，抽烟对身体没好处，更何况以后做厨师了，若炒菜时抽烟，客人们可就惨了，连烟灰一起买单了。”他开心地笑了，笑得很灿烂。

“你现在想得最多的是什么？”

“一天下来不违纪，我就战胜了自己，这一天我就胜利了，劳动任务超额完成了，这一天我就成功了。”

“一天不违纪就取得了一天的胜利！这是很好的鼓励自己的格言，是从哪里看的？”

“我自己想的！”

“很了不起，水平很高，对生活感受很深刻哟！建议你把这句话介绍给更多的学员。”

“我遇到不开心的事情时就会想想高兴的事，想想这句话。”

“不开心的事？遇到了什么不开心的事？”

“张超冤枉我偷他东西吃。”

“你应该不会这么做，更何况你一直在帮助他。”

“他跟民警这样说了，民警把监控调出来一看，根本没有这回事，后来民警批评了他，说我对他这么好，他还冤枉人。”

“他为什么要这样呢？”

“他后来对民警说是因为自己吃零食被批评了，心里很气，也想让别人受批评，所以就这样说了，现在他又调来和我一个组了。”

“他年纪小，是有些小毛病，虽然当时可能会觉得气愤，不过等你出去后再回想时，也许觉得是个好笑的事情。”

“我没和他计较。”

“你的宽容和大度值得大家学习，这是你的优点。”我利用一切机会去肯定他的优点，多给他点正能量。

“听说你的菜做得不错，有没有什么拿手的菜？”

“我会做水煮肉片，还可以把腊鱼做得像新鲜鱼一样，烧的鸡也好吃。”

“你做烧鸡有什么秘诀吗？怎么做的？”

“先炒鸡肉，然后放醋，再放调料，最后放酱油。”

“为什么要早早把醋放进去，做好后会酸吗？”

“有醋的香味但不会酸，因为醋可以去掉肉里不好的味道，所以肉会更香些。”

看来他有很丰富的实战经验，这厨艺是从小培养出来的。问他向谁学的，他说看爸爸做过，记下来了。问他小时候是否有机会经常吃到爸爸做的饭菜。这一问，又把他的眼泪问出来了，他哭了，很伤心。

“小时候爸爸总不在家，奶奶有时很晚才会送点吃的东西过来，饿了只能自己弄点饭，有时冷米饭就用凉水泡着吃，因为没有开水。我们很少看到爸爸，有时看到爸爸回来了，我们不想让他走，就抱着他的腿。有一次奶奶拉开我们后，爸爸还是走了，我和姐姐就瞒着奶奶，偷偷藏在油菜花地里，不让她找到我们，我们想去追爸爸，可是追不到，那天还下着雨。”他伤心地看向窗外，似乎那片油菜花地就在那里，那里有童年的自己。

“每个孩子来到这个世界都会遇到磨难，只是遇到的考验不一样，比如你小时候爸爸妈妈不在身边，缺少了爱，心里会受伤，但是你的身体好。我家的宝宝，有父母爱护，可是他要忍受疾病带来的苦恼，他身上有很大块的湿疹，每天很痒，要擦很多药，晚上经常痒得睡不着，身上抓破了，结痂，然后又抓破，贴身的衣服上都是血迹，这是他要承受的苦，如你童年的苦一样，只是‘考题’不一样罢了。”

“没有遗憾，给你再多幸福也不会体会快乐”，想起了仓央加措的诗。

我问佛：为何不给所有女子羞花闭月的容颜？
佛曰：那只是昙花的一现，用来蒙蔽世俗的眼，
没有什么美可以抵过一颗纯净仁爱的心，
我把它赐给每一个女子，
可有人让它蒙上了灰。

我问佛：世间为何有那么多遗憾？
佛曰：这是一个婆娑世界，婆娑即遗憾，
没有遗憾，给你再多幸福也不会体会快乐。

我问佛：如何让人们的心不再感到孤单？
佛曰：每一颗心生来就是孤单而残缺的，
多数带着这种残缺度过一生。
只因与能使它圆满的另一半相遇时，
不是疏忽错过，就是已失去了拥有它的资格。

我问佛：如果遇到了可以爱的人，却又怕不能把握该怎么办？
佛曰：留人间多少爱，迎浮世千重变，
和有情人，做快乐事，
别问是劫是缘。

我问佛：如何才能如你般睿智？
佛曰：佛是过来人，人是未来佛，佛把世间万物分为十界：佛，菩萨，声闻，缘觉，天，阿修罗，人，畜生，饿鬼，地狱；天，阿修罗，人，畜生，饿鬼，地狱，为六道众生；

六道众生要经历因果轮回，从中体验痛苦。

在体验痛苦的过程中，只有参透生命的真谛，才能得到永生。

凤凰，涅槃。

佛曰，人生有八苦：生，老，病，死，爱别离，怨长久，求不得，放不下。

佛曰：命由己造，相由心生，世间万物皆是化相，心不动，万物皆不动，心不变，万物皆不变。

佛曰：坐亦禅，行亦禅，一花一世界，一叶一如来，春来花自青，秋至叶飘零，无穷般若心自在，语默动静体自然。

佛说：万法皆生，皆系缘分，偶然的相遇，暮然的回首，注定彼此的一生，只为眼光交汇的刹那。

缘起即灭，缘生已空。

我也曾如你般天真，

佛门中说一个人悟道有三阶段："勘破、放下、自在。"

的确，一个人必须要放下，才能得到自在。

我问佛：为什么总是在我悲伤的时候下雪？

佛说：冬天就要过去，留点记忆。

我问佛：为什么每次下雪都是我不在意的夜晚？

佛说：不经意的时候人们总会错过很多真正的美丽。

我问佛：那过几天还下不下雪？

佛说：不要只盯着这个季节，错过了今冬。

梅有话说

人生就是一场修行。

重症监护室的孩子

12 月 13 日

上午去了武汉市儿童医院，看到了蔡金轩的妈妈，不巧的是有电视台在录像，为了避开录像，我没有久留，所以对孩子病情的了解还是停留在昨天网上媒体的报道上。

住在重症监护室的孩子是和大人隔离开的，所有的孩子在一间大病房里，家长只能在外面等待与医生的谈话和每天开出的购药清单，孩子只能在周二和周五的特定时间与家长通过视频见一分钟。我觉得这太残忍，孩子那么小，只有三岁，正在经历病痛却不能由家人陪伴。他妈妈告诉我，儿子说很想她，我听着听着眼泪就掉下来了。我拥抱了她妈妈，给她鼓励，我知道她心里有多痛，可是为了孩子不得不坚强。昨天报道的新闻上说妈妈为了给儿子治病，还在外面给路人唱歌讨钱。孩子如果不能治好的话，可能颈部以下都会瘫痪，这样的打击怎么让人受得了呢？

一个看起来并不是很罕见的事，孩子睡觉从床上摔下来，很多人都遇见过，包括我的宝宝也有过两次，可是不幸的事就发生在了这个孩子身上，摔得这么狠，又是农村的，没有太多钱。他妈妈抱着我哭，我当时感觉似乎自己和她是一家人，正在经受磨难。我说每个孩子都会面临考验，希望孩子快快好起来。

晚上我失眠了。

该文后面所附的是登载于《楚天金报》的关于轩轩的有关报道。

——编者注

背景链接

警花妈妈走进“中国梦想秀” 有梦想就不绝望

因为一次偶然的捐助，让一个女警察与一对素不相识的母子的命运紧紧系在了一起。为了帮助那位濒临绝望的母亲走进“中国梦想秀”圆梦，她费尽心思写了歌词，还四处征集曲谱。为了他人如此奔忙的她，生活的压力本已足够沉重。但她说，一个人能有一次全身心投入去帮助他人的经历，这一定会是一个美好的记忆。

“就叫我悠悠妈妈”

2012年12月13日，湖北省未成年人强制隔离戒毒所女民警贾俊从网上看到一条新闻：武汉市新洲区3岁男童轩轩因坠床导致脊椎重伤。在轩轩生命垂危之时，其父母欲将孩子的角膜捐献给社会。不久，孩子挺过了生死关，母亲刘萍转而在街头卖唱，筹钱为孩子治疗。

看完新闻，已为人母的贾俊既同情又感动。第二天，她穿着便装赶到了武汉儿童医院。当时轩轩已经送进了重症室隔离治疗，家长不能进，一周只能看两次视频，每次1分钟。贾俊到达医院时，刘萍当时正默默站在重症室门口。

在确认了刘萍的身份后，贾俊将自己个人的1000元捐款交给了刘萍。看到落泪的刘萍，贾俊便说："我抱抱你吧！"两个素不相识的女人就这样抱在了一起。刘萍大哭，贾俊也忍不住眼泪直淌，她边哭边安慰刘萍："一个孩子来到这个世上都会面临一些问题，就像面临考试一样，只有妈妈坚强，孩子才能坚强，希望你能挺过难关。"

刘萍询问贾俊的姓名和单位，贾俊只告诉她："我也是个孩子的妈妈，我孩子叫'悠悠'，你就叫我'悠悠妈妈'吧！"

搁浅的"平安夜计划"

回家后，贾俊连续两天失眠。看着身边熟睡的孩子，又想想重症室里的轩轩，贾俊心里很痛。她每天都要和刘萍通电话，询问孩子的情况。有时候孩子的病情不稳定，她要打好几个电话。

为给孩子治病，刘萍家里已经花费了20万元，甚至还借了高利贷。医院催款催得急时，刘萍曾一度想到了轻生。贾俊理解刘萍的心情，她觉得，刘萍不仅需要物质上的帮助，还需要心理上的抚慰。

12月24日平安夜，贾俊想到一个帮刘萍筹款的办法——去商场门口募捐。她精心设计了一个精美的海报，上面是一行大字：让我们自己做一次圣诞老人，给生病的轩轩一个生的希望。下面附有媒体报道的图片。

后来，贾俊的家人否定了这个方案，他们都认为，平安夜大家的注意力都在购物，不会注意这张小小的海报，再说人们会不会相信她，也是个问题。在家人的劝说下，贾俊放弃了这个尝试。不过，她还是动员自己的家人和亲朋好友，向刘萍捐款8000多元。

逐梦"中国梦想秀"

轩轩治疗费很高，医生说即便以后出院，颈部神经恢复的时间也很漫长，康复治疗费用不菲。单靠目前零散的捐款，对于刘萍母子来说只是杯水车薪。

有什么办法能让刘萍母子得到更多援助呢？贾俊突然想到了“中国梦想秀”节目，如果刘萍母子能在节目中圆梦，就能让更多的人帮助他们。

当时“中国梦想秀”正招募第五季的追梦人。贾俊从网上下载好报名表格，填好后给节目组发了过去。为了帮刘萍录视频，贾俊在一家KTV订了个小包间，刘萍唱KTV，贾俊就在旁边用DV给她录视频，从下午1时一直录到4时。

就在她们开始录歌时，贾俊接到家人电话，说她奶奶因摔伤被送去了医院，家人要贾俊一起当天下午赶回襄阳，但贾俊坚持把歌录完。视频录完后，电话里传来噩耗：奶奶已过世了。

贾俊把给刘萍录的视频整理后发给了“中国梦想秀”节目组，她一连写了三封信，反复向编导推荐。第二天，贾俊踏上了回襄阳的火车，她一边流着眼泪一边祈祷：奶奶，请您原谅。“……你的呼吸是我希望/你的生命是我阳光/请你再给我希望/请你再给我坚强/我最爱最爱的宝贝/我们一起勇敢我们一起坚强……”为了增加刘萍上“中国梦想秀”节目的机会，贾俊前后花一个多月的时间写出了《让我们一起坚强》的歌词。

为了征集曲子，从不玩微博的贾俊开通了微博。很快，有两个公益人士与贾俊联系，希望为歌谱曲。

3月30日，浙江电视台“中国梦想秀”剧组来汉，第二天还在贾俊的陪同下到轩轩家里拍摄了短片，这让刘萍和贾俊心头都燃起了新的希望。

“爱心妈妈”叫贾俊

作为一个民警，贾俊也是一个普通的“工薪阶层”——有孩子，有房贷。但为了帮助刘萍，她跟家人说，今年全家都不买新衣服了，连孩子的都不买。

贾俊的身体也不好，几年前患过肾炎，又是过敏体质，每年的医药费要花五六千元。因为遗传，她的孩子也是过敏体质，从小身上就长湿疹，每天早中晚都要给孩子全身涂护肤药。本来照顾孩子就需要花费很多精力，可贾俊始终关心着刘萍母子。

贾俊说，自己作为湖北省未成年人强制隔离戒毒所“爱心妈妈”团队中的一员，面对需要帮助的刘萍母子，自然不会袖手旁观。同时，她自己也是母亲，深知孩子成长和做母亲的不易。对于她来说，一个人能有一次全身心投入去帮助他人的经历，这一定会是一个美好的记忆。

去年春节前，执意要感谢贾俊的刘萍将老家送来的糍粑、鱼面送给贾俊，但她一直不知道贾俊的姓名、单位和住址，便来到当初录视频的KTV门口给贾俊打电话。当时正在上班的贾俊来不及换衣服，便来到KTV门口与刘萍见面，刘萍这才记住了贾俊佩戴的警号和司法臂章。她通过司法厅查找警号，一个多月来才第一次知道了“贾俊”这个名字。

（摘自《楚天金报》）

叩开心门的钥匙是真诚

12 月 18 日

今年的冬天感觉特别冷，这两天似乎到了要下雪的日子，但是冷暖关乎个人感受，金凯说一点也不冷，和我的感受完全不一样，他说做会儿事后连棉袄都穿不住了，看来小伙子就是小伙子。

他说一周以来的情况还不错，张超已经没有和他在一个组了，与他同组的是新来的学员，我试探性地问：“你是帮助新学员适应队里的环境还是欺负他？”他笑笑说：“肯定是帮助，不会欺负的。”“我想也是。”我肯定了他的回答。

下午的谈话是从那个不幸的蔡金轩开始的，我告诉金凯，3 岁的轩轩因为睡觉摔伤了颈部，现在面临全身瘫痪，并且这种情况造成了连一个小小的感冒都会导致窒息的危险。我帮助了他，但是能力有限，他们面临高额的治疗费用，却无法付清；小轩轩在重症监护室里独自与病痛战斗。我无法给他更多的帮助，能做的只是每天给他的妈妈打一个电话，给她一些建议，帮助他联系各个电视台的栏目组，希望能够唤起更多的好心人来帮助他们。

我还给他讲了自己曾经在路上结识的一条流浪狗的故事，描述了自己和这只小狗如何成为好朋友，我又如何在半年后的冬天失去了它，我的感悟是：如果想要真正地帮助别人，哪怕只是一个小动物，也一定要行动，一定要坚持、坚决地行动，不要给自己留下后悔的记忆。

我向他解释："把这些告诉你，是希望你知道，我们获得的幸福和快乐，哪怕只是一点点，也要感恩生活，因为还有很多人连这一点点也没有。如果我们在享受幸福和快乐，请帮助不幸福的人，这也是我们感恩生活最好的方法，也许我们能力有限，不可能从经济上帮助所有的人，可是我们可以力所能及地给他们一些帮助，也许是一个拥抱，是一个微笑，给他们一点勇气和鼓励。"

"好，我以后会这样去做。"

"我以前告诉过你，要爱你的家人，今后成为爸爸，要给孩子更多的爱；现在我想说，也要给身边的人带来温暖，我们的行为不一定要得到别人的回报、认可，我们收获的是感受，我们的付出会得到内心的踏实，我们的胸怀会因此更加宽广，甚至我们脸上的线条都会因此变得好看。"

"我知道，我也觉得人好脸上的表情也会好看。"

"我希望看见善良、感恩、有责任的人，希望你让我相信，你只是一个迷路的孩子，正努力寻找自己的路。"

金凯表情凝重地点着头，我知道此时他正用真诚回应我的请求和希望。

对于要不要跟他讲我帮助蔡金轩的事情我也认真考虑过，之前有些犹豫，怕有显摆自己的嫌疑，后来想，如果是我自己的儿子，我肯定会告诉他，并且一定会和他交流我的想法以及对他的期盼，所以最后我打消了顾虑，和他讲了轩轩的故事，效果是好的。如果我只是在他出所前说很多希望，告诉他如何感恩，如何做个好人，多么的苍白，多么的肤浅，自己没做到却要求孩子去做，还说得头头是道，他们也不会获得真实的感受，不会认真思考今后的路要怎么走。和他分享我做的事和我的心情，欢迎他和我一起努力，为社会和他人做点什么，他的参与感会增强很多。

我真的不敢说出所后的他能够怎样，他要面对的困难还很多，此时断言还太早，但是我相信他，相信我们谈话时他的内心是有所触动的，相信他的回答来自于真诚的内心，我们能做的就是一次次扣开他的心灵，往里面多装积极的正能量，而“钥匙”就是我们自己的真诚，这真诚不仅仅是对他的真诚，也是对生活的真诚。

梅有话说

真诚是最好的沟通，真诚也是最好的教育分享方式。“爱心妈妈”用真诚教育孩子们，我们也用真诚去拥抱生活，温暖社会吧！

圣诞的愿望

12 月 24 日

今年快要结束了，年底的各项工作都堆在一起，全所的工作在这周要接受省局检查，我被安排制作汇报用的幻灯片，时间很紧，只有两天，包括文字的写作和照片的选择。不巧的是，忙碌与周二相重叠，不过我还是选择去见了金凯，因为我算了算，在他出所前可能我们只有不到十次的见面机会了，工作可以暂停，等下班后再多加会儿班即可。

金凯穿得很少，但他说因为有空调，所以不冷。问他一周的情况，一切都还不错。向他解释今天有比较急的工作要做，所以不能和他谈太多，只是过来看看他。他说没关系，让我去忙工作，真是个懂事的孩子。

今天是圣诞节，大家都下班了，我还在加班，因为下午耽误的时间要补回来。心里挂着宝宝，又和蔡金轩的妈妈进行了联系，祝她和孩子节日快乐。

今天替蔡金轩妈妈给浙江卫视的“中国梦想秀”栏目发了报名表，希望能够给他们争取机会。她的妈妈说对我的感谢无法用言语表达。我每天都给她打电话，到处想办法。如果孩子能好，她说一定要求孩子像孝敬他们一样孝敬我。其实我很惭愧，没能做出什么对他们十分有效的帮助，只是给电视台的一些节目组打电话，幸好争取到了“阳光行动”节目组的支持，已将他们列入备选方案。我要带宝宝，要上班，时间有限，能力更有限，只能是这些了。我每天给轩轩妈妈一点安慰，没想到这一点点的关心，却让她如此感动，内心倒是因此更不安了。

今天是圣诞节，我有三个愿望，都是关于孩子的：

一是希望蔡金轩这个坚强的小朋友能够得到更多的帮助，能够恢复正常。

二是希望金凯出所后能在自己的努力下幸福起来。

三是希望我的宝宝湿疹好起来，不要再受痒的折磨。

希望圣诞老人可以格外心疼这些孩子们，满足我的愿望。

梅有话说

愿一切梦想都成真，一切爱心都实现！

下雪了

12 月 26 日

下雪了，今冬的第一场雪，窗外飘着雪花，窗内，电视台正在录制“爱心妈妈”的节目，这次录制节目重点选择了另一位“爱心妈妈”，我作为矫治明星金凯的“爱心妈妈”也出镜了。

金凯在镜头面前回忆他和我从第一次结对开始到现在的转变，编导说她听了后想流泪，特别是看到了他写的父亲的故事后，真想哭。

一年就这样在不知不觉中悄然被冬季牵走，还有几天，这一年就要结束了，金凯离开的日子也一天天近了，只有一个多月了，不舍在我心中一步步升温，把心揪得越来越紧。

这段时间除了工作，几乎所有的精力都用在了小轩轩身上，我想尽一切办法去帮他，虽然知道自己的能力很小，但是我鼓励自己一定要努力，努力会有回报的，虽然可能性只有一点点，但是决不放过，就算觉得不可能也要试试。

今天要到了曾为轩轩妈妈做电视报道的编导的电话，请她把录的片子传过来，因为“中国梦想秀”的参与一定要有视频才可能选上，所以我希望视频资料能多点，并且让妹妹帮忙定了一家 KTV，用来给轩轩妈妈录制唱歌的视频，我唯一能想到的有音响、能够烘托她歌声的地方只有这里了。

晚上在单位加班到十一点多才回家，所以没有和轩轩妈妈联系，决定明天再和她约时间。

在我心里，这个没有见面的轩轩已是我的孩子了。三个孩子把我的心占满了。

梅有话说

这就是妈妈，真正的“爱心妈妈”!

妈妈无敌

12 月 28 日

上午和轩轩妈妈确定了周日下午去 KTV 录视频的事，下午联系时，她在新八建集团的会议室外，等待里面开会的领导，这是我给她介绍的一家建筑企业，其所在地在她的家乡，这个企业每年会捐助一些孩子上学，所以我建议她去找找这家企业的领导，看是否能够给小轩轩提供帮助。我打过电话，但是效果不好，上午轩轩的爸爸去了，不敢开口，下午轩轩妈妈又去了。不知道结果会怎样，希望上天会保佑她！

金凯出所的礼物这段时间我一直在准备，我想写首歌给他，词已经写好了，但由于是第一次写，不知道要写成什么样，心中一点底也没有，在网上找了能够创作歌曲的人帮我作曲，不仅价格超贵，还不知道是否能做出一首好听的歌来。心情忐忑不安，也许想法是好的，也努力了，但是由于专业知识的缺乏，可能做不出一首像样的歌来，不过想想人一生总应该尝试一些事情，所以只有脸皮厚些，胆子大些了，做妈妈就要勇敢些，妈妈无敌！

梅有话说

"爱心妈妈"，超级无敌！赞一个！

三个要求

1月8日

年底各种事务、各种会议堆在一起，今天周二，恰逢下午有支部会议，虽然打了电话请大队民警转告金凯下午我不能去看他了，但心里还是有点不愿意错过这周与他见面的机会。

会议结束时已近下班时间，但我还是选择一散会便直接去见他。

金凯见到我很高兴，开心的笑容让我看到了他很少露出的特别整齐洁白的牙齿，这才是充满阳光的笑容。

我问在出所前自己还能为他做些什么，他提了三个要求：一是希望他出所前的这一个多月我能坚持每周去看他；二是希望走之前留下我的电话号码和 QQ，方便以后和我联系；三是他出所的那天希望我能去队里送他。我答应了他提出的三个要求，并且告诉他，除了这些以外我还在为他准备一份特别的礼物，这份礼物他从来没有收到过，我也没有送过别人，现在是准备这份礼物的阶段，先对他保密，我们共同期待。

这份礼物就是我一直在努力创作的准备送给他的歌，本来我写了一首小诗想送给他，但是觉得这个礼物不能算作特别，因为很容易忘记。后来我突然萌发了给他写首歌的想法。我没有涉足过音乐这块领域，都说艺高人胆大，而我是无知者无畏，提起信心试着写，并且找到了写曲的人帮我作曲配乐，现在基本的旋律已经完成，正在讨论配乐方面的细节和歌词的协调问题，准备过几天就去录音。我想一首流行音乐背景下的励志歌曲的教化效果要比苦口婆心的叮嘱好很多，而且这是一首为金凯“量身订做”的歌，我相信他会喜欢，也会记住我在歌声中想对他说的话。

我现在一边积极准备歌曲的录制和录制前的协调，一边正在为歌碟最后的包装创意，希望有一只象征化蛹为蝶的美丽蝴蝶在上面。很期待这份礼物的隆重出场！

现在歌词已基本确定了：

清风里，青草映出我的脸庞，年少的我暗自神伤，
远离了泥土的芬芳，筑起了冰冷的墙，
无奈的彷徨，激烈的碰撞。

阳光下，鲜花打动我的心房，觉醒的我想要飞翔，
长出了温暖的翅膀，打开了生命的窗，
艰难的蜕变，美丽不会带伤。

蜕去昨天残留的捆绑，留下曾经迷失受的伤，
带着微笑，心怀希望，
为了生命尊严和梦想，为了自己快乐飞翔，
未来用爱努力开创！

清风里，青草映出我的脸庞，年少的我暗自神伤，
远离了泥土的芬芳，筑起了冰冷的墙，
无奈的彷徨，激烈的碰撞。

生命里，谁能决定生的辉煌？却能选择走向何方。
哭泣了不要沮丧，受伤了不要设防。
勇敢的担当，坚强再启航。

蜕去昨天残留的捆绑，留下曾经迷失受的伤，
带着微笑，心怀希望，
为了生命尊严和梦想，为了自己快乐飞翔，
未来用爱努力开创！

昨天有朋友把这首歌介绍给了武汉音乐学院的老师，词和曲都得到了充分的肯定，让我颇受鼓舞，高兴了一晚上，一直担心精力和钱花了最终出来的却是个次品，现在没有这种担忧了，心里也有底气了，正在快乐中。

梅有话说

为了生命尊严和梦想，未来用爱努力开创！

完成一份心愿真的不容易

1 月 12 日

通过长达一个多月的酝酿、修改、在网上寻找作曲的人，然后作曲、编曲，不断地试听修改，反反复复地磨合，又托人找到音乐学院作曲系的有名老师提意见，得到了“词曲都还不错”的肯定评价，这让我乐了好几天。自己第一次尝试便有这样一个结果已算是圆满，至少不是次品，而且是我想要的那种效果。完成了前面的这些工作后，我盼望着录音这一天的到来。

没去录音之前，心里充满兴奋，想到自己的作品走完这一步便可“新鲜出炉”了，心中甜滋滋的。

录音正式开始了，可我一开口便跟不上音乐的调，因为这是写给金凯的歌，作成了男声的曲，我唱起来没那么容易，特别是前面的低音部分。为了跟上调，我完全没有了平日里唱的那种感觉，没有了清新，没有了声音的自由，只能压着声音往前唱，感觉像是在说话一样。再回听唱过的内容，如此的难听，觉得好失望，心中备受打击。

之后是不停的反复，时不时还唱走了调，沮丧的我觉得自己快要唱不下去了。

想到平时总挑剔歌星们的演唱，甚感歉意，原来连唱准调都如此难，更何况唱得好听、唱出感情了，这当中不知需要多少次训练。

我调整了心态，既然自己不是歌手，就不用太苛求自己了，完美不是我能追求的目标，只要能把调子唱得不走音便是成功。录音的同志说我的音质不错，但是没有经过训练，如果经过训练，自然会好很多。没办法，补课是来不及了，我的声音只有原生态地出现在第一首单曲里了。

几个小时录下来，我腰酸背痛，肚子空空，在回行的公交车站旁买了一个面包充饥，此时心中对自己声音的失望已荡然无存，倒是有完成一种心愿后的成就感。听见从小店面飘出的歌曲“我的歌声里”，颇有感慨，把想对金凯说的话写在歌曲里，我尝试了，并做到了，尽管最后听到的效果可能比歌手唱得差很多，那也无妨。人生如此短暂，能让自己的梦想实现是最大的乐事。梦想不高远、不伟大，那也无妨，至少我在为梦想努力。

就像为金凯一直努力一样，我一直在为受伤的轩轩努力，现在轩轩的情况很不好，肌肉已经萎缩了，如果不能得到专业的治疗，可能永远好不起来，并且还有生命的危险。浙江卫视的“中国梦想秀”节目已报名了，要在等待中看是否有奇迹降临，希望上天能够在百忙之中眷顾轩轩这可怜的孩子。我也不能坐等，听孩子妈妈说费用只够用一个多星期了，如果没钱，只能带孩子回家，治疗的中断真是太可怕了，我要努力想办法，可是除了不断和湖北电视台的“阳光行动”联系，还能有什么办法呢？我在焦虑之中。

梅有话说

隔行如隔山啊！其实，任何一件事做好都有难度，但是只要尽心了，我们都应该心安。

受伤了

1月15日

今天去大队和大队长聊了聊，都说金凯表现非常不错，新的一年他还给大队民警写了感恩卡。据说他有希望在过年时回家，很为他高兴，得到所有人的认可并不是一件容易的事。

可是民警这一次让我到寝室去见他，我很诧异。他在休息，原来周日在球场上看球，凳子倒了，他摔了一跤，胸口被旁边的凳子顶了一下，受伤了。去医院看过后，民警让他休息。

金凯说现在已经好多了，只要不咳嗽就不疼，只是这样一来，就不能参加春节的文艺演出了。我想知道如果参加他会表演什么节目，他说会唱歌，问他唱歌水平如何，他这样回答："我自己认为一般，但是别人说好。"说完后很开心地露出了他洁白的牙齿。问及是否喜欢唱歌，他说非常喜欢，而且学员们也都很喜欢。见他这么开心，我也守不住秘密了，将送他一首专门写的歌作为礼物的事和盘托出，他惊讶极了，开心得不得了。

他把早已准备的感恩卡送给我，并且告诉我由于他的字写得不好，专门请了大队写字漂亮的学员帮忙写，给大队民警也写了感恩卡，还准备送爸爸一份。看来我这个儿子真的懂事了，学会了感恩。

他还主动向民警申请去劳动，但民警没同意。我劝他不能不顾身体，要把伤治好才行。为了让他早点休息，我没有和他谈太久。走出大队时，民警看到了金凯送给我的感恩卡，连连夸他真的变了，变得懂事了，我的心里很是高兴。

我的生日

1月16日

今天是我的生日。据统计，由于激素的陡降，女性在35岁后会面临一个迅速老化的过程，而我在这个关键的时候，有了自己的宝宝。现在我的宝宝两岁三个月了，我仍然在坚持母乳喂养，每晚要喂几次奶，每天中午无法休息，白天除了上班还要想很多事，在我的心里，并没有因为宝宝而淡化其他的事，相反，因为有了他，我更加珍惜所有的一切，更想以更大的能量去关心别人，尽管我的力量很微小。

我的头发白了很多，估计已有几百根，脸上有了皱纹，体态肥胖，眼睛因休息得太少总会模糊和流泪。我没有漂亮的衣服，因为我能穿的衣服码号都是提供给老年人的，我还要面对别人将我认成妹妹的妈妈的尴尬局面。这就是我，一个中年女性的处境，有些恐怖，有时也觉得遗憾，可是这些不妨碍我对生活的热爱，更不妨碍我对自己的热爱。

我用自己的热情和爱对待生活，对待我那调皮的小宝宝，从不因他夜里打扰我的睡眠而心烦，我会和他聊聊，会安慰他，会和他一起度过凌晨两三点的娱乐时间。

我用自己的爱对待金凯，每周我都去看他，每天都会想起他，做“爱心妈妈”是一个情感投入的过程，我投入了，并享受其中，我不觉得自己给了他什么，而得到的却很多：我得到了一个孩子的信任，一个孩子的认可，一个孩子有了妈妈后的满足，一个孩子因为有妈妈而产生的自豪，还有他的进步，他心灵的美丽，他放松的微笑，以及我们共同成长的美好记忆。

我用一颗母亲的心对待小轩轩，第一次见到他的妈妈，我便给了她一个拥抱，以母亲的方式理解和安慰她。从那天起，我们便每天联系，我把轩轩当成了自己的孩子，为在重症监控室没有妈妈陪伴的他而伤心，与他妈妈一起想各种办法，帮他妈妈包了 KTV 录才艺表演视频，填报“中国梦想秀”的报名表，在网上帮忙寻找爱心企业，希望有企业帮助他们，和电视台的爱心节目联系，希望可以得到爱心救助，虽然做了很多尝试和努力，但是几乎没有效果。好在今天，就在我过生日的这天，我之前动员过的朋友给他们送去了四千元钱。轩轩妈妈感动万分，认为自己无以为报，而我并不需要什么回报。当我的孩子正享受健康和幸福时，我感恩生活的最好方式就是帮助那些受苦的孩子。很多人都在想办法要第二个孩子，其实在我看来，如果有条件再生一个孩子，还不如领养一个孤儿，或者帮助一个承受苦难的孩子，以减轻他们的痛苦。

在我所有这些行为的背后，是妈妈和先生的支持，他们的支持让我坚持做自己，妈妈给轩轩烧排骨，先生鼓励我去帮助孩子。金凯成为我家的成员，成为我们的话题。正因为有了这样有爱心的家人，我才能没有任何顾虑地去表达自己的心。

虽然宝宝还小，虽然每天的时间很紧张，但我每天还是会看书，会想想我的生活，想想我要做的事，也许我的面容和体态真的老了，但是我的心会越来越年轻，人会越来越宽容，这样的我依然美丽。

爱家人，爱自己，爱那些孩子！

梅有话说

努力做自己，做自己认为正确的事情，那么，你做的就是正确的。走自己的路，让别人说去吧！

单曲的歌碟诞生了

1 月 22 日

我人生的第一支单曲《美丽重生》歌碟终于诞生，歌曲和伴奏刻录成的第一张碟我要送给金凯。

到大队，发现金凯的摔伤已经恢复，他正和另一名学员在排练双簧，准备参加春节前的文艺演出。和他们聊了聊，金凯说自己在年终评比中排第一，另一个与他一起排节目的排名第五。我心里除了喜悦，更多的是佩服，我比他差，每年民警的年终评比我从来没有得过第一。这说明他确实做得不错，也说明孩子之间还是一种单纯的交往关系，能够从实际出发评价一名学员，如果做得好，大家都会给他投票，这也是孩子们天生的可爱之处，尽管他们曾经迷路，善良的天性也没有被完全抹杀。

因为年终评比的结果还要上报批准，所以金凯具体减期的时间还不能确定，不知道我的碟子什么时候能送给他，心里很盼望这首歌能打动他、鼓励他，尽管我觉得自己唱得很不好，可是依然勇敢地盼望着。

今天的天气很冷，宝宝的感冒依然不见好转，做完《美丽重生》这首歌后，才发现这段时间自己把太多的精力投在了里面，另外还一直关注着轩轩，对自己的宝宝倒是有些马虎了。宝宝一直喜欢我们自编歌曲唱给他听，而不喜欢儿歌。因为我们编的歌曲中有他感兴趣的内容，这些内容是他给我们的“命题作文”。金凯有了我专门写给他的歌，可是宝宝没有，我心生歉意，想着忙完这阵子一定也要写一首歌给宝宝，最好自己能够把曲调琢磨出来，所以我决心学习简谱。

自从当妈妈后，我感觉到有太多的知识需要学，太多的事情需要尝试，太多的感受需要慢慢品味。我的心里每天都是满满的，装不了那些负面情绪，每天我都充满热情，很快乐地做自己想做的事，尝试没有做过的事，这就是我想要的生活。

梅有话说

我本单纯，世界就不复杂；我本善良，世界就一定会美好！

我的苦闷日

1月28日

有很多事不能如愿，如同“爱心妈妈”工作一样，单曲送出了，却没有得到很好的反应，这反应不是来自于金凯，而是来自于大队。所里原来安排学员们在文艺演出中一起唱这首歌，结果据说学员和民警都没兴趣。坐在会场里，我觉得难堪无比。

离金凯离开的日子越来越近了，虽然现在我暂时还不知道具体的日期，但一定在年前，现正在审批中，本想默默地为他做这些，希望给他的新生带来更多的鼓励，没想到效果如此不好。不过也好，回到最开始的状态，我对他负责就行。

心情有点郁闷，有些说不出的不快，好在金凯的整个转化过程都是在低调中进行的，没有受到外界环境的影响，我也很庆幸，完成了几十篇手记的撰写。

不知道要给这手记起个什么名字，这手记也是我的“孩子”之一，不管这“孩子”是否有出息，孕育的过程已带给我足够多的心灵启迪和鼓励。

这些内容记下了金凯的改变，记下了他的成长，更记下了我对母亲、对生命的思考，让我渐渐理清了对自己的期许。

也许有人觉得监管场所“黑着呢”，我却想说阳光依然每天照耀着这看起来森严的空间，我的心里对这些孩子充满了阳光，充满了母亲的温情，我想记下这些。

梅有话说

"爱心妈妈"，其实就是一缕暖人的阳光。阳光，不但要照亮别人，也要学会温暖自己呀！

因为他是我的孩子

2 月 4 日

今天天气突然变得很冷，风也很大，阴天的感觉似乎很配合我的心情。之前知道金凯可以减期提前回家过年，心里很是为他激动和兴奋，可是真的到了这一天，高兴的感觉没有了，更多的是一种不舍。

到大队去送他，他只穿了一件衣服，我让他换上买给他的毛衣，大小真合适，穿起来也挺精神。我没有和他说太多的话，怕自己说着说着会掉眼泪，我不想让他在这个新生的日子里流泪，最好的办法是少说点。

在二道门办完了手续，把他交给他的爸爸和家人，送他走出一道门，过了这道门，这个“儿子”就真的要离开我了，拥抱他时，我落下了眼泪，不舍终于在眼泪中得以宣泄，看见他上车，看见车门关上，看见车缓缓地开动，看见他在车窗旁向我挥手，我的眼泪一直模糊着视线。

以后的每个星期二，我将再也看不见他期待的脸，看不见他默默的笑，只有在想他时送去祝福。他说一定会来看我，等他生活安顿好后。我告诉他不用来看我，只要他过得好，生活幸福，我就会很幸福。

从今天起，他会面临更大的挑战、困难，来自生活，来自自我，在这里的转变只是一个好的开始，能否把握今后的日子才是最重要的。我默默祝福这个孩子能得到上天的庇佑，在自己的努力下过上幸福的日子，弥补幼年留下的伤痛。

同事说，作为旁观者的他目睹了这一切后也觉得失落。

此时我的心里不断地响起一首曲子，不是我的《美丽重生》，而是那首《摇篮曲》。

心里有很多话，但是又有种说不出来的感觉，所以只能在这里结束。

梅有话说

重生，就是一次凤凰涅槃，必然有痛苦，有泪水，但是一样会有成功的喜悦和欢乐。让我们一起祝福孩子吧！

你是我的妈妈

2 月 15 日

金凯说正月十二要来看我，我问他是否来武汉有事，他说，是专程来看我的，我劝他大老远的不用专门来，他在电话中这样说：“你是我妈妈，来看你是我应该做的事情。”

在所里，他从来没有这样说过，只在最后一段时间里会偶尔说到“贾妈妈”这个词，今天他那么自然地就说出“你是我的妈妈”，我心里觉得好温馨。

过完元宵节，他就会跟着一个大厨去上海学厨艺了，所以安排在正月十五之前来看我。希望他在上海可以沉下心来认真学习厨艺，不要像以前一样，什么都只做两天就跑掉了。他坚定地对我说：“我一定会好好学的，不会让你失望的。”

梅有话说

当一切努力成为出发的现实，当梦想正在冉冉升起，“爱心妈妈”无愧于“妈妈”的称号，一声“妈妈”融化了心中多少的委屈和泪水。致敬，“爱心妈妈”！

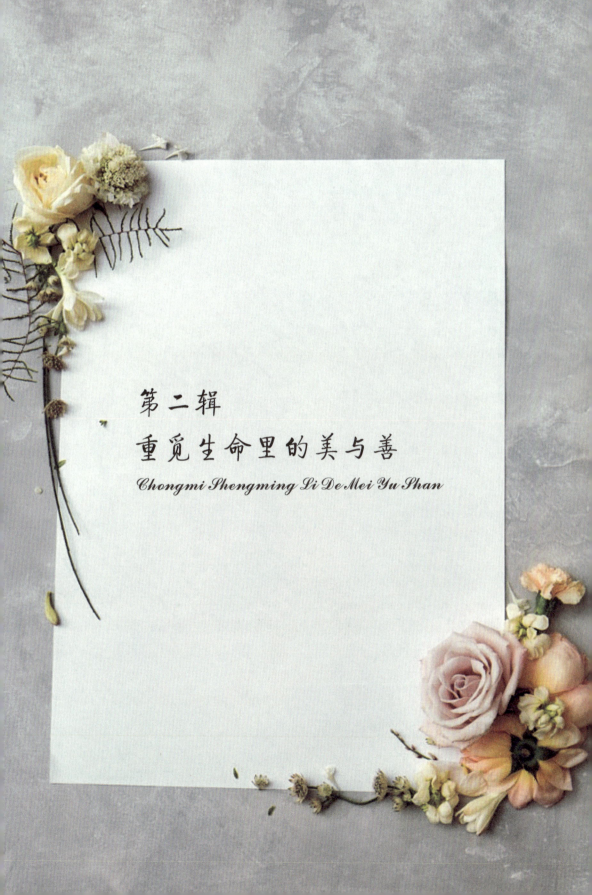

第二辑

重觅生命里的美与善

Chongmi Shengming Li De Mei Yu Shan

引言

生命里的美与善，并不只蕴藏在诗歌里，也不只表现在品德高尚的人身上，它存在于任何一个生命的内心里，就算是走入歧途的孩子，他的身上也从来都不缺乏美与善，只不过我们不相信，只不过时间久了连他们自己也忘记了，原来自己可以更美好，可以更善良。

陪伴的日子，我们有一个“日行一善”的约定，并且记录了下来。“日行一善”是一次发现之旅，也是一次重觅之行，每一天的寻找，每一个字的记录，每一次的思考，每一回的笔下互动，每一番的见面谈心，都在提醒他和我，善良不是仅靠背诵经典故事学来的，感受和行动是找回美好的基础。

不如期望的相见

4 月 2 日

今天的爱心签约之前我提前见了将要结对的“儿子”——金虎（化名），在与他交谈后，我知道了他的基本信息：来所一个月，有父母和姐姐，不知道“爱心妈妈”是怎么回事，不是他主动选我，而是民警安排的。问他是否愿意有一个“爱心妈妈”，他的回答是：“要一个也行。”听着这样的回答，我的心里多少觉得他有些勉强，似乎喝了一大口凉水。

我觉得“爱心妈妈”和“儿子”之间应该尊重对方的感觉和意愿，所以我不太喜欢这样的安排，希望是孩子主动来选“爱心妈妈”，就如当初金凯选我当“爱心妈妈”一样。心里虽然有些失望，但是我告诉他，如果他愿意，我们可以做“爱心母子”，如果不愿意，说出来，没关系。他说愿意试试，我们就这样成了“爱心母子”。

在这一次，我的心里比当初认领金凯时多了些理性。我希望从金虎见到我的那一刻起，我就像他的母亲，像他真正的母亲一样去尊重他的感受，理解他的心理，让他觉得安全自然，所以我冒着被“淘汰”的危险大胆地说：“你可以不选我，没关系。”

也许我成熟了，也许我的内心更强大了，若是多年前，就算心里这样想，我也会因为面子和自尊心而不敢说出自己的心里话，而今天我毫不掩饰地说出来了，真实地对待生活，真实地对待孩子和自己的内心，这也是一个称职妈妈应该做到的。

带着些许初次见儿子的遗憾，带着些许对自己勇气和坦然的肯定，我走出了大队，我不知道和金虎后来的日子会如何，心里没有太多的期待，似乎我们的“母子”关系有点先天不足。

母亲节意外的收获

5月12日

做母亲了，有了过母亲节的资格，但是一直没有收到过母亲节的礼物，因为我的宝宝还太小，所以母亲节只能是由我表达对自己妈妈的爱。

今年的母亲节是在沙洋所过的，因为我随“争创新业绩”报告团来沙洋所做巡回演讲，给妈妈发了短信，祝福她节日快乐后，就再没有想关于母亲节的事了。晚餐后手机响起，一个让我感觉既陌生又惊喜的声音传来：“贾妈妈，我是你的‘爱心儿子’，我要祝你母亲节快乐!”没想到金虎在母亲节还能想起我来，因为仅仅见过一次面，我真是没想到。我询问他有没有给自己的妈妈打电话，他说没有，因为打电话的时间有限，他选择给我打了电话。我既感动又有些愧意，自从上次见面后我就全身心地投入到了这次报告团的工作，没有时间再去看他。我没有为他做什么，而他却给了我母亲节最惊喜、最意外的礼物。

孩子是可爱的，对于孩子的一颗真心，我有些自责，因为上次离开时我对后面与金虎相处的日子是打了一个大大的问号的，没想到他还能在母亲节想到我并如此细心地问候我。我感觉自己身上的担子很重，这不仅仅是一种职责所赋予的，更是一种情感所托，是不能辜负的。从电话结束的那刻起我就在想，对于金虎，我该怎么做一个好母亲。

再次的意外惊喜

5 月 15 日

先进事迹报告团演讲结束，我回到单位上班，一上班便看到所报在母亲节发的“爱心妈妈”专刊，无意翻看后，金虎的名字跃入眼帘，没想到他也投稿了，他文章的名字为“我与‘爱心妈妈’的约定”，文章是这样写的：

自己因在社会上违法而来到这里。在这个陌生的学习、生活环境里，起初的一段时间里我感到忐忑不安，没有想到在大队民警的耐心教育和“爱心妈妈”的帮助下，自己很快适应了这里的环境，心智逐步成熟起来。

“爱心妈妈”是对我们这些未成年学员给予特别关爱的女警官，她们像母亲一样关心我们的学习、生活，帮助我们健康成长。当我们遇到困难时，她们会伸出温暖之手帮我们，“爱心妈妈”是我们最尊重、最信任、最亲近的人。

4 月 21 日，我很高兴地与“爱心妈妈”——贾俊妈妈结对并签约，正式成为贾妈妈的帮教对象，在和贾妈妈的一次短暂交流之后，我觉得贾妈妈是一个很有才华的人，她平易近人，谈话时语调平和，句句中肯，鼓励我克服学习和生活上的困难，叮嘱我自立自强。我觉得自己遇到了一个可爱可敬的妈妈和恩师，这让我进一步增强了改过自新的信心，我要拿出真诚的行动来让贾妈妈放心，我以后一定能成为一个好孩子。

与贾妈妈签订约定后，我感受到了一股强烈的温暖，也树立起了要诚实守信的责任感。今后，有大队民警和贾妈妈的教育帮助，我对改掉不良恶习更加有信心，我会珍惜现在的良好环境，痛改前非，就算将来不能成为对社会有用的人，也要做个遵纪守法的公民。

看了他的文章，我真的很感动，我给予他的只是一个微笑，几句平常的话语，他却从中看到了自己的“春天”，而且还提到他有了一种责任感，一种对妈妈的责任感。妈妈对一个孩子多么重要世人都知道，一个“爱心妈妈”对孩子多么重要，此时我更加明了。

我只给了你一个微笑，你却回报我敞开的、火热的心，我会好好珍惜，并不懈努力，做一个好妈妈。

从索取到付出

5月20日

和金虎见面，我首先就他之前带给我的两次感动向他表达了谢意，之后我们开始谈他过去的生活，特别是如何走到今天这一步的。他说自己在一个小镇上读书时，一切都还好，可是到了大一点的县城读书后，便开始学坏了。自己也没想到会这样，之前爸爸妈妈都说过要自己好好读书，但是没能听进去。妈妈从生下他后，腿就有问题，行动不怎么方便，所以一直没能来会见，爸爸工作很忙，也没有来。

我告诉他，我帮他认领了一份灾区小朋友的心愿，作为“六一”送给他的礼物，虽然这个礼物只是成全一个小朋友的快乐，但是希望他也能感受其中的快乐。问他是否愿意，他说：“挺好的。”

后来我和他商量，结为“爱心母子”，我希望他爱上付出的快乐，从而做一个能够给别人带来快乐、温暖的人，而不是伤害别人，带来自己的一时之快，其实是害了自己。我们的目标是：放下索取，感受付出的快乐！他很高兴，欣然同意。

其实，做为“爱心妈妈”，要非常用心地做教育矫治工作，只有转变，才能让他们过上正常孩子的生活，他们的未来才会好起来，“爱心妈妈”不能只是漫无目的的嘘寒问暖，和孩子们一起成长要有明确的成长目标。我们现在有目标了，接下来就按这个目标开始我们的母子成长之旅吧！

日行一善

5 月 30 日

忙了一个上午，就是为了给金虎做一本日记本，这个日记本的名字我思考了很久才想出来。我自己做了封面，写了寄语，还写下了这本日记的第一篇。

这本日记本的名字叫“日行一善”，作者打了上“金虎”的名字，我希望他每天写日记，记下每天心灵中美好的阳光，愿意的付出，以及所有的善良，哪怕只是一个微笑，一句话语，一种心态，也可以是一种美好的想法和祝愿。

下午去见他时，把上次认领灾区儿童心愿的捐赠证书和这本日记本一起送给了他，这两样礼物也许是他收到的“六一”特别礼物吧，虽然既不能吃也不能喝，却可濡养心灵，可以让一颗心关注自己的成长，可以让心灵在更阳光的地方生长，也可以让他发现原来自己的内心深处还有一种善良的声音在说话。

送礼物给他的情景大队给我们拍了照片，留下了纪念。

金虎的心灵蜕变之旅从此就开始了，很期待。

后面呈现的是金虎“日行一善”的日记内容，日记里金虎与作者通过笔谈互动，重觅生命里的美与善。

——编者注

一日一善行 寄语

善良和美是生命中最动人的部分，善良和美需要我们“笃行”，需要我们在每时每刻、每一天去实现。

曾经未能实践，只因我们没能体会其中的快乐，从现在开始，让我们从每一天、每一种心情中感受付出的快乐，让我们的心灵在每一天成长，转变升华！

——贾老师

日行一善 **5月29日**

金虎，这第一篇日记，让贾老师为你写上。

我们以母子的情分在这特殊场所结缘，“六一”将要到来，我送你两份礼物：一是你捐赠给雅安地震灾区小朋友心愿物品后获得的证书；二是我专门为你设计制作的这本“日行一善”日记本。

这张捐赠的荣誉证书作为你“日行一善”的第一个善行，以此开启你寻找内心善良、体会付出快乐之行。

善良和付出不需迁强地要求自己做一件大好事，善良和付出可以是一个鼓励的眼神，一丝善意的微笑，一句温暖的话语，可以是一个助人的小小举动，一份内心的良好祝愿，一种对他人的理解、宽容。付出并不难，如果我们坚持，善良将成为一种习惯。

希望在每一天的记录里可以看到你在体会学会付出，在习惯中养成自觉，将付出变成自然而然的行为，在记录中体现自己的转变，在回望时看到自己内心升华的足迹。

贾老师替你开了这扇门，接下来要看金虎你的了，我相信这本日记写完后，你会放弃“索取”，而爱上“付出”的快乐！

坚持！加油！

——贾老师

一日善行 **5月30日**

转眼间，一天过去了，以前在外面的时候我经常晚起，连被子都不叠，现在的我已经改变了，每天被子叠得很好。我感到很高兴。

时光在不经意间悄然滑过，宁静的夜晚，回忆总让我感动，在含泪的微笑里，世界晶莹起来，露珠也是星光璀璨的。有一些快乐，只能与自己分享；有一些感伤，只能与回忆共存；有一些梦幻，只能与时间相容；有一些感动，只能与年少为伴。注定这是一个多思念多梦的季节，也许幼稚。

躺在床上不由得想起了她，我的心顿感凄凉，想起在外面的时光，想起她，不由得流下了泪。

其实，我们时刻拥有幸福，但是，我们常常不曾察觉。看到别人因缺少某种东西而痛苦时，我们才会认识到自己的幸福。

我们的人生常常要面临选择。

有些选择意义轻微，选择的结果不会影响大局。有些选择却是十分重大的，把控不好就有可能影响一个人一生的命运。

好了，不再想了，有些冷，关上窗户睡觉吧！新的一天正等着我呢！

从别人的不幸之中，发现自己拥有很多幸福，也是内心的一种美，只有这样才不至于让我们觉得只有不断索取才会拥有幸福。

——贾老师

5 月 31 日

今天没有做什么善事，只是帮别人写了两份“春蕾讲堂”第二课的演讲稿，一份是朋友的，一份是班长的，两份写下来真是累啊！不过还是挺开心的。

在书架上找到了一本好书——《启迪中学生思考人生的 168 个故事》，第一篇为“静观成败——开启人生之路”，这给了我深刻的启发。

人生充满了各种各样的成功和失败。人们只愿成功，不愿失败。然而，人生不可能只有成功没有失败。失败砥砺我们奋斗的勇气，一个不能接受失败的人，就不配迎接成功。

失败为我们提供教训，知道错误的路，成功的路就不远了。

失败磨炼我们的意志，使我们更好地探求成功。

无论成功，还是失败，都是生命中必经的过程。

让我们坦然地面对失败，然后，尽情地分享成功的喜悦。

今天想起“中华魂”主题演讲稿还没有头绪，唉，贾老师帮我指点一下迷津吧！

帮别人写的稿，用了“帮”字，说明你在做助人为乐的事，虽

然有些累，但是你收获了别人对你的感谢；虽然有些累，但是你得到了别人对你写作能力的认可。

在失败中找到原因就是成功，如果能成功克服自己的不足，让自己不断完善，那将是更成功的事，“中华魂”的稿子就从“索取”与“付出”带给你的感受和经历出发，讲述你助人为乐和日行一善的故事吧！

——贾老师

一日善行 **6月1日**

“六一”对我们来说是个特殊的日子。今天我们迎来了“六一”，过得很高兴。

我写的两篇稿子在今天的节目里由班长和黄扬文朗诵了出来，参加这个活动的一共有七个人，我写的稿子分别排在第一、第二位。我很高兴，知道自己的写作能力有进步了。班长对我的态度也大有改变。

现在的我已经大有转变了，我的心灵变得纯洁、单纯，现在想起自己犯的错，感觉很丢脸，经过民警的教育，我想我会重新过一个新的人生。坚持，坚持，再坚持！

不知最近为何有了如此大的改变，也许是因为我永远都忘不掉爸爸曾经说过的一句话——“许下的承诺，欠下的债”。

这是爸爸对你说过的话，他在告诉你一个男子汉要诚实守信，一诺千金。

——贾老师

一日一善行 **6月2日**

最近我有一个新的想法，要成为我们这几个十堰人中第一个完全改变自己的人，也要在他们几个人中第一个当班长，也许这是不可能的，但我要努力，要付出！

如果真的实现了自己的想法，我会像当年在学校当学生会主席一样，不但自己要改正错误，严格要求自己，而且还要帮助身边的每一个人改正错误。

小小的想法不是说说就可以实现的，一切都在于自己，在于自己的努力。

小小的目标，向班长的职位冲刺。我相信自己可以做到。争取在半个月到一个月内实现。

有当班长的想法非常好，但是不要让这个小目标阻碍了自己的大目标和每天的快乐！放轻松，做好每件事。

改变自己的人生是你的大目标。做好自己应该做的、想做好的，贾老师和你一起加油！

——贾老师

6月3日

晚上打电话，当听到爷爷的声音时，有种想哭的感觉，好想家人啊！这是第三次会见，前两次他们都没来，这次也不会来了。

好想和爸爸说说话，但是又不知道爸爸的电话，想让爸爸来看我，但爸爸工作忙。我真后悔，如果当初没走错路，现在正在和家人一起看电视，那是多么美好的事情啊！后悔也没用，还是现实一点，好好改正错误，争取早日和家人团聚！能和家人在一起的时候，就说明我从一个坏孩子变成了懂事的孩子，很期待这一天。

有一个美好的愿望和目标，也是一种善！

——贾老师

一日行善 **6月4日**

中午购物分发东西，有些人说话声音过大，纪律很不好，干部生气了，吃完饭的时间罚大家集体站军姿，让我们反思。

我感受到这不是一次平常的训练，它达到了以下目的：一是增强了纪律观念，让我们严格按照所规要求自己；二是加强运动，锻炼了身体。

罚站军姿后回到生活区，一身的汗，手还有点肿，我觉得很值得。因为罚站军姿时我已经想明白了，罚站不是目的，主要是让我们增强纪律观念，干部在与不在一个样，牢记所规。

在没有人监督的时候，才能看到最真实的自己，人的表现不光是给别人看的，还是对自己形象的一种构建和描述，想做一个什么样的人，就用什么行动去诠释。

——贾老师

6月5日

炎热的夏天心情会变得很暴躁，在车间的时候我差点没沉住气，但我想到了一句话，就是不管遇到什么事情都要沉住气，能忍就忍，不能忍可以打报告，千万不能争吵、打架。

今天晚上发生了两起打架事件，当事人都是骨干，他们太高傲自大、自以为是了。我是一个很有耐心的人，但还是要给自己把好关，彻底改变自己，出去后好好做回自己，做一个守法的公民。

在人生的道路上，谁都免不了会遇到一些沟沟坎坎，无论成功还是失败，都要保持一颗平常心，把握好每一个机遇，做事不能烦躁，要保持平衡心态。

明天就要会见了，我很期待明天的到来，因为可以看到家人了，但不知道家人来不来，唉，好烦！

金虎，你很棒！用耐心和智慧面对一些难以处理的事，你今天的善是“包容”，贾老师觉得你做得很好！

——贾老师

6月6日

今天是会见日，早上怀着低落的心情在车间做习艺，突然听到干部叫我的名字，当时，心情一下子就变好了，在想是她来了，还是父母来了？

当我到会见区的时候，第一眼就看到了爸爸妈妈，赶紧拿起电话和爸爸对话，说着说着我就流泪了，想到男儿有泪不轻弹，我把眼泪止住了。

从爸爸口中知道她也来了，突然有一种说不出来的感觉，不知是高兴还是悲伤。因为她没有带身份证，进不来，当时外面还下着小雨，我不禁又流下了泪，想和她说声“好好照顾自己”，但没有机会，会见完回到生活区，走在篮球场上的时候，我一直盯着大门外的她，依依不舍。

还有一件喜事要与贾老师分享，就是在我被送到这里的第二天，我姐姐的小孩出生了，是个漂亮的小姑娘，起名陈佳馨。

祝贺漂亮的小宝宝来到这个世界，也祝贺你当了长辈，成了舅舅，看到了父母，看到了有人在关心你，也看到了大家对你的期待，从今天起，你不但要扮演好以前的各种角色，而且还要做个好舅舅。你的日记写得很好，加油！

——贾老师

6月7日

今天，贾老师来看我，我很高兴。

在与贾老师的谈话中，我收获了很多。贾老师跟我讲了一则新闻，其中的人与我形成了鲜明对比，他全身只有眼睛和嘴能动，但他利用嘴来写博客，而且写了几万字。当听到贾老师说这些的时候，我惊呆了，真不知道他是怎么度过这每一天的。而我呢，四肢健全，五官整齐，却选择了走“歪路”，而不是光明正大地做人，现在觉得自己很渺小。

健康不仅指四肢健全，也包括心理健康，能够发现他人的美，能够反思自己犯的错，也是一种善。

——贾老师

一日善行 **6月8日**

转眼间，来这里已有两个半月了，对这里有规律的生活也早已习惯了。在这两个多月里，看着老学员一个个离去，我既高兴又难过，当然高兴的多一些，因为有些老学员已经和我成了好朋友，而且是精神上的好朋友。

当我还不知道一些规矩时，他们会耐心地和我讲，直到我记住为止；当我想做一件好事，但又缺乏耐力时，他们会鼓励我坚持到最后。

我希望他们走出高墙这个大门后就正正当当地做人，做一个知法、守法的公民，永远也不再走老路。如果还要走老路，那等待我们的将是更为痛苦的生活，也许一辈子都不能抬起头做人，会面临更为残酷的法律制裁，无法回头。

和你交谈才知道你所说的精神上的好朋友是指给过你鼓励、给过你安慰、给过你勇气、给过你一些前进动力的学员，他们促使你在精神上乐观向上。

写到这儿时，我觉得你一定是带着感动、感恩的心情，一定在脑海里回放着他们对你说过的话，帮助过你的事。他们对你的付出是他们的善和美，你被他们的善良和真诚感动了，我说过，一句话

语、一个微笑也可以是行善的内容，希望你也能在别人心中洒下温暖的阳光，希望你能把温暖传给更多的人。

——贾老师

6月9日

不知怎么的睡不着，虽然现在时间已经不早了，但一点困意都没有，最近总是睡不着，白天的时候又困。

可能是受环境的影响吧！现在特别喜欢看名人、名地的故事和讲述。看到名人故事时，我的心里竟有了想做一番大事业的想法，看到古老、出名的地方，总想亲自去走一走、看一看。我知道现在这样的思想是没用的，可能还是错误的，所以不能再胡思乱想了，就算想也只能以后再想，现在为时过早啊！

梦想的实现是从脚踏实地开始的，想是出发前需要做的，行是每一天都要做的。你想成就一番大事业是很好的想法，不过要一步一步来。

——贾老师

6 月 10 日

今天班长被干部狠狠地批评了，我就在那儿看着。班长被批评之后回宿舍了，气氛阴沉沉的，大家都不怎么说话。一个班的形象是由班长和学员共同决定的，表现好了，干部不会找我们。

天阴沉沉的，还有点冷，有些不适应了，因为我从来没有这样过夏天，现在是六月份了，偶尔还得穿个厚一点的外套，唉，对这天气真不习惯，武汉的天气就这么变化无常吗？

今年的气温是比往常稍低一点，不过在夏天有些凉爽的日子，当是好好珍惜的，也许和家乡的气温有些不一样，不过如果心情好，什么天气都会变得可爱。

在别人不愉快时给予安慰，或者考虑别人心里的感受，知道如何不让他再伤心，你的理解和善意是今天行的善。

——贾老师

一日善行 **6月11日**

端午节要到了，时间过得真快啊，想想去年端午节的前一两天，我们家在准备包粽子和其他一些端午节要吃的东西，很高兴的。

现在，由于自己的思想出现问题，导致进入现在的环境，失去了与家人一起包粽子、吃粽子、过端午节那种温馨的生活。想家人了，想故乡了，无比的思念，思念家乡的田野，更思念亲朋好友，渴望得到自由，走上回家的乡间小道。

端午节要到了，祝贾老师端午节快乐。

谢谢你的祝福，我们内心深处有家乡、有童年、有幸福地在一起的亲人，还有无数甜蜜的回忆，为了这些心中的美好，你所做的应是延续，是加深，而不是摧毁，希望你明白贾老师想说的意思。

——贾老师

一日行一善 **6月11日**

今天下午“神十”在酒泉发射，干部组织我们看现场直播。在“神十”发射的那一瞬间，我们激动地又笑又喊，这证明我国科技又进了一步，这是我们中国人的骄傲。

看了“神十”发射，我的感受是：从今天起，过好每一天，等到出去以后，不说像“神十”宇航员那么优秀，不求为国家做多大贡献，但最起码要做一个知法守法的公民。浪子回头金不换，现在悔改还不晚，如果等撞南墙了才知道悔改，那时已经晚了。

珍惜每一天，每一分，过好以后的日子。

一个美好的愿望，希望你能靠自己的双手实现。这也是一种善，因为乐观、珍惜、积极的心态。

——贾老师

6月12日

一年一度的端午节到了，端午节是中华民族的传统节日，是为了纪念屈原而过的节日。

端午节所里给我们发粽子、咸蛋，中午、晚上加餐，还特意给我们放了一天假。

上午看电视、赛龙舟，没有看到特别好看的节目。每年端午节我都在家吃粽子、看赛龙舟，虽说今年的环境和以前不一样，但还是能体会到在家过端午节的感觉。谢谢所领导对我们的关照。

贾老师，端午节快乐！亲爱的家人们，端午节快乐！

在这里你能体会到家的感觉，贾老师很为你高兴，说明你完全适应了这里的生活，希望你和家人都能安好！

——贾老师

6 月 13 日

过节休息一天后又接着习艺劳动了。

最近每天晚上睡觉前我都会先做些运动，也许是没有习惯，第二天手会没有力气，胳膊还会疼，不过每天晚上我都会坚持，认定一件事就不能轻易放弃，半途而废。

习艺、运动、学习、写作一个都不误，你合理地安排了你全天的时间，珍惜时间就是珍惜生命，你做到了。这也是你感恩生命、感恩生活的一种方式，很不错。你说认定一件事要坚持、要努力，我相信以这种心态面对生活的你，会获得很多方面的成功。

——贾老师

一日善行 **6月14日**

今天贾老师来看我，我很高兴，在和贾老师交谈往事的时候，感觉自己很心酸，差点没哭出来。

每次贾老师和我谈心，我都很高兴，贾老师会尽量给我快乐。想想以前，觉得自己真的可耻，现在和贾老师、学员们、民警老师们在一起真的很开心，发自内心的开心。回想当初，想着想着我就会流泪，为自己的行为流泪，流了泪后我会渐渐忘记从前，忘记那些称之为“兄弟”的人，洗心革面，痛改前非。

“弘毅笃行，从头再来”，现在还不晚，坚持！

希望不仅把这句话说出来，还要做出来！

——贾老师

一日善行 **6月15日**

现在的天气比我想象中要热，心情也浮躁，有些不适应，太热了。

天气热得我每时每刻身上都是汗，有时还吃不下去饭，只想喝水，水一杯接着一杯地喝，汗满身的流，我还没适应这天气。

不知道为什么，有些控制不住自己的情绪，有时还会和别人发生争吵，我有些担心自己会控制不了自己的情绪。

天热，人的心情会有些不好，可是我们是自己心情的主人，应该能把它管住，允许它在合适的范围内表达一下意见，但不要让自己失去对它的控制，你懂得贾老师的意思，对吧？

——贾老师

6月16日

今天是休息日，对于我们来说，休息日是最让我们高兴的日子，因为可以干自己想干的事情。看电视、打篮球，这些都是我喜欢的。

下午打篮球，没有好好发挥，也许因为太久没打球的缘故吧！今天又有一个人出所了，我当时还在打篮球，看着大门慢慢打开，看着他走了出去，我竟和其他打球的人撞上了，这下撞得可疼了。

可以说今天还蛮开心的。

看着开启的大门，相信你的目光中有祝愿，有渴望，也相信你也希望自己能够早点从这里走出去，要让心愿实现，让梦想成真，唯有自己不断努力和奋斗。

——贾老师

一日一善 **6 月 17 日**

最近心情特别不好，经常回忆往事。

往事能让我高兴，也能让我痛苦，但是在这种特殊的场合，想起往事让我痛不欲生。

今天四班的学员被重新分班了，我们班又分来了一个学员，心里不知高兴还是不高兴，这就意味着离班长职位又远了一些。有人说这中间是靠关系，谁和前任班长关系好，谁就能当班长，而我不这么认为，我觉得即使因为和前任班长关系好当了班长，也不一定会比别人管理得好。自己没有机会在干部面前表现出来，就像是森林里的一棵树。当无数棵树矗立在原野上时，自己很难被发现和利用。

一棵树的价值不在于别人是否会发现，不在于他是否显露在别人面前，在于它把生命的美好、挺拔和绿色用自己的成长和一生去完成！做最好的自己！

从 6 月 17 日这一篇日记中我看到了你内心中想要前进、想要争取、想要把自己最好的一面表现出来的阳光心理，这也是一种善。也许你觉得这些事与善没关系，但正因为心态的阳光和积极，我们才可能做出更多有意义的事情。

但是我有一个小小的建议，不要把当班长当成一个必须完成而且唯一的目标，不要让积极向上的心态受制于“当班长”这个小框架，成为自己心中的一个障碍，影响自己快乐积极地去感受生活。“当班长”可以证明一个学员的优秀，但却不是唯一可以证明优秀的方式。

把自己的心放得更宽阔些，虽是一棵小树，不管是否藏于大森林中，都可以活出自己的精彩，这也是生命的价值。

——贾老师

6 月 18 日

今天不断地和别人发生争吵，都是因为一些小事，无数次想冲过去暴打一顿，但只在心里想，没有做出来。因为我知道不管谁先动手，都会赖在我一个人身上，所以我选择了让步。

晚上，我的想法在别人身上实现了，班长和别人打了架，打完架后他可为难了，因为他是班长。干部让他口头检讨，他不知道怎么说，最后我帮他解了围。

这些人都是说不得、碰不得，他们就像手枪一样一触即发。

其实不是让步，是理智处理问题。你今天又有“两善”：一是“宽容”，宽容别人对你的不好，克制了自己冲动的想法；二是“助人”，在班长手足无措时，你帮他想了办法。“日行一善”你行了二善，超额完成任务了！

——贾老师

一日善行 **6月19日**

今天晚上天空突然好红，当时在看电视，没看到是怎么形成的。

现在每一天都感觉过得很快，最担心自己沉不住气，心情和开始来的时候完全两样。有时候我会出现暴躁的情绪，天气变化大，人心情的变化也大。

不知最近怎么了，每天感觉热得很，但是一摸身体却感觉手烫、身体冷，还经常睡不着觉。

天空之所以红，是因为日出或日落时出现了红霞，又称“火烧红”。天热出汗带走了热量，所以身上摸起来会凉，而手心会热、睡不着觉是否因为有什么心事?

——贾老师

6 月 20 日

今天的太空课让我感触很深，原来在太空中可以完成一系列在地上不能完成的事。

就说喝水吧，在地球上喝水用杯子就可以了，可是在太空中要用专用的存水袋插上吸管用力吸才能喝到水。一袋水在地球上离开了容器便会掉落，形成千千万万颗小水珠，而在太空用专用的容器把水挤出，它会变成一个大水珠飘在空中，与地球上的情况有很大区别，这种引力在地球上被称为“万有引力”，而太空中被称为“失重”。

太空实在太神奇了，如果将来有一天能上太空游走一番，是人生中最美好、最高兴的事情。

我相信这一天一定会到来的，因为我相信科学技术会不断提高，随着宇航员不断进入太空，我们会打开一道道科技之门。

这确实是一节特殊的课，看到了科技的神奇，这些神奇是人们利用知识、科技达到的，所以要多学知识，不能做一个没有知识的人，知识会带给我们无尽的可能，所以你从现在起，要多看书学习，为自己创造一个和以前不一样的生活。

——贾老师

一日善行 **6月21日**

每次贾老师来看我，我都很高兴，收获也很多，忘记了烦恼。

贾老师是可以与我自由交流的人，认识她我感到很荣幸，每次有什么问题，贾老师都会认真详细地和我说，一直到我明白其中的意思为止。虽说贾老师是“爱心妈妈”，但我已经把贾老师当成自己的亲妈妈，因为贾老师会像我自己的妈妈一样关心我。

在这特殊的一年里，我见到妈妈的机会很少，但是这里还有一个亲人贾妈妈，她是我永远不会忘记的人。

你鼓励的语言是对贾老师最好的肯定，也给我提出了更高的要求。希望在你的帮助下，让贾老师成为一个好“妈妈”，我会努力的！

——贾老师

一日行一善 **6月22日**

在这个社会上，谁没有遭遇过挫折的打击？谁没有经受过逆境的考验？面对从来没有承受过的挫折，身处从来没想象过的逆境，我们该怎么办？胆小退缩还是勇往直前？每个人都有自己的选择。胆小退缩的人可能会求得一时的平安，但是，他从此将裹足不前。

其实生命的意义就在于拼搏的历程，胆小退缩是懦夫之举，勇往直前才是勇者所为。拿一把锋利的剑，在逆境之中披荆斩棘，让信心和勇气做我们冲锋的“号角”，让所有困难在我们面前瑟瑟发抖，我们才是生活的主人。

我想在这篇日记里，有你对现实生活中遇到的困难的理解，和你自己选择的应对方法。看似“退缩”，也许有时它还有另外一个名字，叫“宽容”，勇敢地解决困难，宽容地对待别人，这是你的善。

——贾老师

一日行善 **6月23日**

早盼望着今天，因为今天是周日，正常情况下可以休息。终于盼到了，得到的却是“出工”的消息。

因为车间要改造，两个周日的休息时间要推迟到月底，好在到时候我们可以连续休息很长时间。原本以为要休息的我昨晚看书到深夜，以致今天在车间没精神，更别提习艺了。经过一番折磨，到晚上却睡不着了，可能是在想什么，但似乎又没想什么，唉，烦啊，看书。

我知道你在看《启迪人生的108个故事》。书是打发时间的好朋友，更是滋养心灵的好朋友，学习书中的人物，学习书中的道理，更深入地理解生活，更明确自己的人生目标，也许看似一天没有收获，没有做一些“善”的事，其实你今天做了善事：让自己的心从有益的书籍中获得更多的能量，积极乐观地对待挫折，“向上”也是“向善”的一种表现，只有自己积极面对生活，才能温暖别人。

——贾老师

6月24日

在车间，由于与班长的一次意外吵架，干部了解到了我现在在车间的一些情况，但知道的不多，我没细说，毕竟他是班长，干部会更相信他说的话，我说了干部也不会听我的。

时间悄然而过，今天是我来所的第三个月，24号这天我永远记着，它是我人生的一个转折时间。心里有种说不出来的感觉，也有些矛盾，一是想着在这天我失去了自由，我恨24号。二是想着这天是我人生的转折点。矛盾啊！

不过，最令我高兴的还是遇到了“贾妈妈”，还有这些坚守在自己岗位上的干部们。

有心事了要积极向民警汇报，民警会客观公正地处理事情，不会因其他人偏听偏信的。

“24号”也许会带给你痛苦的记忆，但你可以赋予这一天新的意义，我想你明白贾老师的意思。

——贾老师

一日行善 **6月25日**

明天就是国际禁毒日，为此所里举行了现身说法活动。

最开始先有五名同学发言，他们都讲述了自己的故事，我很感动。听他们讲述自己和亲人之间的故事，我不禁想起自己的亲人。

我相信你听了他们的发言，心里涌起的不仅是对亲人的想念，更多的是对亲人的“感恩”。今天的善就是你能更深地理解亲人对你的爱，而且想要通过自己的行动向他们感恩，自己也要善于发现自己内心的“美”和“善”，并在日记里反映出来，不能老让贾老师给你总结，你说呢?

——贾老师

一日善行 **6 月 26 日**

今天是国际禁毒日，所里先是进行了紧急疏散演练，是在我们不注意的时候拉起警报的。接着演示灭火，教我们使用灭火器。演练完后领导进行了点评。另外还上了“春蕾讲堂”第三课，这节课主要讲述了毒品的危害。听了这节课后我知道，毒品比我们想象的更可怕，一旦染毒，不仅害了自己 ，也害了家人，更会破坏社会。我心里暗自发誓，今生不再与毒品有任何关联，为了家人，为了自己。

“春蕾讲堂”的这一课让你树立了一个坚定的信念，就是坚决不沾毒品，向毒品说“不”、和“恶”的东西说“不”的坚定信念就是一种“善”，希望你能够做到今天的所思所想，并把这种信念传递给更多的人。

昨天“爱心妈妈”工作站的同事转给我一封你五月份写给我的信，虽然我收到这封信时已过去了一个月，但是我读后非常感动。贾老师没有给过你什么帮助，只是和你分享成长过程中的喜和忧，而你却抱着感谢的心情关注贾老师的一切，哪怕在“春蕾讲堂”看见工作中的贾老师，没有说一句话，你说你也会觉得亲切和高兴，谢谢你让我感觉到一种温暖，让我看到你内心的纯真与善良，还有对生活的感

恩。希望你的这些情怀可以在更多的方面表现出来，让更多人因你感动，因你高兴，因你幸福，因你感到生活的美好！谢谢你！

——贾老师

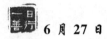

6 月 27 日

看了《鲜花与金钱》故事之后，我深深地感受到了付出的必要。天道酬勤，只有勤劳才能采集到真正的“金子”，用劳动去获得想要的，比幻想要容易得多。

人生幸福的必要条件并非怠惰而是勤劳。世上收获最多的人，往往是付出最多的人。天下没有不劳而获的东西。

如果早几年明白这个道理，可能你的人生又会有不同。你此时会在课堂里、校园里，不过现在明白也不迟，至少你知道什么是真正的“金子”，知道用什么去获得自己想要的才是正途，希望你在心里深深刻下这句话：“世上收获最多的人，往往是付出最多的人”。

——贾老师

一日善行 **6月28日**

健康是我们最好的朋友，时刻不能分离。

当我们心理出现问题、烦闷、狂躁、孤独，甚至抑郁的时候，我们才知道健康的好。一旦身体变得健康，我们的心理也不再阴郁。当健康重新回到我们身上时，我们却往往忽视它的存在，一些危害健康的做法又悄悄抬头。

有时候我们因为年轻，便不惧怕任何伤害，殊不知，一些不可逆的伤害会影响我们一生。有时候，我们的心理出现了一些异常，而却从未觉察。

关注健康，珍惜健康，其实就是珍惜自我。

珍惜自己的健康，不但是身体上的健康，还有心理、思想上的健康。

——贾老师

金虎：

6 月 29 日—7 月 4 日之间，你偷懒了，因为“日行一善”的记载你空下了。

如果一件事自己一直不愿意做而没做，那没什么，只要接受后果就行。如果一件认为好的事、想要做成的事没有做下去，中途停下了，那我们要想明白是确实没时间做，还是因为缺少毅力。我想你已明白自己属于哪种情况。

我理解你在记录中遇到的一些困难，比如有时觉得没有内容可写，有些时候想看看电视娱乐一下，我也知道在一种习惯形成的过程中，会有“勤”和“懒”之间的“斗争”。不过最终要看你选择坚持还是选择放弃。我觉得你一个年轻的小伙子，不可能愿意做个没有毅力的人，反复之间就是在磨砺，最终会让你成为一个内心坚定的人。

以后的日子你可以选择放弃，也可以选择继续，贾老师尊重你的选择。不过这个选择要好好地思考，不要轻易浪费掉你的选择权。

你不能总觉得生活平淡，没有善，和你谈话后我已觉得“善”是你经常所为。

比如，你说对要走的学员好点，哪怕曾经有不愉快。

比如，你虽然有过想打一架的念头，但是你放弃了，你选择宽容。

比如，对别人对你的挑剔，你选择改变自己，减少出错的机会。

比如，你对贾老师诚实地说你有时间，但没有写日记。

这些都是“善”，它无所不在，只是需要你去发现、总结，然后让它们在你的心里住下来。

——贾老师

一日行善 7月5日

贾老师与我谈话后我想了，选择了就要做，要做到最好，要每天坚持写“日行一善”，把它当成生活中的需要，每天坚持，不抛弃，不放弃。

一天一天过去了。今天又和别人发生了争吵，现在感觉自己和别人发生争吵成了习惯，可能和自己的性格有关系。但还是要学会控制自己，让自己的性格变柔和，渐渐融化坏的方面。

是让情绪控制我们，还是让自己做情绪的主人，我相信你愿意选择后者，争吵除了可以让事情变得更糟之外，可以说没有其他的作用。你意识到并找到了自己的问题和努力的方向，这就是“善”，而成功地驯服情绪这个“猛兽”将是“大善”。

——贾老师

一日善行 **7月6日**

今天在搞半年评比，虽然希望不大，但我还是希望自己能评上，一直想好好表现、早点出去。

当我们面对命运的挫折和失败时，我们要保持精神不会垮台。我们要用阳光的心情，笑对生活的每一天，我们要时刻告诉自己，一时的磨难，只是对自己意志的一种考验！

可能今天晚上又要打雷了，我什么都不怕，除了打雷。昨天深夜打雷，我动都不敢动，唉！

很欣赏你对生活用阳光的心态去看，美好的愿望要用实际的付出去实现。

很多人都怕打雷，再强大的人也会有怕的事情，看见你写的“唉”，是不是感叹自己有些胆小？也许很多勇敢的人会怕一只毛毛虫，这是很正常的。或许你的心在深夜需要依靠和温暖，与胆量无关。

——贾老师

一日善行　**7月7日**

学习任何东西都不要满足于表面的简单操作，需要花气力下苦功，深究其理，矢志不渝，只有这样才有可能达到得心应手的自由境界，才能取得理想的成绩。

专注于你所要做的事情是成功的第一大要素。成功来自于你对自己的真正热爱和对擅长的事业的专注——而非来自对每一偶然事件的持久战。

看到你的文字，我想你读了一本适合看的书，“专注”、“热爱”就是让我们用坚持的精神和发自内心的热情对待我们做的事。以前你没有这样的体会，而现在有了，这就是你今天的“善”。别认为只是一种感慨，在这种体悟中，你已向更积极的方向成长，这是一个不小的收获。

——贾老师

一日行善 **7月8日**

一大早就有人打架，看来今天不是个好日子。两个打架的人按规定被处罚了。

和平常一样，今天应该习艺，但是干部安排我们休息了一天。

休息的时候先是看电视，后来因为不好看就去做操了。这几天打架的人多，搞的干部很烦心。唉，今天很难过呀！

可能由于气温高，很多学员没有管住情绪这只“小怪兽”，所以才会争吵打架。好在你管理了自己的“小怪兽”，没让它撒野。用他人的过失警惕自己，警示自己不要重犯别人犯过的错误，这是你今日的“善”，借鉴、警示也是我们生活中的好朋友，既可以让我们吸收经验，也可以让我们远离错误。

——贾老师

一日行善 **7月9日**

如果我们总把目光放在自己身上，只在乎自己受了什么伤害、委屈，承受了多少重担、压力，结果，只会让人愈来愈萎缩。如果将目光放得更远、更大，生活自然日益丰富，生命自然日益蓬勃，我们也就拥有了真正的幸福。

生命是永远充满期待和希望的，它蕴含着太多可能与无限潜能，也存在着无数的沟坎，只有释放自己的潜能，才能自由地飞舞。

一个年轻的生命更是蕴藏了无限的潜能和激情，我们要不断地让自己的心灵充满正能量，让我们散发出耀眼的光彩，一种可以温暖自己和他们的光彩。

人是否能幸福生活，完全取决于自己的努力和自己内心的感受，若想幸福，“日行一善”便是起点。

——贾老师

日行一善 **7月10日**

中国有句古语：百善孝为先，意思是说，孝敬父母是人的第一美德。

今天我们迎来了“春蕾讲堂”第四课，讲课的是来自湖北省武汉市华师一附中的蔡老师。在听蔡老师讲课时，我想起了自己的爸爸妈妈，他们都是农民，妈妈自从生下我之后就残疾了，还一直含辛茹苦地把我养到这么大，可自己却不争气，走上了犯罪的道路。

父母艰难地哺育我，使我长大，将来出去后我要好好孝敬父母，给父母洗一次脚、做一次饭、磕一个头都是必须的，不过现在对父母的孝就是好好改正错误，早点出去，以后做个有用的人。

蔡老师的“百善孝为先”这一课，给我的触动很大，我是流着眼泪听完课的，我想你在听课时也和我一样，会想起很多对不起父母的地方。

一个婴儿从一颗露珠般的小小生命成长为一个七尺男儿，我想你从教授的讲课中已深刻感受到母亲的艰辛和父亲的不易。这些点滴在以前的生活中我们习以为常，甚至麻木，有时还会对父母发脾气，不和他们交流，不愿和他们在一起，只想跟外面的所谓“朋友”东游西逛，对父母的爱护我们不珍惜，甚至讨厌。我相信在听课中

你已经意识到了自己曾经的不孝，意识到了自己的失足对父母的伤害。

可喜的是，就在7月10日这个上午，在“春蕾讲堂”这个课堂上，坐在听众席上的金虎意识到了自己曾经的不孝，体会到了父母的不易，感悟到了父母给予的深沉的爱，并决心从这一刻开始行孝道，从当下开始，好好改正自己的错误，学会做一个好人，一个有用的人，这是你今日的“善”，“善”在你的醒悟，“善”在你的忏悔，“善”在你内心的良知被激发，“善”在你决心用行为行孝行善。

“百善孝为先”也是我们“日行一善”中非常重要的一个节点，我想不要仅有一瞬间的感动，要让这一瞬间成为永恒。

——贾老师

一日善行 **7月17日**

母爱是世间最伟大的力量，从来没有一种文字能写尽母爱，文章再长，也有尽头，而母爱，却是无痕岁月，贯穿我们生命的全部。这份爱，没有感人的心魄，没有风卷大海的惊波逆转，而是如同一场春雨，一首诗歌，润物无声，绵长悠远。

《感恩的行动》这本书带给了你非常好的对文字和对生命的理解。对于母亲的表述赞美，再美的文字可能都不能完全诠释。你的母亲也是一位经历生活很多磨砺的女性，生下你后落下了病根，虽然在成长过程中主要由爷爷奶奶带你，但是我相信母亲一直爱着你，因为我能明白母亲对儿子的心，我想你此刻也能感受到或者已经感受到。

——贾老师

一日善行 **7月18日**

母亲是孩子未来命运的创造者。

摇动摇篮之手，就是支配世界之手。

没有母亲，何谓家庭，儿行千里母担忧。

娘疼儿，路样长；儿疼娘，线样长。

娘想儿，长江水；儿想娘，哭一场。

娘想儿，长如江；儿想娘，扁担长。

慈母泪，有化学分析不了的高贵而深沉的爱存在其中。

上面的内容我很喜欢，谢谢你让我知道了如此让人感动的语句，你的善在于让更多的人知道了母爱的深沉伟大，让更多的人获得了正能量。

——贾老师

一日一善行 **7月19日**

父母听了会伤心的十句话：

（1）好了，好了，知道，真啰唆！

（2）有事吗，没事那挂了啊！（父母打电话，也许只想说说话，我们要理解他们的用意，不要匆忙挂了电话！）

（3）说了你也不懂，别问了！

（4）跟你们说了多少次不要你们做，做又做不好。（一些他们已经力所不能及的事，我们可能会因为关心而制止，但这样说他们会觉得自己很无用。）

（5）你们那一套早就过时了。（父母的建议，也许不能起到作用，可我们是否能换一种回应的方式？）

（6）叫你别收拾我的房间，你看，东西都找不到！（自己的房间还是自己收拾好，不收拾也要理解父母的好意。）

（7）我要吃什么我知道，别夹了！（盼着我们回家的父母总想把所有关心融入特意做的菜里，我们默默领情就好。）

（8）说了别吃这些剩菜了，怎么老不听啊！（他们一辈子的节约习惯很难改，让他们每次尽量少做点菜就好。）

（9）我自己有分寸，不要老说了，烦不烦。

（10）这些东西不要了，堆在这里做什么啊！（他们总想把跟我们成长有关的东西收藏起来，也许占房间，但多年后看到自己婴儿时穿的小棉袄，难道不会很惊喜吗?）

父母的良苦用心我们何以知道？简简单单的话会伤着父母的心，我们何时体会过父母的感受？现在知道了，就不能随意脱口而出伤及父母的心了。

这十句话，我想你可能说过里面的一些，或者可能经常说里面的一些。说出时一定不知道父母会为此伤心，此时你终于明白自己的烦怒、自己的不屑深深伤害了爱着自己的父母。其实看到这里我也觉得惭愧，因为这十句话中也有我说过的，没想到一直觉得有孝心的自己也说了伤害父母的话。谢谢你用这种方式让我知道了自己的不足，谢谢你提醒我们从点点滴滴去爱自己的父母，这是你今天的善。

——贾老师

一日善行 **7月20日**

父爱是一缕阳光，让你的心灵即使在寒冷的冬天也能感到温暖如春；父爱是一泓清泉，让你的情感即使蒙上岁月的风尘依然纯洁明净；父爱同母爱一样无私，它不求回报。

父爱是默默无闻、寓于无形之中的一种感情，只有用心的人才能体会。拥有思想的瞬间，是幸福的；拥有感受的快意，是幸福的；拥有父爱，也是幸福的。

如果把母爱比作一枝盛开的百合，在每个角落散发着它迷人的芳香，那么父爱就是一株茉莉，它在某个角落默默地吐着它那清香。向来只有赞颂母爱的伟大，可有谁知道父爱的含蓄？

“父爱”这字眼是多么的平凡，但这种爱是多么的不平凡。

你的父亲是位了不起的父亲，他承担着全家的生活重担，他有好的手艺和技术，让家人衣食无忧，他的一技之长不但是家里的经济支柱，还让他得到了别人的敬重，他也会是你的好老师，希望你能接过他的衣钵。

——贾老师

一日行一善 **7月21日**

换一种角度去看待人生的失意与不幸，怀着感恩的心生活，生活将赐予你灿烂的阳光。活在世上，我们应该学会感恩。学会感恩，你才能体会到幸福，你才能体会到快乐。我只想要有一双温暖的手，您却给我整个温暖的怀抱。我们会永远等待下去，直到亲口说上一句：谢谢！

感恩是一种美德，感恩更是一则芬芳的誓言；感恩是一种幸福，感恩更是一个永恒的支点。父母是我们生命的一大部分，没有他们，生命就不完美。在亲情的世界里，每一个孩子都是父母的心头肉，都是父母的手指头，哪一处受伤了，父母都会感到疼，这正是最亲最爱的骨肉之情。

你说你现在真的很后悔以前不好好和父母说话，我想这是一个好的开始，感恩除了反省、领悟，更重要的是付诸行为，用行为表达你的爱。

——贾老师

日行一善 **7月22日**

您用火一般的情感温暖着每一个同学的心房，无数颗心被您牵引激荡，连您的背影也凝聚着滚烫的目光……您不是演员，却吸引着我们饥渴的目光；您不是歌唱家，却让知识的清泉叮咚作响，唱动人的歌曲；您不是雕塑家，却塑造着一批批青年人的灵魂……老师啊，我怎能把您遗忘？我崇拜伟人、名人，可是我更急切地想把我的敬意和赞美献给一位普通的人——我的老师您。经历了风雨，才知道您的可贵！走上了成功，才知道您的伟大——谢谢您，我尊敬的老师！纵然岁月会重塑我们的容颜，我永远是您的孩子！

生命旅程中有很多人帮过我们，给予、奉献、默默地注视，对于他们的付出，有时我们会忽视，但是这本有关感恩的书，又让我们重新审视过去，重新体会其中的感动，书也是你的好老师，你也要一并感谢。

——贾老师

一日善行 **7月23日**

为了迎接明天新来的人员，干部对我们进行了一次大规模的教育，强调了相关事宜。本以为现在已经过了严管期，但还没过，我们要给他们做榜样。

没有阳光，就没有日子的温暖；没有雨露，就没有五谷的丰登；没有水源，就没有生命；没有父母，就没有我们自己。“谁言寸草心，报得三春晖”，无论对待生活还是对待父母，我们都需要感恩，滴水之恩，当涌泉相报。感恩是我们民族的优良传统，也是一个正直的人起码的品德。如果你是一个对生活心灰意冷的人，你应学会感恩，因为感恩的时候，就是你身心得到温暖的时候。

你说新学员来了，你要做好榜样，做各方面的榜样，这是你今天的善，因为你将会用好的行为，给新人做出好的示范，你在传递一种正能量，让大家有一种积极向上的精神。谢谢你，替新学员谢谢你。

——贾老师

一日一善行 **7月24日**

今天是感恩的日子，四个月了，时间过得真快。其实不是时间过得快，而是因为我有好的心态，每天开开心心的，不与学员争斗，听从干部的指令。今天还有西瓜吃，真好。慢慢地喜欢上了这里，不知道离开那一天会是什么样，现在感觉舍不得这里。

以后的日子我有了计划，每天都要看书，并且做好笔记，将书带出去。看了记不住，只有记在本子上，每天回顾一遍，才能记住，出去以后再回想现在，拿起本子，也知道自己是怎么度过这一年的。

这一年如果能坚持写下去，你必定会有很大的收获。在这个本子上，你回忆了自己，你看到了自己的改变，你让心变得纯净、善良，你知道了什么是责任，什么该做什么不该做，明白了很多道理，我也很开心，更多的是为你感到骄傲！希望你永远记住这段离心灵最近，并认真审视自己的日子。

——贾老师

7 月 25 日

人与人之间常常会因为一些冲动，而给他人造成永远的伤害。如果我们能从自身做起，以一个健康宽容的心态对待他人，相信会收到许多意想不到的效果。

生活的完美往往是由许多看上去不够完美的东西组成的，正是这些看似不完美的东西，使完美有了健康的生命力。一个开放、健康的完美才是我们真正的目标。

与其天天在乎自己的成绩和利益，不如每天努力上学、工作或生活，享受每一次经历的过程，并从中学习成长。

你现在正在努力用宽容的心态对待他人，你说自己现在脾气变好了，以前粗话脏话顺口就出来了，现在不会那样了，只是在记日记、在看书、在用文字整理自己生活的点点滴滴，但在不经意间你已改变，你在成长，变得善良、宽容，并且享受这样的生活和自己，祝贺你取得了进步！

——贾老师

7月26日

人的变化真快，现在的班长和我的关系曾经很好，现如今他当了班长，整个人就变了，曾经和他在一起的三个月时光如流水，永远与我擦肩而过了。

生命是永远值得期待和希望的，它蕴涵着太多可能与无限的潜能，也存在着无数的沟坎和障碍，只有释放自己的潜能，才能自由自在地飞舞。

每个人都处在不断的变化之中，变好、变坏、变成熟等，但是在你反问自己是否改变时，要看看实质是否变了，是否伤害别人了。在与你之前的谈话中，我和你也探讨了相关的问题，有些变化也不一定是坏事，有些变化是事物发展必然的过程。你说自己也变了，闲下来不喜欢听别人说外面的事，只想看看书了，这种变化不是挺好的吗？

——贾老师

一日一善行 7月27日

今天我们班上又走了两个学员，真替他们高兴，每次看他们走，他们高兴，我不知怎的也跟着高兴。

晚上给家里打了电话，奶奶接的电话，奶奶还是那么疼我、关心我，我很高兴。得知家里一切都好。现在家人最希望的是我能过得好一点，我在这里也希望家人过得好，身体健康。家人听说在这里还有个“爱心妈妈”照顾我，很是高兴，要我在这里好好表现，不能辜负了“爱心妈妈”对我的照顾。我知道我做得到。

你今日的善是通过电话，让家人放心，使他们为你悬着的心可以放松些，并且让他们知道在这个特殊的场所里也是有阳光、有爱的，让他们看到我们这个社会更多有阳光的地方，你做得很好，不让他们大热天来会见，真是有孝心。

——贾老师

7 月 28 日

有一种心态叫自信，有一种奋斗叫执着，有一种收获叫成功，有一种力量叫奇迹。只要成功还有 0. 1%的希望，我们就不能轻言放弃。不放弃，也许不能成功，但是放弃了，就一定不会成功。成功，不仅意味着辛苦努力后获得的奖励和荣誉，它更意味着一个新的起点——目标更高，奋斗不止！“再醒目一些，再特别一些，再超凡脱俗一些”，这是一位美国富豪的成功秘诀。很多时候，机遇就在生命的前方等待着，关键是要耐心地等待和发现。

看着你写的东西，想着和你谈的话，我有一个深刻的体会，那就是你正在积极地成长，在这种成长里，有三种对你帮助很大的因素：一是好的书籍；二是“日行一善”的笔记；三是不断的思考。在读书、思考、记录中，好的、善的、美的思想通过自己的行为表现了出来，你整个人都在慢慢地变化，让我看到了一个正在拂去身上的尘埃、慢慢透出纯净内心的你。

执着和努力不会浪费，更不会白费，你会在多年后感谢现在正在做的事，这些事不是为这个环境而做的，而是因为我们的人生需要幸福而做。

加油！加油！希望你能坚持并做得更好！

——贾老师

7月29日

授人以鱼，不如授人以渔。金钱上的赞助只能解决一时的问题，更重要的是使对方找到获得金钱、求得生存的方法，这才是真正的帮助，真正的情谊。

有人拥有金钱，他很快乐；有人拥有金钱，他很痛苦。快乐与痛苦并不是来自金钱本身，而在于拥有金钱的人如何使用它。

看到这些，我想你又开始阅读另一本书了，人的快乐和金钱并不能画等号，有时快乐更多地来自精神上的享受和心灵上的安慰。在一个合适的方法获得生存的一技之长是每个人应该做的，我知道你也正在下决心。

——贾老师

一日行一善 **7月30日**

自己的劳动成果，哪怕再少，自己也会珍视，旁人无法体会凝结在其中的心血。由己及人，就有了那句俗语：一粥一饭，当思来之不易。

人生最大的资本不是金钱，而是至高无上的人生准则——品行。

金钱有价，快乐无价，为了有价的金钱牺牲无价的快乐，孰得孰失，我们内心最清楚。

金钱可以买到很多东西，但是它并不能换取一切，比如诚信，千金难买。我看你写的这些文字，虽然不是全部原创，但是你让我再次学习了这些对人生有帮助的经典语言，感谢你传播这些优美、富有哲理的语句，这是你做的有益的事，也是大善。

——贾老师

7月31日

梦想也是巨大的财富。千万不要轻视和嘲笑你身边那些具有梦想的人，说不定哪一天，人的异想天开会变现实，让所有的人为之目瞪口呆。当金钱、虚伪离开你的时候，唯有时间与知识能救你。

贪婪的人不配拥有金钱，金钱只愿意让正直善良的人拥有它。

古人云“君子爱财，取之有道”。不要被金钱迷惑了双眼、幻想不劳而获，要懂得金钱从勤劳处来的道理。

我画线的地方可能也是你感触最深的地方，从前的经历和现在的感悟将形成鲜明的对比，只是如果能把读这句话后的思考形成文字记录下来，那将是更好的事，你说呢？

——贾老师

日行一善 8月1日

11月了，时间悄然而过，已经四五个月了，连升级书也没拿到呀，急切等待中。

天道酬勤，只有勤劳才能采集到真正的“金子”，用你的劳动去获得你想要的，比幻想你想得到的更重要。人生幸福的条件并非怠惰而是勤劳，世上收获最多的人，往往是付出最多的人。天下没有不劳而获的东西！

为了钱，不择手段，欺凌弱小，损人利己者，最终的下场也是赔了夫人又折兵。

你一直在努力，努力做好所有事，不管是学习、习艺，还是与人相处，这是自我反省，自我提高。在这四五个月里，你的变化有很多，包括你坚持看书，坚持写“日行一善”，天道酬勤，你会更好地成长，不指年龄而指内心。

——贾老师

一日善行 **8月2日**

今天贾老师来看我，和贾老师聊了自己现在的情况，和新来的学员的情况，后来我还找他谈了话，具体他听没听进去我就不知道了。

一盏灯火，在照亮别人的同时，也照亮了自己。我们的选择能不能像这盏灯火，既有利于别人，也利于自己？

生命成长的过程是自我不断提升的过程，你给自己如何定位，你就会成为那样的人。哲学是可以长时间研究的，人生选择却必须当机立断。

你关心了他，做得很好，并且你不断影响他，用更改的思维战胜一切不理智的想法，这就做得更好了，你不仅化解了危机，还帮助他建立了良好的开端，这也是你成长最好的证明，我为你感到高兴。

——贾老师

一日一善行 **8月3日**

我们因为害怕被拒绝而不敢跟人们接触，我们因为害怕被嘲笑而不敢跟人们沟通情感，我们因为害怕失落的痛苦而不敢对别人付出承诺。其实，封闭还是开朗，勇敢还是胆怯，关键看自己如何选择。

同样的事物，不同的人会有不同的看法，光明磊落的人以开朗的心境和饱满的热情去对待生活，无论处境如何都会幸福。而心地阴暗的人，他看到的生活，总像“一堵空白的墙”。

每个人都渴求幸福，每个人都在寻找幸福，但是人们往往不知道如何去获得幸福，原来以开朗的心境和饱满的热情去对待生活就是通往幸福的小径，这也是贾老师和你定的目标，为了幸福，我们改变，我们成长，热情地对生活、对他人、对自己。

——贾老师

一日行善 **8月4日**

许多时候，仅有热情和能力是远远不够的，最重要的是要选准成功的方向，只要朝着非常明晰的方向努力，就一定会走出荒漠，找到希望的绿洲。

选择无所作为，生活便一成不变。选择积累创造，生活将报以丰厚的回馈。每个人都有优点，也有缺点，选择的关键在于发扬优点，弥补缺点，这样才会在生命之路上开出绚丽的花。选择悲伤还是快乐，选择生还是死，决定权都在自己的手中。

读这些文字的时候，我突然发现我们在共同读一本书，虽然我们不在同一刻读，却可以通过笔端交流我们对文字的理解。我们这种方式也是在积累，积累内心的能量，正如上述“生活将报以丰厚的回馈”。

——贾老师

8月5日

每一个人都有不同的才能，每一个人都会在生活中找到属于自己的位置。正确地认识自己，谨慎地选择自己的位置，你会放射出不同的光彩。

徐有员在日记里这样写道：“我愿做一滴水/我知道我很微小/当爱的阳光照射到我身上的时候/我愿意无保留地反射给别人。”他的选择经过了深思熟虑，经历了痛苦，他的选择感动了成千上万的中国人，感动了中国！

有远见的、智慧的选择会让你少走很多弯路，节省很多时间，甚至会让生活变得无比的轻松。

这首小诗给了我们感动，一滴水折射的阳光可以感动中国。这首诗给了我们力量，一滴水可以温暖很多，不要因为仅是一滴水而自卑、放弃，希望你也成为温暖他人的一滴水。

——贾老师

一日善行 **8月6日**

拥有鲜活的生命，才是最大的幸福。被他人信任，也是一种幸福。

人生是很容易被感动的，而感动一个人靠的未必都是慷慨的施舍，巨大的投入。往往热情的问候，温馨的微笑，也足以在人们心灵中洒下一片阳光。

只图享受，不去创造，这样的人生绝不是幸福的人生。

幸福不是天上掉下来的，而是运用、观察、分析、推理而来。

你所写的我深有感触，我也曾经因感受过别人的拥抱，而让自己获得了内心的安慰，真的是这样，对别人的帮助不只是金钱的付出，你善意的每个表现，你充满爱的每个表情，都是一缕阳光，希望你在生活中能够以这些方式帮助别人。

——贾老师

8月7日

如果我们总把目光放在自己的身上，只在意自己有什么伤害、委屈，有过多少重担、压力，结果，只有让人愈来愈缺乏活力，愈来愈萎缩。如果将目光放得更远、更大，生活自然日益丰富，生命自然日益蓬勃，我们也就拥有了真正的幸福。

幸福并不取决于财富、权力和容貌，而取决于你与周围人的相处。在平凡的日子里，珍惜身边的人和事物，快快乐乐做自己！

有时目光仅仅看见自己反而会让自己变得思想狭隘，失去感知幸福的能力，就如你开始关心身边的学员，学会用包容的心态与他们相处时，你也会觉得一切没那么糟，日子过得也飞快。祝你能在平凡的日子里快快乐乐做自己。

——贾老师

日行一善 **8月8日**

幸福不是整天向往遥不可及的东西，而是珍惜眼前的所有，这就是幸福的味道。

权势再大，金钱再多，没有一个融洽的社会氛围和和睦的家庭环境，谈何幸福？

人生在世，人们总在不断追逐财富、权力和欢娱，反而忽视了心灵，然而只有心灵才会陪伴我们直到天涯海角。

生活需要伴侣，快乐和痛苦都要有人分担，没有人分享的人生，无论面对的是快乐还是痛苦，都是一种惩罚。

心灵是人生最重要的，日行一善的每一个字都在做滋润心灵的工作，纯净心灵，我们要坚持，加油！

——贾老师

8月9日

今天又有一次“春蕾讲堂”，讲的是法律，都是生活中的实例，通过这节课我体会到了：法律是人类经验与智慧的结晶，是调整我们社会生活最重要的规范体系之一。在当今新旧交替、中西融合的改革开放时代，在当前构建社会主义和谐社会的新的历史时期，法律对我们各项事业的作用显得尤为重要。和谐是法律所追求的基本价值。在特殊场所接受教育的人员，其生活经历、文化背景、所犯的错可能各不相同，但缺乏法制观念是导致他们走上违法犯罪道路的共同因素。因此，我们要积极接受法律常识和思想道德教育，增强法律观念。

你有这样理性的认识很不错，看来“春蕾讲堂”对学员们来说除了传递知识外，更重要的是传递了理念，看来你不但听讲了，而且课后思考也很认真！

奖励！

——贾老师

一日善行 **8月10日**

珍惜现在的幸福比期望未来重要很多，可是我们总是不能够去发现它。幸福就在我们身旁，关键是我们要有一双发现生活、发现幸福的慧眼。

一帆风顺未必是幸福，只有经过挫折的人，才能领会幸福的真正含义。

最大的幸福莫过于朋友在你最需要的时刻出现，痛苦是可以拆解的，而幸福不能。幸福，就在与朋友共同面对困难的时候产生。

得到常常让人感到快乐，其实给予所带给人的幸福比得到更加强烈！幸福就是一种微妙的感觉，有时它会突然从天而降，有时它会如平静的泉水汩汩地从我们身边缓缓流过，无声无息。

幸福是施，幸福是爱，幸福是拥有一颗感恩的心。

我们有时候会向往自己很难得到的东西，如果无法得到，会陷入痛苦，却对我们当前的拥有视而不见。直到所拥有也渐渐失去，才蓦然发现，原来自己一直身处幸福之中。

获得似乎会让我们快乐，我们一直追求更多的获得，甚至可以不择手段，但是当你尝试了付出带来的幸福感后，你会发现那种甜

蜜无以言表。

这种幸福的感觉是其他方式所不能得到的，就如你的小小付出可以换取一个灾区儿童的快乐“六一”一样，这种快乐远比让你自己过个节要多，所以写“日行一善”的初衷是希望你通过付出、行善，最终感受到给予也是快乐和幸福的，而摒弃不择手段的索取，我希望最终你会因为幸福而选择正确的道路，也因选择正确而幸福。

——贾老师

一日一行善 **8月12日**

我们每个人都是阳光下独特的一个人，每个人身上都存在着不少亮点，都需要我们去细心地发现，让那一个个亮点像灯盏一样慷慨照亮我们注定不应该黯淡的人生。生老病死乃人之常情，自然的规律无法改变。正因为每个人最终都要面对死亡，生命才显得尤为可贵！

胸怀大志的人，沉重的责任感时刻压在心头，砥砺着人生的坚定脚步。而得过且过、空耗时光的人，一场人生的风雨便有可能把他们彻底打翻。加满“水”，使自己负重前进，这样才不会被打翻。

不但要加水，更要给自己“加油”！特别是在逆境时，在自己想要放弃时，给自己加油，鼓励自己坚持内心，坚持自己的梦想，坚持做一个最好的自己。

——贾老师

一日一善行 **8月13日**

骄傲总是和不自量力紧紧地连在一起，就像一对孪生兄弟。要是再有无知为他们撑腰，那就更加气焰嚣张。不过，必然只能落得失去朋友、饮恨失败的下场。

熟能生巧，但却不会引发人的潜力，只有不断地挑战自我，冲击生命的极限，才会有所发展，相信自己，发现自我。

人生在希望中产生意义。可以想象，一个没有希望的人生就像太阳没有七彩阳光，会变得黯淡。

你的习艺水平一点一点提高，一天一天在赶超他人，就算机器不好用的时候，你一样能每天超越一点点，你做到了，你相信自己，而且让自己的潜力不断得到了挖掘，这也是你的善。

——贾老师

一日善行 **8月14日**

被珍惜的东西往往是花费很多气力才会得到的，因此即使它在别人眼中一文不值，我们也会感觉它无比贵重。因为珍惜，我们获益匪浅；因为珍惜，生命光彩夺目。

要开创生命新的阶段，我们不得不摒弃旧的习惯、旧的传统，不断地发挥我们的潜能，使我们完成生命的蜕变，重新飞翔在蔚蓝的天空上，不断地冲击生命的理想。

我写过一首歌，叫《美丽的重生》，就像这段文字写的，“摒弃旧的不好的习惯，改掉缺点，完成蜕变，重新飞翔，在蔚蓝的天空”，下次我把这首歌的歌词带给你，愿你在蜕变后变成一只美丽的蝴蝶。

——贾老师

一日善行 **8月15日**

今天二中队新来的学员又发生了打架事件，想当初我也是这样，遇到一点小事就想用暴力解决，觉得可以用拳头摆平一切事情。可是现在的我不这样想了，那样会把事情弄得更糟糕。我发誓在这里绝对不打架了。

今天有今天的事情，明天有明天的烦恼，每一天都有每一天的人生功课要做，今日事今日毕，才不会增加明天的烦恼。天气炎热，很多时候，心情会因此而烦躁，所以我们要做好自己情绪的主人，即使做了情绪的主人，也需要不断磨炼，不断提醒自己，心静自然凉。

——贾老师

一日善行 **8月16日**

遭遇困难是我们每一个人一生中的必修课，面对困难，谁都免不了痛苦迷茫，不知所措。人与人最大的不同，在于是否能够尽快从痛苦的废墟中换气出来，用乐观幽默的态度，对待困难。生命，就是在一次次的换气中绽放出绚烂无比的光彩。

每个人都对人生有美好的憧憬，现实却常常跟我们捉迷藏。如何认识梦想与现实的差距，是我们经常会面对的人生课题。

来到这个特殊的场所，对于一个人来说应该算得上一个痛苦的经历，至少脱离了一个正常孩子生活的轨道，可是这种挫折所付出的代价，能够唤起内心的觉醒，从而奋发，未必不是一件好事。“挣扎中绽放绚烂”，贾老师愿见证你的精彩。

——贾老师

日行一善 **8月17日**

自信，执着，有远见，勤于实践，会让你拥有一张人生之旅永远的坐票。

生活真是有趣，只要你在困境面前不停止寻找的脚步，它常常会给你最好的回报。

我们承受着来自各方面的压力，这时候，我们需要像雪松那样弯下身体和释下重负，才能够重新挺立，避免被压断的结局。弯曲，并不是低头或失败，而是一种弹性的生存方式，是一种生活的艺术。

你记录了书中这么多优美的文字，贾老师很感谢你，但是期待看到你原创的文字，经过内心体悟和理性思考的文字，和日行一善的表达。

期待中！

——贾老师

附录 1

“戒毒青年”角色矫正机制研究①

——基于戒毒青年 JH 的矫治经历

刘成斌　昝　莹　贾　俊

摘要：该研究以戒毒青年 JH 的矫治经历为材料，呈现了戒毒青年从面临角色困境到实现角色回归的角色矫正技术与过程。矫治过程中的角色适应主要是让戒毒学员认识到自己被强制隔离的现实并接受这一现实，然后去应对与适应“戒毒者”角色，这是引导戒毒青年适应隔离戒毒所环境、顺应矫治方案的前提。角色体验的主要实务是让戒毒青年体验亲情角色、友情角色等，通过角色体验为戒毒青年树立角色榜样和角色理想，并产生角色期待。通过角色期待为戒毒青年构建新角色、重建自我。通过实务分析表明，戒毒者作为犯错的“学员”角色进行矫治是积极有效的而不应该对之进行指责式教育；同时，对吸毒人员进行社工干预实务应该从生活细节入手进行心理认知的转变进而走向行动改变，而不应该宣讲政策条文或空洞地讲毒品危害，这与普遍公众对待人员的非专业境遇形成鲜明对比。

关键词：戒毒青年；角色矫正；角色体验；角色期待

① 华中科技大学社会学院副院长刘成斌教授以金虎的“日行一善”作为矫治案例，从角色回归、角色矫正的过程等角度进行了研究，写成此文，并刊登于 2016 年第 2 期的《江汉学术》，文中的“JH”为金虎，“SG”为作者。

一、引言

(一) 问题提出

随着改革开放的深入，我国的社会环境发生了很大的变化，吸毒成瘾问题愈演愈烈，吸毒人员数量呈不断上升趋势。《2014 年中国毒品形势报告》① 显示，截至 2014 年底，全国累计发现、登记吸毒人员 295.5 万名，其中 2014 年新发现吸毒人员 48 万名。参照国际上通用的吸毒人员显性与隐性比例，实际吸毒人数超过 1400 万。面对如此严峻的禁毒形势，中共中央、国务院于 2015 年 6 月印发《关于加强禁毒工作的意见》②，我国的禁毒工作不断向前深入发展，戒毒形式也不断发生变化。最新《禁毒法》③ 规定，由强制隔离戒毒取代原来的劳教戒毒模式，和社区戒毒、戒毒医疗机构、社区康复及自愿戒毒等形式共同构成我国目前主要的戒毒措施。

(二) 相关文献回顾

1. 角色矫正的研究

根据已有研究文献，目前将角色理论用于矫正工作的研究比较少，仅有陈青山从角色定位、角色偏差和角色矫正三个方面开展分析，探讨国家宏观调控过程中政府和利益集团两类角色主体及其角色扮演中分别遇到的问题并提出角色矫正的思路，有利于国家更好地发挥宏观调控职能[1]。宋雅婷以社会角色理论为视角，分析社区矫正中各参与主体存在的角色问题，并做出归因解释及建议，以推动我国社会矫正工作的更好发展[2]。曹殿朕将角色理论运用到青少年网络游戏行为匡正的理论指导中，通过对青少年角色的重新定位和角色调适，达到预期效果[3]。更多的是角色理论视角下各个领域、各种现象的研究，将理论研究与实际经验相结合。如刘哈兰将角色理论与高校老师“双挑肩”现象相结合，从角色认知、角色行为、角色冲突和角色适应四个方面分析和指导实际工作[4]。谷高科等人将角色理论分别运用到公众科学素养的分析、师生互动关系及各自角色定位等研究领域中[5]。

2. 吸毒人员矫正方式的研究

吸毒人员的矫正方式主要包括社区矫正及强制隔离矫正，如徐卓超等人从社区层面提出对吸毒人员的矫正治疗，倡导“以人为本”的社区矫正管理模式，以社区为依托，为吸毒人员提供自由、真实和包容的社区环境，培养其人际交往和重新适应社会的能力，真正做到回归社会，将复吸率降到最低[6]。张昱认为社会工作的介入是对戒毒社区康复制度的完善，以尊重、接纳、平等的态度帮助戒毒人员解决社会认知、人际交往、家庭支持、社会回归等各方面问题，不同于普通的社区矫正工作，意义重大[7]。呼涛等人对社会工作介入社区戒毒进行初步探索研究，分析社会工作介入的必要性和可行性，从个案、小组和社区出发探索介入的方式、方法[8]。谷湘东等人主要把研究重点放在强制隔离戒毒模式的探索上，提出强制隔离戒毒是对过去劳教戒毒的继承和发展，以隔离教育、心理康复和认知教育为主，通过对强制隔离戒毒所的调查，分析其管理模式存在的问题，提出综合矫治的理念，从认知、行为到再社会化的准备，都对强制隔离戒毒提出更高要求[9]。

3. 吸毒人员矫正方法的研究

吸毒人员的矫治方法主要包括心理治疗和家庭矫正。如庞岩、焦志伟主张通过对吸毒人员的心理问题的循证来获得具有针对性的矫正方案，从生理、心理、社会和家庭四个方面对吸毒者的心理成因进行分析，在此基础上有针对性地开展心理干预治疗，改变吸毒人员的心理障碍，戒除“心瘾”[10]。史书以强制隔离戒毒人员生理、心理的症状和成因为切入点，将戒毒心理治疗发展为一套系统模式，包括个别心理治疗、家庭心理支持社区心理脱瘾之间的无缝衔接，运用心理测量和调查的手段对戒毒人员脱瘾程度做出评估[11]。普丽春、马敏艾将心理治疗和行为改变相联系，进行心理个别帮教的同时必须对其行为矫正，并在此基础上发展了“两治疗”和“两教育”模式，有层次、分阶段地开展戒毒工作[12]。严红英等人提出家庭环境（家庭关系紧张、缺乏沟通、父母行为偏差）、家庭教养方式、家庭结构异常是造成青少年吸毒的重要家庭因素，胡婷以“戒毒青年”的家庭为切入点，结合结构家庭治疗、系统家庭治疗和萨提亚家庭疗法开展矫正工作[13]。

通过对以上文献的分析表明，首先，角色理论的运用已比较广泛，角色冲突、角色期待、角色体验、角色适应等在角色理论研究中关注较多，但是将角色理论运用到矫正工作的相对较少，在戒毒矫正工作领域的运用更是少之又少。其次，“戒毒青年”矫正的研究宏观上大多停留在制度层面，包括社区和强制隔离戒毒所戒毒管理模式的研究；在矫正方法上也以戒毒者心理治疗干预为主，注重“戒毒青年”的个人心理问题，解决心理障碍，戒除“心瘾”，或更多地关注“戒毒青年”的家庭环境因素，将家庭作为矫正工作的重心。所以，将角色理论运用到戒毒工作中，以强制隔离戒毒为研究背景，以SG与学员之间的真实互动为研究素材，初步探索角色理论在“戒毒青年”矫正中发挥的重要作用，也是本研究的创新之处。

二、研究方法

（一）概念界定

戒毒青年：

年龄界定，青年的年龄为35岁以下；本研究的实务对象是第一次吸毒且年龄低于18岁的青少年。

心理脱毒：

心理脱毒治疗是通过心理治疗和心理咨询使吸毒者能够配合和增强戒断的信心，保持操守的治疗。心理依赖是复吸的主要原因，也是戒毒工作中最难的部分，对吸毒者采取心理戒毒的治疗十分重要。本研究中的对象主要是心理脱毒。

角色矫正：

矫正又称矫治，原是医学用语，当其概念被引入社会领域后，成为司法方面的专门用语，意指国家司法机关和工作人员通过各种措施和手段，使犯罪者或具有犯罪倾向的违法人员得到思想上、心理上和行为上的矫正治疗，从而重新融入社会，成为其中正常成员的过程。本研究中“角色矫正”主要指针对“戒毒青年”的社会角色失败开展矫正工作，通过角色适应、角色体验、角色期待形成一套角色矫正机制，并试图运用社会工作专业技巧和方法开展实务矫正，矫正错误的心理认知和行为偏差，树立正确角色观，学习符合自身角色的社会规范，最终实现角色的回归。

（二）资料收集方法

主要是采用“交互”日记的方式。所谓的交互式日记是指由戒毒所社工担任“爱心妈妈”与学员JH建立关系，并要求戒毒青年每天写日记与其交流。每天的日记在第二天都由社工阅读、修改并写评语。交互的主要目的是让戒毒青少年有明确的认知、明确的预期，并逐步调动其生活态度的积极阳光的一面，以达到角色塑造的目标。在戒毒专业机构中，教育科室的主要工作之一就是由警官或社工咨询师、心理咨询师等专业人员对戒毒学员进行一对一的帮扶、教育。本研究选择JH学员2013年6月进入戒毒所至2013年8月总计三个月的适应教育的日记为依据，观察、分析戒毒学员与戒毒社工之间的互动过程。

(三) 分析方法

主要是采用“文本”分析。文本分析是一种从文本的表层深入到文本的深层，从而发现那些不能为普通阅读所把握的深层意义的分析方法。它是指按照某一研究主旨的需要，对一系列相关文本进行比较、分析、综合，从中提炼出评述性的说明，采用的是客观、非接触性的描述。本研究中的“文本”即社工与学员之间的互动日记。在对互动日记这一文本进行阅读、归纳、分类等过程中，主要从戒毒学员的角色认识、角色扮演、角色支持等理论入手，因为吸毒这一事实表明戒毒学员在正常的社会化过程中遭遇了社会角色扮演的失败，而角色作为个人与社会联系的中介，既有个人对角色的认识、扮演、体验，也有社会关系、社会地位、社会制度等客观因素对角色形成牵制与约束。本研究将戒毒所社工 SG 与学员 JH 的交互日记作为文本，然后应用角色理论、社会化理论对其进行解读，从社工对吸毒青少年的管理实务中抽取、归纳和总结一套矫治工作模式，对日后的吸毒青少年改造提供借鉴与参照。

(四) 个案概况

吸毒学员 JH 是一名农村孩子，1995 年 12 月生，于 2009 春季辍学。在辍学后没有正当职业，在待业与“混日子”的过程中逐步学会了抽烟、喝酒等。2010 年，在一次朋友聚会中接触了 K 粉，刚开始也害怕、担心过，但随着在毒友圈里的熟悉、习惯，毒瘾越陷越深。于 2011 年被公安机关在例行检查中首次发现并被处以经济处罚，于 2012 年第二次被公安机关抓获吸毒并处以经济处罚。2013 年

4月第三次被抓即被送往省未成年强制隔离戒毒所。社工SG担任JH的“爱心妈妈”进行矫正帮扶是从2013年6月1号开始的。前几次都是日常谈话、交流，4号开始引导JH正式记录日记。

三、角色矫正机制

从社会化的过程来讲，“戒毒青年”面临的是一种社会化进程中的角色失败——即偏离了正常的社会角色塑造路径。角色失败是角色扮演过程中发生的一种极为严重的失调现象。它是指由于多种原因使角色扮演者无法进行成功的表演，最后，不得不半途终止表演，或者虽然还没有退出角色，但已困难重重，每前进一步都将遇到更多的矛盾。“戒毒青年”出现的吸毒、打架斗殴、学业中断、违法犯罪等行为偏差使他们偏离了正常的社会生活轨迹，尤其在进入强制隔离戒毒所后，无法继续承担应有的社会角色，在角色扮演的过程中面临角色失败的问题。角色失败通常是件坏事，但是，如果处理得当也不是不能把它转化为好事。通过吸取角色失败的教训，认真总结经验，重新振作精神，以崭新的面貌出现在人们面前。

本研究中的“戒毒青年”JH刚进入强戒所时无法摆脱“心瘾”控制，脱离了正常的社会生活，心理上不能接受长达两年的戒毒生活，产生角色不适，态度消极，严重影响了戒毒效果。SG意识到JH所遇到的问题和产生的不适反应，以“爱心妈妈”的身份与其建立关系，并开展服务工作，帮助其尽快适应新生活、新角色，通过多种角色体验，寻找亲情支撑，获得心灵上的力量，使其产生改变的动力和想法，鼓励其树立新期待，为回归正常的社会生活做准备。

（一）角色适应

角色适应是指个体或群体因为情境的改变，社会期望的一整套权利义务和行为规范或行为模式发生相应的变化，所涉及的个体或者群体调整自己的态度、观念和行为，使之与角色规范相符合的过程。就戒毒学员的角色适应而言，在其被送往强制隔离戒毒机构之前，其人身是自由的，但进入强制隔离戒毒所之后，首先面临自由限制的问题。所以，大多戒毒学员刚进入强制隔离戒毒所时都是“不习惯”被隔离、限制自由活动等生活状态。而且吸毒人员大多生活不规律、白天黑夜颠倒，但进入强制隔离戒毒所之后，必须按照管理规定按时休息、按时吃饭、按时习艺等，这对刚入所的学员来说是一个相当大的挑战性适应，甚至有的学员情绪很激动，大喊大叫，要求“回家”“放我出去”等，个别还有自残行为。“戒毒学员”进入强戒所的角色首先是要由一个自由人转变到适应不自由的新环境，服从民警的管理与教育，并按照民警规定进行习艺习艺、按时吃饭、休息等。而社工在引导戒毒学员适应的过程中并不直接强调纪律、规定等制度性因素，而是让学员抒发自己的感受，从个人遭遇、心情，到天气、班组情况这些活生生的细节入手。

JH（6. 10）

今天班长被干部狠狠批评了，我就在那看着。班长被批评之后回宿舍了，气氛阴沉沉的，大家都不怎么说话。

……唉，对这天气真不习惯，武汉的天气就这么变化无常吗？

SG

今年的气温比往常是稍微低一点，不过在夏天有些凉爽的日子，当然是要好好珍惜的。也许和家乡的气温有些不一样，不过，心情好，什么天气都会变得可爱。

在别人不愉快时给予安慰，或者考虑别人的心理感受，知

道如何不让他再伤心，你的理解和善意也是今天的善行。

JH（6. 15）

现在的天气比我想象中的还要热，心情也浮躁，有些不适应，太热了。

……不知道为什么，有些控制不住自己的情绪，有时还会和别人发生争吵，我有些担心自己会控制不了自己的情绪。

SG

天热，人的心情会有些不好，可是我们是自己心情的主人，应该能把它管住，允许它在合适的范围内表达一下意见。但是不要让自己失去对它的控制。你明白SG的意思，对吧？

从社工SG的矫正技术来看，采用的是“教育寓于生活”方案。社工SG并未强调“冷冰冰”的制度规定，而是从天气到心情，再引导戒毒学员成为“心情的主人”，而不是被情绪牵着走，“应该会把它（情绪）管理好”。这比直接诉求于制度规定并应用制度规定来训斥戒毒学员显然要更“以人为本”。这说明SG善于发掘学员的优点和潜力，通过安慰、鼓励对学员进行心理调适，帮助其积极适应新角色，并树立每日一善的目标，从行为上开始做出改变。经过一段时间的努力，学员JH开始发生了变化：

1. 认知改变

JH（6. 12）

一年一度的端午节到了，端午节是中华民族的传统节日，是为了纪念屈原而过的节日。

端午节所里给我们发粽子、咸蛋，中午、晚上加餐，还特意给我们放了一天假。

上午看电视、赛龙舟，没有看到一个完整的。每年端午节我都在家吃粽子，看赛龙舟。虽说今年的环境和以前不一样，但还是能体会到在家过端午节的感觉。谢谢所里领导对我们的关照。

SG，端午节快乐，亲爱的家人们，端午节快乐。

SG

在这里你能体会到家的感觉，SG很为你高兴。说明你已经完全适应了这里的生活。希望你和你家人都能安好！

从整体的日记记录内容来看，平时生活单调、严肃的戒毒所在节日搞活动是JH角色适应发生变化的一个重要节点。具体来说，节日是搞活动的时间契机，而搞活动是建立良好氛围进而拉近学员心理距离、树立健康人文气息并引导吸毒人员进行角色转变、心理适应的重要手段。节日庆祝活动少了制度约束的硬性管理，多了自由娱乐与享受的生活情调，并让戒毒学员JH对教官的关照产生了“在家过节”的感受。为其后来的心理转向奠定了基础。

JH（6. 14）

今天SG来看我，我很高兴。在和SG交谈往事的时候，感觉自己很心酸，差点没哭出来。

每次SG和我谈心，我都会很高兴，SG会尽量给我快乐。想想以前，觉得自己真的可耻，现在和SG、学员们、民警老师们在一起真的很开心，发自内心的开心。回想当初，想着想着我就会流泪，为自己的行为流泪，流了泪我也会渐渐忘记从前，忘记那些称之为“兄弟”的人，洗心革面，痛改前非，相信自己。

“弘毅笃行，从头再来”，现在还不晚，坚持！

SG

“弘毅笃行，从头再来，现在还不晚，坚持!”希望不仅把这句话说出来，还要做出来!

从6月12日过节到14日的认知转变并在日记中清晰地表达出来，应该是JH心理变化的第一次重要转向——由吸毒、不适应强制隔离到认识到自己的状态，决定“痛改前非”。这是一个非常重大的角色认知转变。角色认知是角色适应和角色转变的第一步，认知理论认为人的行为不是来自精神分析学派所说的本能，而是受制于人的理性思考，无法理性思考是因为认知受到了局限[14]。同时，认知理论提供了一种新的工作方法的视角：即通过改变案主的认知情况，加强他们的学习能力，引导他们的学习方向和归因方向，使他们更好地适应环境。学员JH在SG的帮助下，已经感受到了强戒所生活的温暖，基本从心理层面接受了现在的生活，并产生了悔过心理，将吸毒成功归因于自己的问题，表明他的认识已经开始发生改变。

2. 行为改变

JH（6. 13）

过节休息一天后又接着习艺劳动了。

每天晚上睡觉前我都会先做些运动，也许是没有习惯，第二天手没有力气，胳膊还会疼，不过每天晚上我都会坚持，认定一件事就不能轻易放弃，半途而废。

SG

习艺、运动、学习、写作，一个都不误。你合理地安排了你全天的时间，珍惜时间就是珍惜生命，你做到了！这也是你感恩生命、感恩生活的一种方式，很不错！并且你说认定了一

个事情要坚持，要努力。我相信以这种心态面对生活，你会获得很多方面的成功。

从戒毒学员JH心理认识上的变化到行为的调节是一脉相承的，正是心理认知的矫正与教官的教育、社工SG的鼓励，共同促使JH认识到自己的习惯、信念与行动等层面需要矫正，尤其是“不能轻易放弃、半途而废”的信念是JH心理矫正的积极信号。而社工SG也积极肯定其“感恩生命、感恩生活”，并鼓励这种心态的坚持、给予成功的期待。从角色认知到角色扮演过程再到角色期待在SG的实务操作中得到了潜移默化的糅合。

3. 情绪改变

JH（6. 18）

今天不断地和别人发生争吵，都是因为一些小事，无数次想冲过去暴打一顿，但只在心里想，没有做出来。因为我知道不管谁先动手，都会赖在我一个人身上，所以我选择了让步。

晚上，我的想法在别人身上实现了，班长和别人打了架，打完架后他可为难了，因为他是班长。干部让他口头检讨，他不知道怎么说，最后我帮他解了围。

这些人都是说不得碰不得，他们就像手枪一样一触即发。

SG

其实不是让步，是理智处理问题。

你今天又有“两善”，一是“宽容”，宽容别人对你的不好，克制了自己冲动的想法；二是“助人”，在班长手足无措时，你帮他想了办法。“日行一善”你行了二善，超额完成任务了！

学员JH的角色适应包含了认知、行为和情绪上的转变，在与SG不断的沟通交流中，慢慢学会理性看待和处理问题，学会面对过去的自己，树立前进的目标，找到了生活的意义。因此，面对强戒所具有适应不良行为的学员，不仅要进行行为的矫正，更要达到认知—情感—行为三者的统一，才能真正促使他们发生改变。

（二）角色体验

角色体验主要是通过学员对亲情的体验，对人际交往的体验，与他人之间的相互体验以及和SG之间的互动体验，帮助学员体验角色中的情感，体会角色带来的幸福感和责任感，领悟并学习如何成功扮演该角色。角色体验是实现角色期待的前提，也是角色矫正的重要途径。

1. 亲情角色的体验

（1）亲情的向往

JH（6.5）

明天就要会见了，我很期待明天的到来，因为可以看到家人了，但不知道家人来不来，哎，好烦！

SG

JH：你很棒！用耐心代替冲动去处理一些难处理的事，你今天的善是“包容”，SG觉得你做得很好！

（2）亲情角色的构建

JH（6.25）

明天就是国际禁毒日，为此所里举行了现身说法活动。

最开始先有五名同学发言，他们都讲述了自己的故事，我很感动。听他们讲述自己和亲人之间的故事，我不禁想起自己的亲人。

SG

我相信你听了他们的发言，心里涌起的不仅是对亲人的想念，更多的是对亲人的“感恩”。今天的善就是你能更深地理解亲人对你的爱，而且想要通过自己的行动向他们感恩，自己也要善于发现自己内心的“美”和“善”，并在日记里反映出来，不能老让贾老师给你总结，你说呢？

JH（6. 6）

今天是会见日，早上怀着低落的心情在车间做习艺，突然听到干部叫我的名字，当时，心情一下子就变好了，在想是她来了，还是父母来了？

当我到会见区的时候，第一眼就看到了爸爸妈妈，赶紧拿起电话和爸爸对话，说着说着我就流泪了，想到男儿有泪不轻弹，我把眼泪止住了。

……

从爸爸口中知道她也来了，突然有一种说不出来的感觉，不知是高兴还是悲伤。因为她没有带身份证，进不来，当时外面还下着小雨，我不禁又流下了泪，想和她说声“好好照顾自己”，但没有机会，会见完回到生活区走在篮球场上的时候一直盯着大门外的她，依依不舍。

还有件喜事要与贾老师分享，就是在我被送到这里的第二天，我姐姐的小孩出生了，是个漂亮的小姑娘，起名 YJX。

SG

JH：祝贺漂亮的小宝宝来到这个世界，也祝贺你当了长

辈、成了舅舅，看到了父母，看到了有人在关心你，也看到了到了大家对你的期待。从今天起，你不但要扮演好以前的各种角色，而且还要做个好舅舅。你的日记写得很好，加油！

SG

SG积极的倾听学员JH的体验感受，并及时给予反映，发掘事件背后的情感，帮助其感受内心的真实体验。通过为JH树立亲情角色榜样的力量，逐渐引导其感受家庭角色的责任，为自己树立标杆，增强自制力。引导JH感受家庭温暖，感恩于父母，重建儿子的角色。

SG需要为“戒毒青年”构建社会支持系统，在此过程中，家庭给予最主要、最直接的支持，主要是情感支持和物质支持。通过对亲情的体验，激发其改变的动力，促进与家人之间的沟通，建立或强化与亲人之间的关系。

在角色体验的过程中，重点是亲情体验，亲情角色的体验在于唤醒“戒毒青年”对亲人的情感，通过回忆与亲人之间的故事，感悟亲情的重要，增强对亲情的渴望，产生对家庭角色的期待。

2. 人际交往的体验

JH（6. 8）

转眼间，来这已有两个半月了，对这里有规律的生活也早已习惯了，来这两个多月里，看着老学员一个个离去，我既又高兴又难过，当然高兴的多一些，因为有些老学员已经和我成了好朋友，而且是精神上的好朋友。

……

我希望他们走出了这个门后就正正当当地做人，做一个知法、守法的公民，永远也不再走老路……

SG

和你交谈才知道你所说的精神上的好朋友是指给过你鼓励、给过你安慰、给过你勇气、给过你一些前进的机会的学员，他们曾带给你精神乐观向上的东西……一个微笑也可以是行善的内容。希望你也能在别人心中种下温暖，希望你能把温暖传递给更多的人。

SG鼓励学员感受他人传递的温暖，感受其他学员带给他的正能量，也希望他能够将收获到的真善美传递出去，形成一个良性循环，改变人际交往方式，提高人际交往能力，完善社会支持网络。人的生存与发展需要与他人共同合作，以及依赖他人的协助，家庭以外的支持网络也是社会支持系统中的重要部分。

3. 教育角色互动与良性参与

JH（6. 21）

每次SG来看我，我都很高兴，收获也很多，忘记了烦恼。

SG是可以与我自由交流的人，认识她我感到很荣幸，每次有什么问题，SG都会认真详细地和我说，一直到我明白其中的意思为止。虽说SG是“爱心妈妈”，但我已经把SG当作自己的亲妈妈。

SG

你鼓励的语言是对SG最好的肯定，也是给我提出了更高的要求。希望在你的帮助下，让SG成为一个好“妈妈”，我会努力的。

JH（6. 23）

因为车间要改造，两个周日的休息时间要推迟到月底，好在到时候我们可以连续休息很长时间，原本以为要休息的我昨晚看书到深夜，以致今天在车间没精神，更别提习艺了。经过一番折磨，到晚上却睡不着了，可能是在想什么，但似乎又没想什么，唉，烦啊，看书。

SG

我知道你在看《启迪人生的108个故事》，书是打发时间的好朋友，更是滋养心灵的好朋友，学习书中的人物，学习书中的道理，更深入地理解生活，更明确自己人生的目标。

JH（6.24）

时间悄然划过，今天是我来所的第三个月，24号这天我永远记着，它是我人生的一个转折时间。

不过，最令我高兴的还是遇到了“贾妈妈”，还有这些坚守在自己岗位上的干部们。

SG

“24号”也许会带给你痛苦的记忆，但你可以赋予这一天新的意义，我想你明白SG的意思。

赢得了“戒毒青年”JH的充分信任和肯定，此时需要提出更高的要求，希望他能通过看书开阔视野，提升自己对生活的领悟能力，获得更多的正能量。并帮助JH在体验过去的痛苦回忆中赋予其新的意义，消除内心困扰，释放压力。

（三）角色期待

角色期待是指，团体中多数成员期望或要求其中某一成员做出的某些应有的行为方式；即担任某一职位者被期待的行动或特质，其内涵包括信仰、期望、主观的可能性、权利与义务的行使等。角色期待主要在于使角色行使者明白其权利与义务，也即角色的学习。

本研究将角色期待分为自身的期待和他人的期待，自身的期待主要指“戒毒青年”在经历一定的角色体验之后，自身对新角色产生的向往，他人的期待指对其想要扮演的角色提出的行为规范和要求。角色期待是实现角色矫正最关键的一步，也是角色重构的基础。

1. 自身的期待

(1) 渴望自由

JH（6. 16）

今天是休息日……下午打篮球，没有好好发挥，也许因为太久没有打球的缘故吧！今天又有一个人出所了、我当时还在打篮球，看着大门慢慢打开，看着他走了出去，我竟和其他打球的人撞上了，这下撞得可疼了。

可以说今天还蛮开心的。

SG

看着开启的大门，相信你的目光中有祝愿，有渴望，也相信在你也希望自己能够早点从这里走出去，要让心愿实现，让梦想成真，唯有自己不断努力和奋斗。

戒毒学员从自由身到强制隔离，从适应隔离环境再回归社会是一个矫正、改造、等待糅合的过程。JH 平时虽然希望好好改造能够早日回归社会自由，但毕竟没有直接的诱发事件，而其在打篮球过程中受到“今天又一个人解救”的刺激，应该是精神上受到了振动、刺激；因为 JH 注意力转移到了慢慢打开大门这件事上，还跟别人撞上。打球过程中注意到被人被解救、看着大门打开以至于撞人这一连串行动表明 JH 自我内心的触动、对自己回归社会的期待、对自由的渴望。社工 SG 也敏感地捕捉到了这一点并给予充分的信任“相信你的目光中有祝愿有渴望”，同时也鼓励学员JH需要“不断的努力与奋斗”。

（2）渴望回归家庭

JH（6. 3）

晚上打电话，当听到爷爷的声音时，有种想哭的感觉，好想家人啊！这是第三次会见，前两次他们都没来，这次也不会来了。

好想和爸爸说说话……如果当初没走错路，现在正在和家人一起看电视，那是多么美好的事情啊！

SG

有一个美好的心愿和目标，也是一种善！

通过对自由的渴望和对家人的思念表达了学员JH想要好好改造，争取早日出去的想法。听到爷爷的声音，想象自己和家人在一起的情景，“我真后悔，如果当初没走错路的话”，表明JH内心受到的触动是比较深的。正是这些与家人团聚的“想象”与对错误的反思成为JH改变自我、积极参与矫正的强大动力。SG以此为契机，澄清学员的期待，塑造希望的场景并给予鼓励，强化学员的改造动机，肯定他的期待。自身期待也可以理解为自身内化的心灵力量，是其改造的根本动力。

2. 个人角色期待的超越

（1）“当班长”——公共角色的理想

JH（6. 2）

最近我有一个新的想法，要成为我们这几××（地名）人中第一个完全改变自己的人，也要在他们几个人中第一个当班长，也许这是不可能的，但我要努力，要付出。

SG

有当班长的想法非常好，但是不要让这个小目标取代了自己的大目标和每天的快乐！放轻松，做好每件事。

改变自己的人生是你的大目标，做好自己应该做的、想做好的。SG和你一起加油！

随着JH逐步适应戒毒所的环境与管理节奏，通过习艺、生活调节等渐渐认识到了自己的错误——从行为到精神上都进行了反思与改变。而经过一个月的积累，JH已经有超越自我、承担公共角色的想法——当班长这一为公共服务的小领袖。并且赋予这一角色积极的榜样意义“我要在我们这几十个人中要第一个完全改变自己的人”。这表明JH的心理转变越来越倾向于积极进取的姿态，同时这也表明SG实务策略的正确性——通过日常生活细节入手，逐步积累正能量，让矫正对象从内心感悟开始逐步达到矫正目标，而且SG明确表达了“SG和你一起加油”的陪伴支持。

（2）角色榜样——名人的力量

JH（6. 9）

可能是受环境影响吧，现在特别喜欢看名人、名地的故事和讲述……看到古老、出名的地方，总想亲自去走一走，看一看。

SG

梦想的实现是从脚踏实地开始的，想是出发前需要做的，行是每一天都要做的。你想成就一番大事业是很好的想法，不

过要一步步来。

在SG的矫正实务中，对JH的帮教实施了角色榜样激励的方法。通过名人故事帮助JH从内心认识到人要超越自我，要想各种办法克服障碍与困难。而JH也确实做到了这一点，他喜欢上了名人故事。对古老出名地方的向往更是成为JH积极矫正自己的动力之一。SG积极肯定了“梦想”的需要，同时借此激励JH“要一步步来”努力。

（3）角色张力——“度”的把握

JH（6. 17）

今天四班的学员被重新分班了，我们班又分来了一个学员，心里不知高兴还是不高兴，这就意味着离班长职位又远了一些……自己没有机会在干部面前表现出来，就像是一片森林里的一棵树。当无数棵树矗立在原野上时，自己很难被发现和利用。

SG

一棵树的价值不在于别人是否会发现，不在于他是否显露在别人面前，在于他把生命的美好、挺拔和绿色用自己的成长和一生去完成！做最好的自己！

在角色期待的塑造中，JH出现了急于求成的情况。他在日记中把自己比喻成一片森林里无法得以突出表现的“一棵树”，因为淹没在“无数棵”对当中而很难被发现。这种失落的感觉是JH学员想积极表现自己但苦于能力、途径等因素而无法得以实现。在这种想学好但又感叹自己淹没于平淡之中的情绪，社工SG表达了自身对学员

JH的期望——注重自我，在没有达到角色突出或优越的时候，应该把握自己生命的美好、挺拔，欣赏自己的绿色，“做最好的自己”。这是心理调适的重要尺度，即在自己的角色期待没有达到应有的高度与优势时，应该正确认识自我的角色能力与张力。不能因为不够突出就自怨自艾、甚至消沉消极。SG鼓励JH坚定自己的信念，寻找自我价值和生命的意义。

(四) 角色回归

角色回归是角色矫正的目标，也是角色期待的实现结果。角色回归即戒毒青年在偏离正常角色塑造路径之后，通过角色矫正帮助其回归正常的社会角色扮演，内化自身的角色认知、行为，明确其应该承担的责任和义务，以此作为其戒毒的内部动机，减少复吸的可能，回归正常社会生活。

JH（7. 24）

今天是感恩的日子，四个月了，时间过得真快。其实不是时间过得快，而是因为我有好的心态，每天开开心心的，不与学员争斗，听从干部的指令。今天还有西瓜吃，真好。慢慢地喜欢上了这里，不知道离开那一天会是什么样，现在感觉舍不得这里。

以后的日子我有了计划，每天都要看书，并且做好笔记，将书带出去。看了记不住，只有记在本子上，每天回顾一遍，才能记住，出去以后再回想现在，拿起本子，也知道自己是怎么度过这一年的。

SG

这一年如果能坚持写下去，你必定会有很大的收获。在这

个本子上，你回忆了自己，你看到了自己的改变，你让心变得纯净、善良，你知道了什么是责任，什么该做什么不该做，明白了很多道理，SG很开心，更多的是为你感到骄傲！希望你永远记住这段距离心灵最近，并认真审视自己的日子！

从2013年4月被抓，到7月底已经度过了四个月的强制隔离生活，虽然一开始在隔离环境中不适应，但经过生活方式、心理认知等多重的矫正，JH逐步认识到了自己的错误，并积极响应警官与社工的教育，从安心习艺到搞好同伴关系，JH都取得了显著的进步，并“慢慢地喜欢这里”，从整个日记的变化来看，JH是发现了自己的生活乐趣、感受到了自己的人生价值，获得新的亲情期待与自由想象，重新认识了自己的生命与未来，因为这些积极的矫正因子是在这里生成的，因而喜欢这里。这种喜欢表明JH已经有了甄别善恶价值、区分正误生活方式的能力。社工SG也正是在这种意义上鼓励JH“纯净、善良”，并激励JH担当责任、明白道理、审视自己！

JH（07.10）

中国有句古语：百善孝为先，意思是说，孝敬父母是人的第一美德。

今天我们迎来了“春蕾讲堂”第四课……在听蔡教授讲课时，我想起了自己的爸爸妈妈，他们都是农民，妈妈自从生下我之后就残疾了，还一直含辛茹苦地把我养到这么大，可自己却不争气，走上了犯罪的道路。

……现在对父母的孝就是好好改造，早点出去，以后做个有用的人。

SG

一个婴儿从如一颗露珠般的小小生命成长为一个七尺男儿，我想你从教授的讲课中已经深刻地感受到了母亲的艰辛和父亲的不易。……很欣慰你现在的改变，认识到了这么多曾经的“无所谓”，醒悟也好，忏悔也罢，总之你的人生已经开始改变，从这一刻开始，好好珍惜它吧！

7月24日这一天，戒毒青年JH写了两篇日记，而且都有相当长的篇幅，内容都有反思性，“在听教授讲课中，我想起了我的爸爸妈妈”，想到了父母含辛茹苦……这表明JH的内心改造已经发生了显著变化，一方面是积极的改造态度，另一方面是积极的生活方式，还有积极的反思能力。并且立场回归社会后要孝敬父母、戒掉毒品。笔者认为这是社工SG在短短的两个月日记教育中获得的巨大成功，起码在强制隔离的环境中，JH的心理认知到行为层面都获得了显著改变，积极的正能量逐步积聚。因此，SG也对JH进行总结“总之你的人生已经开始改变，从这一刻开始，好好珍惜”。

四、小结与反思

戒毒工作是一项复杂的社会系统工程[15]，本文属于探索性研究，采用文本分析的方法对社工SG的戒毒矫正实务进行了理论解读与梳理，意在从角色理论出发呈现目前中国戒毒矫治工作的现状并为戒毒矫治工作提供新的启发。

第一，吸毒青年的矫治实务应该从矫正对象的日常生活细节出发，逐步走向心理反省，进而走向角色矫正的路径。与之相对的是，我们在对不少戒毒青年的干预中，看到的更多场景是家人的愤怒、亲邻的指责、朋友的嫌弃，即使有积极的帮助者，特别是社区居委会干部、非专业的义工与志愿者在慰问、帮教戒毒人员的过程中，也只是大量地“摆事实、讲道理”，宣读国家法律规定、强调毒品危害，等等。而SG对JH的社工务实通篇看不到SG讲毒品的巨大危害，也看不到SG对JH的指责、批评。但帮教的结果却是JH从心理、行为到情感都得到了极大的改观。这说明在帮教戒毒青年的工作中，应该摒弃对吸毒学员指责、批评甚至谩骂等“人之常情”的教育方式，也不能通过宣讲大道理、念国家制度政策文件来达到教育、矫治戒毒人员的目的。

第二，戒毒学员的角色矫治必须把握好“角色认知”与“角色期待”的关系。人们一般把吸毒者的角色形象想象成“恶”，而社工SG与戒毒机构把吸毒人员称为“学员”，是强调吸毒人员只不过是社会化成长过程中“犯错”了，需要再学习。这种“学员”的角色定位避免了吸毒人员自我消极暗示与自甘堕落。社工SG的实务过程也表明，通过一系列的“角色认知”与心理反省，让学员JH真正成为一个“学习的一员”，通过学习适应了改造环境，理解了民警教官与社工的帮扶，逐步认识到了正确的习艺与生活方式，感悟出家人的亲情期待，衍生出新的角色理想，焕发出回归家庭、回归社会的渴望。这一连串的角色矫正过程是一个有机的整体，从认知到反省，再到角色期待，表面看是JH在撰写、记录自己的日记，实则是SG谋篇布局的建设性矫正与干预。最终，角色认知、角色期待、角色扮演多位一体的矫正实务取得了突出的实效。

第三，角色体验是“戒毒青年”发觉自我存在的一种方式和途径。角色体验不单纯是体验亲情或友情“对象本身”，更重要的是将角色体验作为一种角色期待的建构途径——建构“内省”和“觉醒”的途径，并由此理解、期待、把握“未来”。简单地说，角色体验的直接目的是让戒毒学员体验亲情、友情的“感觉”，但这不是全部，具体的某一项角色体验只是戒毒青年“内省”生命意义的一个具体“场”，而 SG 不可能将所有“场”都为其建构一遍让其体验。所以，角色体验的终极目标是让戒毒青年领会生命存在的意义和价值，通过醒悟和发现生命的意义和价值来重拾人生的信念、社会网络和生活情调。

第四，重新获得心灵力量是戒毒青年戒除心瘾成功的标志。角色期待就是给戒毒青年一个新的角色形象“重构”——戒毒青年应当成为一个什么样的角色。而这种角色重构的根本目的就在于让戒毒青年认同这种新的角色，并内化到自己的生活节奏和人生规划当中来，将角色重构作为自己的奋斗目标并愿意为此努力，即获得“心灵动力”。

综上所述，可以通过一个流程图更清楚直观地把戒毒学员进行角色矫正各元素之间的关系表达成一个“角色矫治”体系。

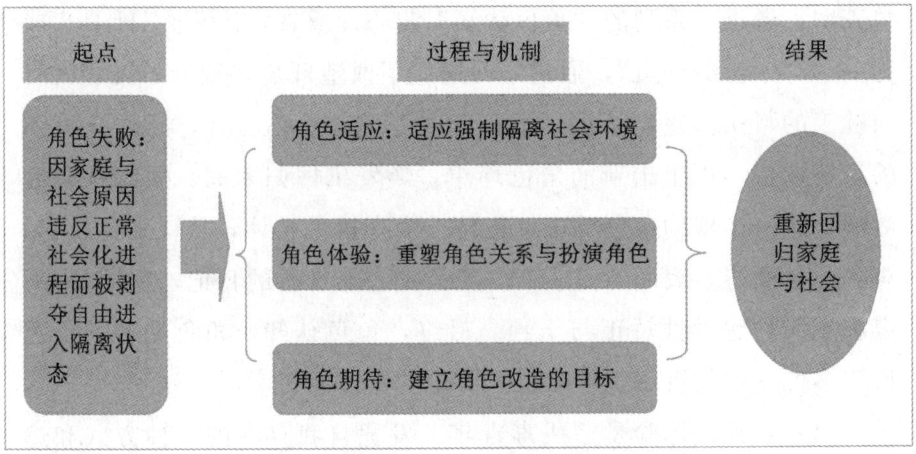

戒毒青年角色矫正机制示意图

注释

①2015年6月24日，国家禁毒委员会副主任、公安部部长助理刘跃进，公安部禁毒局局长胡明朗出席国务院新闻发布会，发布《2014年中国毒品形势报告》，这是中国政府首次对外发布的毒品形势报告。

②2015年“6·26”国际禁毒日期间，习近平总书记、李克强总理又就禁毒工作做出重要批示，中共中央、国务院首次印发《关于加强禁毒工作的意见》。

③最新《禁毒法》是指由中华人民共和国第十届全国人民代表大会常务委员会第三十一次会议于2007年12月29日通过的《中华人民共和国禁毒法》，于2008年6月1日起施行。

参考文献

[1] 陈青山. 国家宏观调控过程中的角色定位、偏差及矫正[J]. 黄冈职业技术学院学报，2014，16（2）：82-84.

[2] 宋雅婷. 社区矫正中的社会角色研究——以HZ区社区矫正为例[D]. 武汉：华中师范大学，2012.

[3] 曹殿朕. 社会角色理论对青少年网络游戏行为的解读[J]. 河南师范大学学报，2007，34（6）：207-209.

[4] 刘哈兰. 高校“双肩挑”干部的角色冲突：原因及其消解[J]. 现代教育科学，2010，38（5）：65-68.

[5] 谷高科. 社会角色理论视野下的我国公众科学素养状况分析——基于对七个城市3981名居民的问卷调查[D]. 武汉：华中科技大学，2007.

[6] 郑璐. 社区化戒毒康复研究——以广东省戒毒康复所的实践

为例 [D]. 广州：华南理工大学，2014.

[7] 张昱. 构建吸毒人员的社区康复社会工作体系——对上海市禁毒工作经验的思考 [J]. 禁毒研究，2008，1 (62)：60-65.

[8] 范志海，吕伟，余金喜. 社区戒毒康复模式的初步探索——以上海禁毒社会工作为例 [J]. 中国药物依赖性杂志，2009，18 (2)：152-154.

[9] 谷湘东. 强制隔离戒毒工作模式的探索与研究 ——以湖南省某劳教所为例 [D]. 长沙：国防科学技术大学，2010.

[10] 庞岩，焦志伟. 从循证矫正角度解析吸毒人员心理成因问题 [J]. 法制与社会，2014.

[11] 史书. 强制隔离戒毒所戒毒人员个别心理治疗研究 [D]. 湘潭：湘潭大学，2008.

[12] 普丽春，马敏艾. 浅谈戒毒人员心理和行为的治疗及矫正模式 [J]. 云南公安高等专科学校学报，1998，(4)：39-43.

[13] 严红英，陶志阳. 吸毒者家庭环境因素分析 [J]. 青年研究，2005，(10)：41-44.

[14] 文军. 社会工作模式：理论与应用 [M]. 北京：高等教育出版社，2010.

[15] 刘成斌，季小天. 青少年吸毒的社会建构及其治理 [J]. 华中科技大学学报（人文社科版），2015，(4)：103-112.

附录 2

走在追光的路上

——襄阳回访之行手记①

坐在从襄阳返回武汉的车里，满眼是成熟的秋色，大面积的谷子黄了，看着不断从视线里退后的田野，向前延伸的高速公路似乎变成了时间的隧道，这次回访出所学员王翼的一幕幕，不断掠过我的脑海，心中装着满满的幸福和充实感。

此时是 9 月 1 日晚八点，距我到达武汉的时间过去了两小时，我坐在办公室的电脑旁，想把这些文字在秋虫鸣叫的陪伴中记下来，真怕一觉睡醒那些心中的美好稍纵即逝。

话剧《心瘾》结缘，心怀愧意送别

王翼是 2014 年入所的襄阳老河口籍学员，入所时未成年。刚入所不久，他参演了话剧《心瘾》，扮演一个诱人吸毒的小混混，本色出演把人物的特点发挥得淋漓尽致，我当时负责话剧的排练，对他十分关注，后来“爱心妈妈”结对帮教，我又成了他的“爱心妈妈”，我们这对特殊母子的缘分也由此开始。2016 年 1 月 1 日，他提前四个月出所，新年的第一天，也成了他新生的伊始。2015 年 12 月 31 日，他在元旦座谈会上读了写给我的感谢信，当时我是惭愧的，因为他并不是我费时费劲最多的学员，炽热的谢意让我难以担当，

---

① 本书书名取自作者的该篇回访手记。收录此文，用以展现帮教工作向高墙外延伸的情况，寄予了作者希望更多的人来关注、陪伴、支持迷途青少年的期望。

于是在祝福他新生时，我也下决心要在他出所后弥补我的愧意。

网聊的八个月，提心吊胆的二百多天

以前结对帮教的孩子走时多数我都送了礼物，但王翼我没送，我留下了自己的电话号码和QQ，要求他一出去就申请QQ加我为好友，于是网聊成了我们谈心的主要方式。每天我都会打开QQ去查看他是否有留言，遇上他正好在线，我们会多聊一会儿，有时也与他视频对话，说是看看他，其实主要为了看他的气色如何，推测他是否吸毒，看到他白白胖胖，心中便稍获安慰。出所的第三天，他留言告诉我，有人约他，结果一去就看见了桌上的毒品，他扭头就走，没有沾，他告诉我时，我心里怕怕的，因为很多人一出去面对这样的场景都复吸了。过了几天，他又留言说公安突击抽检，他尿检顺利过关，我心中略松了口气。从元月一日到今天整整八个月里，因怕他复吸，我不断地鼓励他不要再碰毒品，有时连我自己都觉得自己说得太多、太烦，但是不说的话心中的担忧便无法排除，似乎多说点复吸的可能性就会降低些，就这样提心吊胆了二百多天。

提前的中秋，别样的团圆

中秋将至，王翼已有八个月没有吸毒，顺利通过了公安局的多次抽检。为了鼓励他，我们来到了襄阳的老河口市对他进行回访。我们从武汉带去了月饼，与他和他爸爸一起吃了月饼，提前过了个中秋节。这个提前的中秋团圆里，没有他的妈妈，他四岁时父母离婚，之后他一直和爸爸生活，当时因为生意失败，他爸爸背负三十万元的债务，为了生活，为了还债，他的父亲一直加倍努力，经营一个大排档，每天早上六点便开始做准备工作，一直忙到凌晨，每天如此。十六年来，他一直没有再婚，希望给孩子多创造点条件，没想到生活条件改善了，儿子却吸毒了。谈到这儿，他父亲掉下了眼泪。那一刻，我心酸了，也许很多时候我们会质疑，孩子吸毒，大人为什么不管？但真的有些父母迫于当时的环境和生活窘状，顾不上那么多。其实这八个月没有沾毒品，心里最欣慰的不是我们，而是王翼的父亲。他说：没想到会和你们坐在一起，我对孩子没有太多要求，就想让他不吸毒品，他吸毒这件事就像是在我心上戳了一刀，现在只要提起“吸毒”这两个字，我都觉得这刀还刺在心上没拿走。

陪行禁毒大队，请求“特别关照”

8月31日下午，我们陪王翼来到老河口市禁毒大队，与专管强隔后转社区戒毒康复所的同志见了面，了解了王翼这几个月的情况，也向专管的同志介绍了他的情况。第一年王翼要接受一个月两次的固定尿检，还有随时抽查的临检，我们凭借都是警察这点“关系”，向专管的同志要求开开“后门”，对王翼“特殊关照”，要求给王翼的临检次数多点，频率密点，在自我控制的条件下，外界的控管压力大点，多层紧箍咒总是好点，专管的同志笑笑说：都是一家人，这个没问题。

一样的学期，不一样的“新生”

两周前一次同学的谢师宴后，王翼向我诉说了对同学马上进入大学校园的羡慕，看到小学、初中的老师和同学们，自己很后悔没有认真读书，感觉现在后悔已晚。我肯定了他的这种心情，至少他在心里感受到了知识的重要，同时动员他参加高等自学考试。他开始觉得自己文化底子薄，没基础，不敢想去修大专这件事。后来我上网找来报名简章，与他一起分析考试的专业和学习科目，他开始有点信心，于是我按省教育考试院的要求进行了网上注册，注册成功后，就在今天，来到襄阳市教育考试院完成现场认证，于是，这个看似平常的开学日，每年都有新生入学的 9 月 1 日，迎来了一个不一样的“新生”，这个曾经吸毒、正在努力戒毒康复的高等自学考试新生。

更新的 QQ 签名，一个内心的跨越

“九月你好！期待今天我的做法未来会给我答案，我不奢求能得到什么，只希望自己在这一路上能学有所成，我知道努力！”这是九月 1 日 11：18 分王翼更换的 QQ 签名，看到这个签名，我并没有依稀看到那个手拿大学文凭的王翼站在我的面前，我脑海浮现的是他内心翻过一页，把那个归属江湖、沉迷于毒品、麻醉自我的昔日翻过去，把崇尚知识、追求自我价值、想跨入这个社会正途主流的一页打开，这是一个良好的开端，这是价值观的跨越，更是他内心深入的蜕变。

追光路上，陪伴他也助推我

戒毒工作难度很大，我们帮教的对象复吸率很高，我们的努力很多时候换不来所谓的“成功戒毒”，我们常感挫败，我常常感觉自己的正能量都快用完了，面对这些结对帮教的孩子，面对没有成功的结果只能是一声叹息，甚至怀疑过自己对他们所做的一切是否有意义，也质疑过自己是否有能力，当我们有些疲惫、有些无奈但仍然愿意陪在他们身边时，当我以为内心已攒够失望想就此停住时，当我觉得戒毒这条追光之路那点光亮太弱小时，在八个月这一小段路上我收获到了成功的喜悦，这成功不是因为他已终身不沾毒品，也不是因为他现在已有很好的生活，而是我看见了他内心的变化，看到了一切皆有可能，看到了在这个过程中，我们的工作只要做了，一定和没做不一样，哪怕是多坚持一天不复吸的差别。如果三年的社区戒毒康复期王翼能够顺利通过，拿到他想要的戒断证明，拿到自修的大专文凭，我会为他高兴；即使没有这样的结果，但有这八个月，有这次高自考的报名，对我的内心也是一种助推的力量，让我获得幸福感和价值感。其实我们不能一味追求那个“最终成功”的结果，因为终点有点远，我想感受这个过程，感受与他一起追光的过程，虽然这个过程中有太多的担忧，要一关一关地过，有太多的话要一遍一遍地说，我能做的不多，没有特殊的能耐，更没有有效的方法，只有关注的目光和持续的陪伴，作为一个陪伴者和见证者，默默地陪伴他走得远些，再远些。

后　记

因为遇见，所以感谢

说实话，在这一刻我都不能确定这算不算一本书，在我的心里，书是可以教会人知识、带给人智慧的，而我写的只是琐碎的生活，记录的是日复一日单调的工作，文字平淡，词语没什么修饰，说的都是大白话，有些思考也未必正确，但即使是这样，我还是鼓足了勇气，希望这些文字以这种形式让更多的人看见，这勇气不是来自于我的内心，而是在这个过程中遇见的你们。

谢谢武汉大学的周运清老师，在我们谋面之前，他先见到了我的文字，他说他很受“教育”，有什么需要尽管向他提。当邀请他为我做序时，这位知名的专家却说他只愿意写出他的“学习体会”，于是我们成了微信好友，看见他忙于在各地讲学，无一日空闲，正如他在朋友圈里曾写的：“上午在神农架讲课，一路上我在想，我去过神农架五次，可能这次是我一生的最后一次了，虽然这里发展得很好，年年都想去看一看，可是人老啦！能走吧，没时间；不能走了吧，又去不了啦！今天早上还自拍了几张照片，留个纪念。”看完后，我不禁潸然泪下，特别自责，老师年纪大了，各地讲学如此忙碌，还要花时间读我写的文字，老师一生读过无数文章，我料想自己写的是最差的，可是他一直用“学习”来谦虚地表达，鼓励我对自己的作品增强信心。老师特别希望这些文字让更多的父母看到，在教育孩子时给他们提供一些参考和反思。

感谢华中师范大学心理学院郑晓边教授的审阅和指导。从 20 世纪 90 年代我从事心理咨询开始，他就一直指导我，对我的工作提供了很多支持和帮助。在看到我的文稿后，他及时在群里发消息：《走在追光的路上》超越了“斯坦福监狱实验”，女警官用母爱转化违法犯罪青少年的案例让教育者与全社会思考，心灵沟通胜于说教，灵魂改造需要亲情动力，职业压力可以变成责任操守，人生发展期盼心理教育，与广大民警、老师、家长共勉。老师常常激励我要相信自己，把心理咨询工作做得更好，给我的职业生涯提供了“动力”和“营养”。

谢谢武汉理工大学的雷五明老师，他是一位我在网上“淘”到的老师。我所在的湖北省未成年人强制隔离戒毒所有一个“春蕾讲堂”，每月邀请专家学者来所讲座，相当于高墙内的“百家讲坛”，我是该讲堂的策划人，每一次讲座都由我来策划主题、联系老师，久闻雷老师大名，便想请他来讲座，苦于无法联系他，便在网上搜索到了他的微博，在他的微博上“厚着脸皮”留言，邀请他来所为戒毒学员讲课，他欣然前来，于是有缘见到了雷老师的“真人”。他看了我的手稿后，主动认下了写序的“任务”。他也是一个大忙人，要奔赴各地讲课，且恰逢学生论文答辩期，序没能按之前预定的时间写完。看他忙得两脚不落地，我于心不忍，便给他发信息：老师您太忙，要不不写序了，估计读者廖廖无几，写序与否都改变不了这种状况。可雷老师回复：“一定要写，坚决要完成‘任务’，你要好好研究心理咨询和教育工作，立志成为系统内的‘首席专家’。”

谢谢华中师范大学的梅志罡老师，给他发送这些文字时，我不敢说是自己写的，因为怕写得不好，而他可能会碍于面子不说，只告诉他这是同事写的，请他看看。他看完以后说：“我越读越觉得这是你写的，很受感动，希望让更多的人看到这些文字，不但看见你的所思所想，还要看到这些文字背后的深意，我想在一些篇章后面加上点评，让看的人不只有感动，还有理性的思考。”于是我的文中出现了“梅有话说”版块，梅老师便是“梅有话说”的作者。

谢谢武汉理工大学出版社的编辑楼燕芳老师，通过对文字的深深理解，我们成为朋友，那一刻我才知道，文字真的可以被另一颗心灵体味，而且就像是理解自己一样。

谢谢我的儿子悠悠，因为他的到来，成为母亲的我对生活有了更多的感悟。

生活中有很多遇见，因为这些遇见，我成为了不一样的自己，如果没有遇见这些老师，如果没有他们的肯定和鼓励，这些文字仍然只是一个电脑里的压缩文件，此时不会被您看见。

最后要谢谢您，当您的目光在这一刻投向这里，当您读到这行文字时，您的支持和鼓励我也感受到了，谢谢生活让我与您遇见，谢谢您用宝贵的时间与我分享生活。

因为遇见，所以感谢!